세계문학 넘어서기

세계문학 넘어서기

초판 1쇄 발행 · 2018년 9월 1일
지은이 · 이명재
펴낸이 · 김종해

펴낸곳 · 문학세계사
주소 · 서울시 마포구 신수로 59-1, 2층(04087)
전화 · 02-702-1800
팩스 · 02-702-0084
이메일 · mail@msp21.co.kr
홈페이지 · www.msp21.co.kr
페이스북 · www.facebook.com/munsebooks
출판등록 · 제21-108호(1979. 5. 16)

값 18,000원
ISBN 978-89-7075-880-0 93810

이 도서의 국립중앙도서관 출판예정도서목록(CIP)은
서지정보유통지원시스템홈페이지(http://seoji.nl.go.kr)와
국가자료공동목록시스템(http://www.nl.go.kr/kolisnet)에서
이용하실 수 있습니다. (CIP제어번호: CIP2018023419)

세계문학 넘어서기

이명재 평론집

문학세계사

책머리에

내 나이 불혹이던 해 겨울에 남몰래 응모한 글이 1977년 신춘문예에 뽑힌 덕에 늦깎이 평론가로 등단하여 문단활동을 해 온지 40개의 나이테를 넘었다. 그동안 대학 강단에서 내려와서도 교수 적 못지않게 보람을 갖고 치열한 문필 작업에 임해 왔다. 그 결과로 근래 7년 동안에 발표한 일부 글 꼭지만 골라서 일곱 번째의 평론집을 낸다. 특정 문인이나 일정 장르에 치우치지 않은 채 독자들과 대화하는 마음을 담은 내용들이다. 하지만 이 조촐한 비평 묶음이 내 삶이나 우리 문단에 조그만 이정표쯤으로 남을 수 있을 것인가는 의문이다. 이전의 한국문학사와 작가 작품 중심의 여느 평론집들과 상이한 이번 담론들은 더욱 그렇다.

『세계문학 넘어서기』라는 책 이름은 대학원 세미나 중에 가졌던 문제를 의식한 데서 비롯된다. 우리 신문학을 으레 서양인 '저쪽' 영향으로 접근하는 교수님께 소견을 내던 자리에서였다. 근대문학의 발신자인 서구의 혜택을 많이 입었다면 수신자인 '이쪽'의 한글문단 또한 상대 쪽에 조금이라도 나름의 건설적인 역할을 해야 마땅하지 않겠는가 하는 내 자신의 견해였다. 백철 교수께서는 뜻밖에 올바른 관점이라면서 동서 양 진영의 접점인 한반도 상황에서 그 길을 찾아보자고 했던 것이다. 아직 오리엔탈이즘이나 탈식민주의론 등이 정립되지 않은 시절의 이야기이다.

이 평론집의 표제와 더불어 한국문학이 국제교류와 세계화시대에 전향적으로 대응해 나가는 점에 초점을 맞춘 데는 우리 나름의 자존심도 걸려 있다. 사실 해마다 지구촌의 노벨상 축제에서 우리는 늘 국외자처럼 박수만 쳐온 처지가 아닌가. 그러다 보니 근년 들어 우리 주변에 노벨상을 두고 심심찮은 스캔들마저 자아냈지만. 동양을 통틀어 다섯 나라의 여섯 명 수상자 경우, 인도의 타고르 이후 이웃인 일본은 두 사람이나 누리는 영광의 기회를 우리는 왜 갖지 못하는 걸까. 다소 불편한 제목을 달고 낸 목마름이 한시절의 어설픈 문단 풍정으로 회자되더라도 짚고 넘어가야 할 문제라고 보았다.

한국은 이미 국력이나 문화수준들에서 선진국 대열에 든 현실을 감안해서이다. 더욱이 근년에 유능한 우리 작가들의 한글 작품이 여러 외국에 번역되어 좋은 호응을 얻고 있지 않은가. 마침 한강의 소설들이 근래 맨부커상 국제부문에서 두 번이나 수상한 소식들은 뿌듯한 보람으로 다가온다. 그래서 이번 평론집에는 모처럼 우리 한글문학의 세계지향 문제를 띄워본다.

위와 같은 취지에서 대강의 차례도 정해보았다. 제1부에서는 근래의 노벨상과 맨 부커상을 비롯한 국내외의 주요 문학상 수상작품론과 작가세계를 탐색했다. 이어서 제2부에서는 아직은 덜 알려진 현대 한국의 세대별 시인들의 삶과 시문학 세계를 살펴보고 논의하였다. 제3부에서는 문학의 위기에 처한 여러 현안의 문학 담론과 문단의 전향적 과제 및 유럽문학의 형성 등도 다루었다. 처음에는 여섯 권째 평론집 이후에 써낸 작품 절반쯤을 추렸다가 21편으로 줄여서 싣는 바람에 아끼는 작품이 할애되고 불균형한 면도 걸린다. 남은 원고 가운데 상당량은 다음 기회로 미룬다.

오랜만에 책으로 만난 문우들과 독자 여러분의 건승을 빈다. 그리고 극심한 출판 불황기에도 1990년의 『변혁기의 한국문학』에 이어 좋은 평론집을 펴내 준 김종해 발행인께 감사한다. 또한, 무더위 속에서 좋은 책으로 만드는 데 애써준 여러분에게도 고마운 마음을 전한다.

2018년 7월 중순에 서울 동남재에서

지은이 이 명 재 씀

차례

제1부 국내외 수상소설의 실체 탐색

제2부 한국 시문학의 어제와 오늘

제3부 다양한 문학담론의 세계

제1부 국내외 수상소설의 실체 탐색

1. 폭력 대응과 생명의식의 소설미학

한강의 『채식주의자』『흰』 읽기 담론

세계적 문학상과의 만남

알려진 대로 근래 들어서 한국 소설작품이 국제무대에서 모처럼 주목받는 소식이 연거푸 날아들었다. 권위와 전통을 지닌 채 세계문단의 조용한 연례적 문학올림픽인 주요문학상에 한국 작가가 수상하는 쾌거랄까. 한강의 『채식주의자』가 2016년 맨부커 인터내셔널문학상에 뽑힌 데 이어 2018년에도 역시 한강의 문제작인 『흰』이 같은 문학상의 최종후보작으로 입상한 것이다. 사실 프랑스의 콩쿠르문학상과 더불어 세계 최고의 영예로 빛나는 노벨문학상에 버금가는 맨부커 국제부문 상의 잇따른 우리 작가 수상은 여러 해 동안 늦가을의 노벨문학상 발표에서 실망만을 맛보았던 우리에게 크게 고무될 일이 아닐 수 없다. 더구나 다음에 살펴볼 엘리스 먼로나 가즈오 이시구로보다 수십 년 젊은 나이에 맨부커 문학상을 받은 수년 후에 노벨문학상의 주인공이 된 사실도 참고가 된다.

따라서 여기에서는 한강의 수상작들을 중심으로 그 특성들과 미학적 원형질을 차례로 살펴보기로 한다. 1970년 광주 태생으로서 1993년도 《문학과사회》에 시가 등단한 데 이어 1994년《서울신문》에 단편소설「붉은 닻」이 당선된 시인 겸 작가인 한강의 삶도 참고함은 물론이다. 이곳에서 다루는 작품의 원본은 역시 한강 작가가 한글로 발표하고 한국에서 2016년에 출간한 연작소설『채식주의자』초판본(창비 2007년 발행, 2016년 36쇄)과 한강 소설『흰』초판본(문학동네 2016년 발행 초판 4쇄)을 텍스트로 삼고, 2018년에 펴낸 개정판도 참고한다. 이에 비해서 다소의 오역이나 오류 논의가 있는 영국인 데버러 스미스 번역의 *Vegetarian*과 *The White Book*처럼 영어로 출간된 번역본은 참고 사항으로 그친다.

A. 폭력에 대응한 항거의 몸짓
『채식주의자』바라보기

『채식주의자』라는 표제를 붙인 한강의 단행본은 모두 세 개의 독립된 중편으로 이루어진 연작 형 장편소설이다. 2004년에《창작과비평》에 발표한「채식주의자」와 같은 해《문학과사회》에 발표한「몽고반점」에 이어 그 이듬해의《문학 판》에 발표한「나무 불꽃」을 모은 책이다. 각기 독립된 구조를 이룬 이들의 연속된 스토리와 등장인물로 맥락을 사슬식으로 이은 채 서로 다른 문예지에 발표한 다음에 한 책으로 엮은 소설인 것이다. 따라서 위 3부작 가운데 표제작인『채식주의자』가 기본이지만 나머지 두 작품 또한 삼위일체 부분이므로 한 작품씩 살펴나가기로 한다.

「채식주의자」의 화자는 결혼 5년 차인 남편으로서 회사 과장인 '나'이지만 작품의 주 인물은 그의 아내 김영혜이다. 평소 덤덤하고 책이나 읽으며 지내는 평범한 성품의 주부로서 컴퓨터 그래픽 학원의 보조강사 일도 했던 '그녀'

는 집안에서 끔찍한 사단을 겪고는 심상치 않은 심신의 변화를 보인다. 그녀는 밤중에 혼자 멍하니 어두운 거실에 서 있거나 남편에 냉담하다. 우울한 그녀의 이런 증상은 집에서 이른 아침에 남편이 채근하는 바람에 생긴 일로 더 심해진다.

그 꿈을 꾸기 전날 아침 난 얼어붙은 고기를 썰고 있었지. 당신이 화를 내며 재촉했어. 제기랄, 그렇게 꾸물대고 있을 거야?

……(중략)……

손가락을 벤 것, 식칼의 이가 나간 건 그 찰나야.

……(중략)……

뭐야, 이건! 칼 조각 아냐!

……(중략)……

다음날 새벽이었어. 헛간 속의 피 웅덩이, 거기 비친 얼굴을 처음 본 건.

영혜는 일반 주부로 지내면서 실제로 집에서 겪은 언어폭력의 정황을 의식의 흐름으로 하소연하거나 항변한다. 그날 이후 이상한 꿈을 꾸기 시작하면서 심신의 변화를 가져온다. 어두운 숲 속, 헛간 같은 공간 속에 수백 개의 기다란 대 막대들에 매달려 있던 짐승들 고기, 시뻘건 핏자국들이 흰옷에 젖고 헛간 바닥에서 주워 먹은 날고기의 감촉과 코에 진동하던 고기 냄새 등. 그녀는 이렇게 길고 으스스한 꿈을 의식의 여울로 드러낸다.

…하지만 난 무서웠어. 아직 내 옷에 피가 묻어 있었어. 내 입에 피가 묻어 있었어. 그 헛간에서, 나는 떨어진 고깃덩어리를 주워 먹었거든-…… 헛간 바닥, 피 웅덩이에 비친 내 눈이 번쩍였어.

그 악몽을 꾼 이후 불면증과 신경성으로 초췌해진 채 냉장고에서 쇠고기, 굴비, 바닷장어는 물론 계란까지 쓰레기통에 담아서 내버리고 육식을 금하며 모든 가죽제품도 버리면서 부부 사이의 섹스도 피하게 된다.

"…… 냄새가 나서 그래."

"냄새?"

"고기 냄새, 당신 몸에서 고기냄새가 나."

나는 너털웃음을 터뜨렸다.

"방금 못 봤어? 나 샤워했어. 어디서 냄새가 난다는 거야?"

그녀의 대답은 진지했다.

"…… 땀구멍 하나하나에서."

도마질하던 중 손을 베고 섬뜩한 칼 조각으로 놀란 후부터 악몽과 불면증에다 거식증에 시달린다.

영혜의 이런 증상은 사장 댁의 간부 부부 초대 모임에서 고기를 안 먹는 것은 물론 형부네 집들이 때 집안 식구들 만남에서 더 문제 된다. 건강을 위해서라도 맛있는 육식을 조금만 들도록 여러모로 권해도 막무가내다. 가족들이 붙잡은 틈에 베트콩을 일곱이나 사살했다는 부친이 억지로 영혜의 입에 탕수육을 쑤셔 넣자 비명을 지르며 음식을 뱉어낸 그녀의 뺨을 내리친다. 그녀는 교자상의 과도를 치켜들어서 자신의 손목을 그어 선혈을 뿌린 채 항거한다. 그러자 식구들이 그녀를 부축해서 병원으로 옮기는 것이다.

이런 아버지의 폭력은 어릴 적 추억의 갈피에 진하게 새겨진 채 병실의 그녀 뇌리에서 생생하게 되살아난다. 아홉 살인 영혜의 다리를 물어뜯은 개를 아버지가 오토바이에 매달고 일곱 바퀴째 돌리다 죽인 흰둥이 개의 눈, 누린

내. 바로 그 현장에서 그 일을 목격했던 영혜 자신도 그 개고기를 시장 골목의 아저씨들과 함께 집에서 먹은 트라우마로 생긴 심층 심리를 다룬 정신분석적 요소를 띠고 있다. 작가는 이렇게 회상하는 대목의 방백 같은 의식의 흐름에는 반쯤 눕힌 활자로 일반 대화와는 차별화해서 표현하고 있다. 잠재된 어릴 적의 심적 외상이 최근의 식육 요리 과정에서 손을 베인 사건으로 도져서 심각하게 된 사안이다.

그날 저녁 우리 집에선 잔치가 벌어졌어. 시장 골목의 알만한 아저씨들이 다 모였어. 개에 물린 상처가 나으려면 먹어야 한다는 말에 나도 한입을 떠 넣었지. 아니, 사실은 밥을 말아 한 그릇을 다 먹었어. 들깨냄새가 다 덮지 못한 누린내가 코를 찔렀어. 국밥 위로 어른거리던 눈, 녀석이 달리며, 거품 섞인 피를 토하며 나를 보던 두 눈을 기억해. 아무렇지도 않더군. 정말 아무렇지도 않았어.

응급실에 실려 가서 입원해 있을 때 친정어머니가 염소고를 한약이라고 권해도 기어코 알아보고 거절하는 영혜. 그 경황에도 환자는 배고픔이나 외상보다는 마음의 답답함을 토로하고 있다.

손목은 괜찮아. 아무렇지도 않아. 아픈 건 가슴이야. 뭔가가 명치에 걸려 있어. 그게 뭔지 몰라. -(중략)-

어떤 고함이, 울부짖음이 겹겹이 뭉쳐져, 거기 박혀 있어. 고기 때문이야. 너무 많은 고기를 먹었어. 그 목숨들이 고스란히 그 자리에 걸려 있는 거야. 틀림없어. -(중략)-

한 번만, 단 한 번만 크게 소리치고 싶어. 캄캄한 창밖으로 달려나가고 싶어. 그러면 그 덩어리가 몸 밖으로 뛰쳐나갈까. 그럴 수 있을까.

아무도 날 도울 수 없어.

아무도 날 살릴 수 없어.

아무도 날 숨 쉬게 할 수 없어.

울화를 품고 있는 영혜는 정신병동의 병실을 벗어나서 분수대 옆 벤치에서 발견된다. 환자복 윗도리를 벗고 앉아있던 그녀의 손에는 목이 눌린 채 핏빛 동박새가 들려 있던 것이다. 어릴 적부터 당해온 가정이나 이웃의 폭력에 대한 항거의식의 발로가 아닐 수 없다.

심층적인 욕구의 예술적 접근 -「몽고반점」

이어서 「몽고반점」은 화가로서 비디오 예술작가인 영혜의 형부(그)를 통한 예술가소설이다. 밀도감 있는 구성과 감성적이고 정밀한 문장으로 심층 심리적인 연작 중편이다. 앞 작품이 총론적인 줄거리와 주제의식의 골격을 세웠다면 이 중편은 더욱 부분적인 내용의 심화를 드러낸다.

주인공 영혜(그녀)는 정신과 병동 생활 수개월 후 퇴원해서 남편한테 이혼서류를 받고 한 달 동안 형부댁에 있었다. 그런 중에 우연히 어린 아들을 목욕시키는 자리에서 몽고반점을 두고 그의 아내에게서 들은 말에 꽂힌다. "글쎄……나도 정확한 기억은 없는데 영혜는 뭐, 스무 살까지도 남아 있었는걸." 이 대화에서 처제의 정직한 목소리, 야생의 나무를 느껴온 그는 몽고반점을 지닌 처제의 엉덩이에 성욕을 느끼며 예술적 발상이 샘솟는다.

여인의 엉덩이 가운데에서 푸른 꽃이 열리는 장면은 바로 그 순간 그를 충격했다. 처제의 엉덩이에 몽고반점이 남아있다는 사실과, 벌거벗은 남녀가 온몸을 꽃으로

칠하고 교합하는 장면은 불가해할 만큼 정확하고 뚜렷한 인과관계로 묶여 그의 뇌리에 각인되었다.

그래서 그는 자기네 집을 나간 뒤 여자 대학 근처에다 조그만 방을 얻어 혼자 자취하는 그녀를 찾아가서 설득한다. 마침 그녀는 부실한 건강상태 속에서도 일자리를 알아보려던 참에 아르바이트 삼아서 응하겠다며 나선다. 형부는, 미술작품을 위해 대학 동기의 작업실에서 모델로 청바지를 벗은 처제의 엉덩이에 보디페인팅을 하기에 이른다. 그녀는 처형 후배 남성과 교합하는 야성의 기괴한 포르노그래피 경지의 자세도 소화하는 것이다. 이성적 모럴에선 형부와의 정사는 당연하게 거부하지만, 예술적 꽃을 단 몸으로 예술을 위한 대목의 성교쯤에도 응하겠다는 그녀의 태도가 가상하다. 그 결과로 원초적인 순수를 상징하는 4분 55초짜리 <몽고반점1- 밤의 꽃과 낮의 꽃> 등을 완성한다.

그런 과정에서 2년 전 초여름에 처제가 언니 댁인 그의 집에서 손목을 그은 그녀를 둘러업고 달릴 적의 체온을 지닌 그는 예술과 사랑의 경계에서 끝내 뒤엉기고 만다.

"내 몸에 꽃을 그리면, 그땐 받아주겠어?"라고 주고받던 작업실에서의 대화 대로였다. 그렇게 두 사람이 꽃그림으로 얼룩진 알몸으로 서로 체위를 바꿔가며 신음하고 울면서 만족감으로 몸을 떠는 장면을 그녀의 몽고반점 중심으로 캠코더에 담은 것이다.

새벽빛 속에서 그는 그녀의 엉덩이를 핥으며 몽고반점을 그의 혀로 옮겨왔으면 좋겠다고 말한다. 그러면서 그 악몽에 나타나는 얼굴이 누구의 얼굴이냐는 물음에 그녀는 대답한다.

"……늘 달라요. 어떨 땐 아주 낯익은 얼굴이고, 어떨 때는 처음 보는 낯선 얼굴이에요.

피투성이일 때도 있고……썩어서 문드러진 시체 같기도 해요."

그는 무거운 눈꺼풀을 치켜뜨고 그녀의 눈을 마주 보았다. 조금도 지치지 않은 듯 그녀의 눈은 박빙 속에서 술렁거리고 있었다.

"고기 때문이라고 생각했어요."

그녀는 말했다.

"고기만 안 먹으면 그 얼굴들이 안 나타날 줄 알았어요. 그런데 아니었어요."

그녀의 말에 집중해야 한다고 생각했지만, 의지와 무관하게 차츰 그의 눈은 감겼다.

"그러니까…… 이제 알겠어요. 그게 내 뱃속 얼굴이라는 걸. 뱃속에서부터 올라온 얼굴이라는 걸."

그러고는 알겠다며 그녀 스스로 이제 무서워하지 않겠다고 덧붙인다. 하지만 그들이 엉겨 있는 모습은 날이 밝아 새로 장만한 반찬을 들고 온 언니에게 발각되고 만다. 오후 1시에야 일어난 그는 아내(인혜)가 캠코더까지 확인하고 나서 식탁에 기댄 자세로 대기하고 있음을 발견한다. 그들 두 사람은 곧 도착한 구급대의 앰블런스에 실려 정신병원으로 향하고 있다.

물구나무 서는 삶 ― 「나무 불꽃」

시리즈의 마지막 부분인 「나무 불꽃」은 앞 작품의 남성 화자들과 달리 영혜의 언니인 인혜를 '그녀'의 시점으로 삼고 있다. 주된 인물인 영혜를 중심으로 하되 식구들 모두가 외면한 동생을 돌보는 과정과 그녀 자신의 고독한 심정을 드러낸다. 17세에 혼자 시골집을 떠난 뒤 서울에서 생활하며 대학촌의 화장품 가게를 경영하면서 어린 아들과 지내는 처지가 한심하다. 인혜는 정신병원에서 정상으로 판명된 남편이 유치장을 벗어난 뒤 그녀 앞에 나타나지 못하고 아들을 보고 싶다는 전화마저 받지 않는다. 그 대신에 마석 쪽의 폐쇄 병동에 갇혀 있는 영혜를 찾아간다.

몸무게가 삼십 킬로그램도 안 된 몰골을 지닌 동생은 단백질과 포도당을 공급하는 정맥주사마저 꽂을 데가 없는 데다 링거주사 놓는 것도 격렬하게 저항하니 탈수현상이다. 그런 환자를 두고 의사는 설명한다.

신경성 거식증의 경우 십오에서 이십 퍼센트가 기아로 사망합니다. 뼈만 남았어도 본인은 살이 쪘다고 생각하죠. 지배적인 어머니와의 갈등이 주된 심리적 이유가 되고 …… 하지만 김영혜씨 같은 경우는 정신분열증이면서 식사를 거부하는 특수한 경우예요.

언니는 나름대로 어릴 적에 집에서 있었던 아버지의 손찌검이 유독 영혜를 향한 것이었음을 상기한다. 그러기에 영혜는 산에 가서도 집에는 돌아가고 싶지 않다고 했었던 기억을 떠올린다. 영혜가 처음 이상해진 것은 삼 년여 전 갑작스럽게 채식을 시작하면서부터였다. 채식주의자들이야 이제는 흔해졌지만, 영혜의 경우 특이한 점은 그 동기가 불분명한 것이었다.

하지만 이런 경우, 그녀의 산 증언은 영혜의 가슴 속 깊이에서 우러난 병이 어릴 적의 아버지에 의한 잦은 손찌검과 모든 동물학대 사실에 연유함을 알려주고 남는다.

특히 영혜는 나무들이 모두 두 발로 땅을 받치고 물구나무 서 있다며 그걸 모방해 보이는 게 인상적이다. 실제로 그녀는 병원 복도나 병실에서 삼십 여분 남짓 물구나무서 있는 기괴한 행동을 보이며 유독 주변의 나무들에 관심을 보인다. "응…… 여기엔 큰 나무들이 있네.", "……여기서도 나무들이 보이네.",

"언니……, 세상의 나무들은 모두 형제 같아."

뿐만 아니라 옆자리에서 지친 언니가 잠결에 들은 영혜의 목소리는 선잠을 깨우곤 한다.

"언니, 내가 물구나무서 있는데, 내 몸에 잎사귀가 자라고, 내 손에서 뿌리가 돋아서… 땅속으로 파고들었어. 끝없이, 끝없이…… 응, 사타구니에서 꽃이 피어나려고 해서 다리를 벌렸는데, 활짝 벌렸는데…….

열에 들뜬 영혜의 두 눈을 그녀는 우두망찰 건너다보았다.

나, 몸에 물을 맞아야 하는데 언니, 나 이런 음식 필요 없어. 물이 필요한데.

그렇게 일체의 동물성을 혐오하듯 짙은 식물지향성을 드러낸다. 그러다가도 그녀는 문득 언니에게 역정을 내며 투정을 부린다. 이에 대해 동생을 어떻게든 살리려 그런다는 언니에게 그녀는 "……왜, 죽으면 안 되는 거야?"라고 반문하곤 한다.

결국 「나무 불꽃」 마무리는 언니인 인혜가 구급차에 동생 영혜를 싣고 서울의 더 큰 병원으로 옮기려 축성산을 벗어나면서 부자연스럽게 대화하려는 자매 모습으로 마무리되고 있다.

3부작의 짜임새와 대비 공간

위에서 세 개의 중편으로 시리즈를 이룬 『채식주의자』 작품들을 살펴보았다. 이들을 하나의 장편소설 틀로 조립해 맞춘다면 「채식주의자」에서 발단되어 전개를 거치고「몽고반점」에서 절정을 이룬 다음에「나무 불꽃」에서 마무리되는 기승전결의 구조를 보인다. 사실 이 소설은 중요한 인간의 개성 형성기 전후에서 심각하게 야기되기 십상인 폭력의 후유증문제를 문학적으로 파헤친 임상 보고서이다.

어릴 적부터 경직된 가부장인 부친에 이어 현재의 남편으로부터 받은 강압이나 폭행의 후유증이 개인과 가정을 망가뜨리고 사회를 망치는 문제를 심도있게 다룬 소설이다. 더욱이 초등학생 때 목격한 아버지의 오토바이를 통한 잔인한 폭력행위로 죽은 흰둥이 개고기를 먹은 악몽은 영혜에게 지울 수 없게 큰 상처가 아닐 수 없다. 그러기에 이렇게 잠재된 심적 외상을 입은 김영혜는 끔찍한 폭력의 후유증을 앓으며 그렇게 원초적인 자아를 해친 대상에 항거하기 위해 채식을 고집하며 광기로 죽음을 택해 나가는 인물로 남아 있다.

제목에서 산문적 성향을 띈『채식주의자』연작을 통한 장편은 여러모로 실험적이고 시적 이미지인 중단편 분량의『흰』과는 대조적이다.『채식주의자』시리즈가 억센 가정문화와 사회관습에 의한 파괴적 광기나 폭력의 실상과 후유증을 고발한 것이라면「흰」은 가장 원초적이고 여린 생명의 존엄을 기리며 사랑으로 영혼을 부활시키는 소설미학이다. 강보 배내옷 눈 소금 수의 은하수 등, 흩어진 채 흐르는 가장 순수한 이미지들을 퍼즐 맞추기식으로 빚어낸 진주의 미학 성과를 우리는 이 작품과 함께 더 새롭게 만난다.

B. 생명 부활과 새로운 창작 미학
한강의 『흰』에 대한 담론

아직 젊으면서도 이미 실적으로 중견작가 반열에 든 한강의 소설 『흰』은 연작소설 『채식주의자』에 못지않게 주목되는 작품이다. 이미 2016년에 이 작가가 『채식주의자』로 맨부커문학상의 인터내셔널 부문상을 최연소의 기록으로 수상한 경력 탓에 2018년에 『흰』을 통한 중복 수상은 안 된 채 이전의 수상작보다 높은 평가를 받고 있다. 그것은 참신한 발상과 새로운 여러 소설기법들로 접근한 성과 때문이다.

특히 저명한 문학상 수상작인 『흰』은 영국 같은 외국에서 많은 관심을 가지고 올바로 평가하고 있음을 우리 신문이나 인터넷 뉴스 등에서 접할 수 있다. 더욱이 《가디언》의 2017년 11월자 서평란에서는 이 책을 "신비로운 텍스트이자 세속적 기도문"이라면서 "다른 방식의 문장으로서는 쓰일 수 없었을 것"이라는 견해와 함께 "작가의 의도와 형식, 목적에 찬사를 보낸다."고 전하고 있다.

문제작의 한 전범

그만큼 이 작품은 실제의 소설미학적인 기법들을 비롯해서 그 이미지나 제재며 짙은 테마의식 등에서 주목되는 바 많아 보기 드문 문제작으로 빛난다. 그러므로 이 글에서는 한강 소설 『흰』에 나타난 특성들을 보다 구체적으로 살펴보며 논의한다. 산뜻한 발상에 의한 탈장르적 하이브리드 성향, 자전적인 메타소설, 옴리버스 형식의 모자이크식 접근, 제목인 '흰'의 함축미 등.

먼저 작품의 내용을 살펴본 다음에 그 특장점들을 논의해 가기로 한다. 제목부터 특이한 작품 『흰』은 흰빛 이미지나 거기에 연상된 추억담을 정성껏 연필로 눌러써서 메모하듯 적어서 모은 소설이다. 이전의 정석적인 소설문법과는 상이하게 구성의 틀이 신축성 있고 서사의 방법 또한 다양하고 자유롭다. 그럼에도 화자의 시점은 물론이고 인물, 시점, 사건, 배경적인 면이 자연스럽게 용해된 채 갖추어져 있어서 오히려 효과적이다. 흰 이미지에 관한 작가 자신의 상상과 추억의 조각들을 한데 모아서 빛나는 보석으로 빚어낸 결과물이다. 흩어진 채 흐르는 원초적 기억의 편린들을 모자이크식의 퍼즐 맞추기로 재생해낸 예술품인 것이다. 그만큼 작가 나름대로 과감하게 이전의 틀을 벗어나서 세심한 배려로 창작적 밀도감을 살린 실험적 혁신의 성과이다.

이야기 줄거리는 작가의 어머니에게서 팔삭둥이 첫딸로 태어난 뒤 2시간 만에 숨진 달떡 같던 언니에 대한 간절한 그리움과 아쉬움으로 그녀를 소설로 환생시켜서 대화하는 내용이다. 더구나 언니가 죽은 이듬해에 조산해서 곧 죽은 오빠까지 건강하게 자랐더라면 작가 자신은 후에 태어나지도 않았을 것이라는 인간 생명과 죽음의 상관성이 공감을 자아낸다.

첫 딸아이를 잃은 이듬해 어머니는 두 번째로 사내 아기를 조산했다. 첫 아기보다도 달수를 못 채우고 나온 그는 눈 한번 떠보지 못한 채 곧 죽었다고 했다. 그 생명들이 무사히 고비를 넘어 삶 속으로 들어왔다면, 그 후 삼 년이 흘러 내가, 다시 사 년이 흘러 남동생이 태어나는 일은 생기지 않았을 것이다. 어머니가 임종 직전까지 그 부스러진 기억들을 꺼내 어루만지는 일도 없었을 것이다.

그러니 만일 당신이 아직 살아있다면, 지금 나는 이 삶을 살고 있지 않아야 한다.

지금 내가 살아 있다면 당신이 존재하지 않아야 한다.

어둠과 빛 사이에서만, 그 파르스름한 틈에서만 우리는 가까스로 얼굴을 마주 본다.

—「3. 모든 흰」의 서두 전문.

작품 속에서 작가('나')는 마음으로 애타게 그리워하는 언니를 영혼처럼 불러서 상상으로 만나 본다. 1944년에 나치에 저항하다 공습으로 파괴된 폐허가 말끔히 복구된 그곳 도시처럼 인간을 환생시켜 내는 상상의 경지이다. 그렇게 동생의 수학문제 풀이를 도와주고 투정을 받아주며 소독한 바늘로 동생의 발바닥에 박힌 가시까지 빼주는 언니를 그린다. 하지만 모처럼 생명의 소중함과 혈육의 정분을 나누던 자매는 마무리 부분에서 차마 아쉬운 이별을 고하고 있다.

죽지 마, 죽지 마라 제발.

말을 모르던 당신이 검은 눈을 뜨고 들은 말을 내가 입술을 열어 중얼거린다. 백지에 힘껏 눌러쓴다. 그것만이 최선의 작별의 말이라고 믿는다. 죽지 말아요. *살아가요.*

- <작별> 전문.

작가는 달떡처럼 희고 예쁘게 태어나서 눈만을 떠보고 먼저 간 언니나 누구에게 학대당한 듯 짖지도 못하고 늘 주눅들어 지내다 추위 속에 숨을 거둔 진돗개 백구처럼 여린 목숨을 통해서 생명의 존귀함을 일깨운다. 심지어는 초겨울의 눈바람 속에 하얀 날개를 접고 죽은 낯선 나라의 갈대 숲 옆의 나비에도 관심을 표한다. 중편 연작인 『채식주의자』에서의 아버지나 남편의 가부장적인 폭행이며 동물에 대한 학대에 향한 항거의 거친 몸짓과는 사뭇 대조되는 노자 도덕경에서와같이 유약한 존재의 소중함을 정감으로 되새긴다.

언니로 태어나서 두 시간 만에 죽은 갓난이에 대한 구절이다.

이제 처음 허파로 숨쉬기 시작한 사람, 자신이 누군지, 여기가 어딘지, 방금 무엇이 시작됐는지 모르는 사람, 갓 태어난 새와 강아지보다 무력한, 어린 짐승들 중에서 가장 어린 짐승.

—「강보」에서.

새롭게 실현한 지향점들

한강 소설『흰』이 이룩한 값진 성과는 모름지기 소중한 생명을 기린 주제의식뿐만이 아니다. 다름 아닌 작품을 통해서 간절한 기도의 언어로써 마음에 깃든 저승의 언니를 이승으로 환생시킨다. 글로써 자신의 삶 일부를 주어서라도 자매가 만나서 위무한 인간 대화의 공간을 창조한 것이다. 한강 작가는『흰』에서 한 걸음 더 나아가서 시공간의 영역을 한껏 넓히고 있다. 70여 년 전의 폴란드에서 독일군에 총살당한 수많은 바르샤바의 유령들을 추모함은 물론이고 그 도시에서 6세에 죽은 친형의 영혼과 평생을 산다는 남성의 실화를 들고 있다. 더구나 29세에 히말라야에 등반 갔다가 조난당한 채 만년설에 묻힌 사람의 아들이 유별난 결벽증 때문에 직장 동료들로부터 따돌림을 당한다는 그곳 영화도 함께 한다.

특히 이 작품에 두드러지게 나타난 한강의 실험적인 새 소설쓰기 특성들은 여러 면에서 중요하게 다가든다. 이런 점들은 지난 세기에 대두되었던 기존의 신소설—앙띠로망- 르보로망과 같은 성과랄까. 동서양의 소설문법을 벗어나서 21세기적 창작 기법을 제시했다 할 정도로 괄목할 만하다.

1) 탈장르적인 하이브리드 소설

작품 『흰』은 여느 작가들의 소설과 다르게 시와 수필 성격도 함께한 채 장르적 경계를 벗어난 성격을 지니고 있다는 점이다. 일찍이 등단 절차를 마친 시인 겸 작가인 한강 스스로 실험적으로 선택한 성과도 크다. 프랑스 등 유럽에서는 이미 문예지 편집에서 특정한 부문에 한정하지 않을 정도로 장르 뛰어넘기(beyond genre)가 일반화된 것이다. 소설 『흰』의 경우, 전체 65개의 항목에서 굳이 구분을 하자면 책 서두와 「배내옷」「달떡」 등은 수필적이고 그녀의 후반부나 책 중반부의 「모래」「백발」 등은 시편에, 후반부의 「수의」 정도는 콩트에 가깝다.

또한 대상작품인 『흰』 텍스트에는 앞의 「3. 모든 흰」「작별」 경우에서처럼 항목의 글 대다수가 시 소설 수필 등의 장르로 다양하게 뒤섞인 데다 하얀 영상 사진들도 12점을 첨가하여 시각적 효과를 거둔다. 이런 요소는 일찍이 1993년과 그 이듬해에 시인, 작가로 등단한 한강의 특장점이기도 하다. 물론 질량상으로 지금까지 시집 한 권뿐인 시 분야보다 몇십 배 월등한 성과를 이룬 소설 선택이 작가의 체질상 신의 한수로 확증되지만. 이렇게 『흰』은 텍스트부터 여러 가지 장르를 자유롭게 아우르고, 작품의 길이도 일정하지 않아 가장 알맞은 접근으로 드러난다. 그 동원 대상인 「강보」「배내옷」「소금」「눈」… 등을 한 데다 자유롭고 참신한 혼합(hybrid) 형식으로 뒤섞어서 130쪽 안팎 분량의 주옥편을 이루고 있다.

2) 글쓰기 과정과 자신의 삶을 담은 메타소설

작품 『흰』의 창작 실태를 보면 허구 중심의 스토리 중심이던 재래의 여느 소설과 달리 현실에 바탕을 둔 글쓰기인 점이다. 상상적으로 꾸민 이전의 픽션보다는 더 진솔한 자전적 삶을 드러냄과 동시에 자신의 감성을 속속들이 담은 팩션이 진한 리얼리티의 맛을 전해준다. 그러기에 작가는 이 작품에서 스스로 글쓰기 과정과 자신의 체험을 실은 메타소설(metafiction) 기법을 활용하여 자전적인 현장감으로 설득력을 더하고 있다.

작가는 제목 없는 항목으로 시작된 실제 작품의 서두에서 소설 『흰』의 구상과 집필 시점과 장소부터 밝히고 있다.

흰 것에 대해 쓰겠다고 결심한 봄에 내가 처음 한 일은 목록을 만든 것이었다.

강보 배내옷 소금 눈 얼 달 쌀 파도 백목련 흰새 하얗게 웃다 백지 흰개 백발 수의 ……

하지만 며칠이 지나 다시 목록을 읽으며 생각했다.

어떤 의미가 있을까, 이 단어들을 들여다보는 일엔? ……

질문에 답하기 어려워 시작을 미루었다. 팔월부터는 이 낯선 나라의 수도로 잠시 옮겨와 세를 얻어 살기 시작했다. …-(-이름 없는 첫 항목 서두에서.)

내용 가운데 논자가 밑줄 친 부분은 작품 설명회나 『흰』의 개정판 등에서 한강 작가가 스스로 밝혔다. 이 작품은 2013년 겨울에 기획해서 2014년에 폴란드 바르샤바에서 안식년을 보내던 던 중 고독과 고요 속에서 메모하듯 1, 2장을 쓰고 3장은 귀국해서 마저 쓴 다음 초고까지를 일 년 동안 천천히 다듬어 2016년에 발표했다는 것이다. 그래서 광주 민주화운동을 다룬 장편 『소년이 온다(2014)』와 단편 「눈 한 송이가 녹는 동안(2015)」에 이은 『흰(2016)』을 '혼3부작'이라고 스스로 이름 지었다고 말한다.

3) 옴니버스 형식의 모자이크

소설『흰』의 구성 역시 실험적으로 새롭게 접근하는 참신성을 지니고 있다는 점이다. 흰 이미지로 선연하게 떠오르는 여린 생명들의 소중함과 원초적인 순수의 주제로 이어진 낱낱의 심상들을 한 버스에다 함께 승차시키는 옴니버스(omnibus) 형식으로 조합한 작품이다. 동일한 주제에 초점을 맞춘 짧은 시나 일기, 감상문 같은 수필로 메모하고 콩트처럼 쓴 65개 항목의 글을 주워맞춰서 바람직한 퍼즐의 미학으로 빚어낸 중단편이다.

얼핏 보아 손쉽게 써낸 글모음으로 여겨질 수 있지만 작가 나름대로 세심한 구상을 해서 발표한 작품이다. 세 개의 묶음으로 배열한 '1. 나'에는 12개 항목, '2. 그녀'에는 42개 항목, '3. 모든 흰'에는 11개 항목이 들어 있다. 그 가운데 첫 묶음과 둘째 묶음의 시점이나 화자는 거의가 일인칭인 작가 자신이고 먼저 숨진 언니와 오빠는 '그녀=당신' 아니면 '그' 정도로 다뤄져 흐트러진 면이 없지 않다. 게다가 여러 항목 경우, 글들의 분량과 장르가 다양한데다 중요한 내용을 담은 맨 처음의 '1부 나'와 '3부 모든 흰' 갈래의 첫 항목은 제목도 달지 않고 있다. 그럼에도 모두가 흰 이미지와 함께 안타깝게 숨진 죽음이나 소중한 생명의식에 초점이 맞춰져 있어서 독자들의 흉금을 울리는 것이다.

4) 이미지가 선명한 소설

이 작품에는 특이하게『흰』이라는 제목부터 선명한 색채이미지와 함께 원초적인 순수와 영혼 같은 기미를 드러낸다. 그리고 '희다'의 관형형 수식어인 '흰' 다음에 올 다양한 명사 등, 피수식어의 폭넓은 활용성이 따르게 마련이다. 어쩌면 함축미 면에서 백의민족의 문화와 정신에도 뿌리가 닿는 심상이 되고 남는다. 작가는 스스로 "죽은 언니에게 삶의 어떤 부분을 주고 싶은데 그것이 아마 '흰 것"들이 될 거라고 생각했고" '흰'은 더럽히려야 더럽힐 수 없는 투명한 생명, 빛, 밝음, 눈부심"으로 여겨서 그 의미가 짙다.

이렇게 투명한 흰빛 색채 이미지는 더욱이 작가가 살아온 삶에서 만나거나 생각한 사물들의 경우와 연결된 터라 의미가 깊다. 65항목에 이르는 절절하고 구체적인 사회의 실제를 다채롭게 반영한 작업은 새로운 가치를 이루기에 충분하다. 단, 그 가운데 「침묵」 항목 하나만은 입을 닫고 있는 조용한 마음이 비워진 상태라 흰 심상인지 궁금하지만. 그것은 아무래도 『채식주의자』에서 세속적인 탐욕이 자행된 핏빛 이미지와는 반대된 심상임은 물론이다.

5) 간절한 걸 호흡대로 쓴 문체

소설 『흰』에서 활용된 한강의 문체는 무엇보다 성실한 자세로 간절한 것을 호흡대로 다채롭게 쓴다는 점이다. 이런 견해는 "전 탐미는 별로 하고 싶지 않아요. 어떤 간절한 마음, 진심을 향해 가려는 마음이 있어요."라고 작가 스스로 밝힌 말과도 일치한다. 그러기에 영문으로 번역된 책을 통해서 읽고 밝힌 《가디언》 신문으로부터도 "감성적 문체에 숨이 막힐 지경"이라는 호평을 받는 모양이다. 이 작품은 65항목이나 되는 사물과 심상에 따른 글쓰기이므로 다양한 성향의 문장이 효율적으로 쓰이어졌다는 조건이 참고 된다. 한강은 자전적인 체험중심으로 메모해서 일기나 편지 쓰듯. 때로는 추억과 상상 아니면 죽음에 대한 명상이나 기도의 시로 읊어내듯 원활한 글을 써낸 것이다.

우선 한강은 시집 『서랍에 저녁을 넣어두었다』를 펴낸 시인이기도 하므로 시적인 글이 잘 읽힌다. 단아한 한 편은 서정성 짙은 사색적 글이고 다른 한 편은 선연한 단막영화의 한 장면 같다.

그리고 그녀는 자주 잊었다.

자신의 몸이(우리 모두의 몸이) 모래의 집이란 걸.

부스러져 왔으며 부스러지고 있다는 걸.

끈질기게 손가락 사이로 흘러내리고 있다는 걸. ―「모래」 전문.

후미진 주택가 건물 아래를 걷던 늦여름 오후에 그녀는 봤다. 어떤 여자가 삼 층 베란다 끝에서 빨래를 걷다 실수로 일부를 떨어뜨렸다. 손수건 한 장이 아주 느리게, 마지막으로 떨어졌다. 날개를 반쯤 접은 새처럼. 머뭇머뭇 내려앉을 데를 살피는 혼처럼. ―「손수건」 전문.

또한 「초」의 경우, 앞의 세 단락은 산문, 뒷부분의 다섯 간격을 둔 다섯 행은 시로 섞여 있다. 그러나 그의 시집에는 『흰』에 상관된 글이 발견되지 않아 내용상의 시와 소설의 연관성은 별무했다. 저녁에 우는 새와 교감한 「거울 저편의 겨울 12」와 삶과 죽음의 세계를 다룬 「파란 돌」 정도가 참고될 뿐이다.

특수한 성격을 띤 한강 소설 『흰』에는 이렇게 여러 장르를 섞어 쓰는 게 가장 적절한 방식의 문장이라고 지적한 영국 일간 가디언의 서평이 공감을 갖게 한다. 그리고 무엇보다 글에다 멋으로 꾸미기보다는 진실한 마음을 박진감 있게 전하기에 작가의 호흡과 따스한 체온이 독자들 가슴에 와 닿는다. 다음과 같은 상상의 경우에서도 갓난이로 죽은 언니를 환생시키기 위한 간절함을 만나는 것이다.

그 아기가 살아남아 그 젖을 먹었다고 생각한다.

악착같이 숨을 쉬며, 입술을 움직거려 젖을 빨았다고 생각한다.

젖을 떼고 쌀죽과 밥을 먹으며 성장하는 동안, 그리고 한 여자가 된 뒤에도, 여러 번의 위기를 겪었으나 그때마다 되살아났다고 생각한다.

죽음이 매번 그녀를 비껴갔다고, 또는 그녀가 매번 죽음을 등지고 앞으로 나아갔다고 생각한다.

죽지 마. 죽지마라 제발.

그 말이 그녀의 몸속에 부적으로 새겨져 있으므로.

그리하여 그녀가 나 대신 이곳으로 왔다고 생각한다.

이상하리만큼 친숙한, 자신의 삶과 죽음을 닮은 도시로. ―「그녀」 전문.

한강 작가는 글 가운데 여러 군데서 아래와 같이 친근한 수필로 독자들과 대화하듯 소통하는 힘을 활용하고 있음은 물론이다. 이런 글은 그의 시적이고 소설적이며 때로는 의식의 흐름을 탄 자아의 표현 구절들과 좋은 조화를 이루고 있다.

지난봄 누군가 나에게 물었다. 당신이 어릴 때, 슬픔과 가까워지는 어떤 경험을 했느냐고. 라디오 방송을 녹음하던 중이었다.

그 순간 불현듯 떠오른 것이 이 죽음이었다. 이 이야기 속에서 나는 자랐다. 어린 짐승들 중에서도 가장 무력한 짐승. 달떡처럼 희고 어여뻤던 아기. 그이가 죽은 자리에 내가 태어나 자랐다는 이야기. ―「달떡」 항목 중에서.

이후의 기대 지평

위에서 우리는 최근 국제적으로 권위 있는 문학상을 연속으로 수상한 한강 작가의 수상소설인 『채식주의』와 『흰』의 실체를 감상, 논의해 보았다. 이미 소설집과 장편 등 10여권의 소설을 비롯해서 시집 및 산문집을 펴낸 중견 작가의 문학적 요체를 살펴본 편이다. 작품 발표 상으로 10년의 편차를 지닌 두 작품을 통해서 우리는 한강 소설의 원형질과 적지 않은 변모양상을 파악할 수 있을 것 같다.

『채식주의』와『흰』은 여러모로 대조적인 면을 보인다. 그것은 두 작품이 시리즈로 발표한 중편을 묶은 장편임과 수많은 조각의 글들을 모아서 엮은 중단편 분량이라는 점만이 아니다. 요컨대, 표제부터 산문적 명사인『채식주의자』는 공격적인 가정의 폭력으로 피폐해진 여성의 항거적인 몸짓을 전통적인 하드웨어적 접근으로 이루어낸 역작이다. 이에 비해서 제목부터 시적인『흰』은 인력으로는 어쩔 수 없는 탓에 일찍 숨진 어린 생명을 영혼처럼 살려내려는 소프트웨어적인 접근의 글쓰기 노력으로 이룬 문제작이다.

여기에 참고로 덧붙여 고려해둘 바로는 이 책의 다음 차례에서 다룰 엘리스 먼로와 가즈오 이시구로이다. 일본계 영국 작가인 이시구로는 1954년생으로서 1989년에 부커문학 본상을 받고 예술가 중심의 소설 등 다양한 실험성의 장편으로 2017년 노벨문학상을 수상했다. 1931년 생인 캐나다의 작가 엘리스 먼로 역시 2009년에 부커국제문학상을 받은 데 이어서 캐나다 농촌의 서민들을 주로 한 단편소설집들로 2013년 노벨문학상까지 수상한 것이다. 이에 비해서 1970년생인 한강은 2016년 맨부커문학국제상에 이어서 2018년에도 연속 입상한 작가로서 아직 젊다.

어쩌면 이런 문학에 대한 조그만 탐색 노력이 이미 문단생활 사반세기 동안 여느 작가 못지않게 수많은 작품 실적을 보인 한강 작가의 수많은 나머지 작품세계 이해에 다소의 도움이 될 수 있길 바란다. 그리고 나아가서는 그야말로 글로벌 시대의 한국문학이 앞으로 세계문단의 기상도를 제대로 살피면서 세계문학 광장에 올바로 임할 자세를 가다듬었으면 한다. 세계를 넘나드는 한국문학도 이제는 바야흐로 세계문단을 뛰어넘을 기회를 맞고 있다.

2. 예술가소설 등으로 다양한 모색

가즈오 이시구로의 문학 탐색

노벨문학상 작가의 새 면모

여기에서는 2017년도 노벨문학상을 수상한 가즈오 이시구로의 소설문학에 대해서 탐색해 본다. 그의 작가적 경륜과 소설문학의 업적을 살펴보면서 미학적 특성은 무엇인가를 알아본다. 일본 태생으로서 영국에서 영어로 작품 활동을 활발히 하는 작가에 대한 접근 등에 몇 가지의 주안점도 둔다. 아시아계 출신으로서 유럽사회에 적응하는 방법이나 의식의 촉각 등에 사회적 차별과 문화적 정체성에서 여느 작가들과 특이한 점은 없는 것일까? 이 작가의 소설 텍스트들을 김남주 김석희 송은경 하윤숙 번역본으로 통독하면서 소략한 대로 작가의 전기적 요소와 함께 작품텍스트를 병행해서 파악해 본다.

근간된 위 번역서의 프로필 소개 등에서 알려진 대로 작가 가즈오 이시구로(Kazuo Ishiguro, 일본식 본명은 石黑一雄)는 1954년에 일본 나가사키에서 태어났다. 해양학자인 부친이 영국 정부 초청을 받았기에 여섯 살 때인 1960년에 가족을 따라서 영국으로 이주해서 생활하다가 1982년에 영국 국적을 취득했다. 캔트대 영문학과를 졸업해서는 한때 노숙자 구제 사업에 종사했지만 작가의 길을 택했다고 알려져 있다. 이스트 앵글리아대 대학원에서 작가 겸 문학평론가인 맬컴 브레드버리 교수의 지도를 받아 문예창작 석사학위를 받았다. 1986년에는 스코틀랜드 출신인 로라맨 맥두걸과 결혼하여 딸 하나를 두었다고 전해진다.

가즈오 이시구로는 28세에 첫 장편을 선보이며 등단한 이래 36년 동안 유럽 문단에서 4~5년 간격으로 꾸준하게 영어로만 대작을 발표해서 세계문단에 떠올랐다. 63세의 현역작가로서 지금까지 여덟 권의 작품들(장편 7권과 단편소설집 1권)을 발표할 때마다 거의 모든 작품이 권위 있는 문학상을 받거나 우수 작품으로 선정되고 있다. 그 가운데 세계의 정상으로 꼽히는 부커상(1989)과 노벨문학상(2017)을 수상한 작가로서 더욱 빛남은 물론이다. 더구나 2015년 노벨문학상 수상자인 군소국가 벨라루스의 여성 저널리스트인 스베틀라나 알렉시예비치가 쓴 제2차 대전 참전여성 2천여 명의 목소리를 모은 실록산문 『전쟁은 여자의 얼굴을 하지 않았다』(1983, 2002 수정판) 경우와는 상이하다. 또 2016년의 노벨문학상을 수상한 미국의 대중음악 싱어송라이터인 밥 딜런의 노랫말 시 「바람의 노여움을 물어봐」 등에 비하면 가즈오 이시구로의 노벨문학상 수상작은 상대적으로 근년의 본격적인 문학작품으로 받아들여지고 있다.

작품 세계 간추리기와 이해

가즈오 이시구로의 소설작품 활동은 작가가 28세에 발표한 첫 장편 『창백한 언덕 풍경 *A Pale View of the Hills* (1982)』으로부터 시작된다. 영국에 사는 한 미망인의 회상을 통해서 나가사키 경우처럼 패전 후의 일본인들

상처와 현재를 연결하고 있다. 둘째 장편 『부유하는 세상의 화가 *An Artist of the Floating World* (1986)』 또한 패전 후 복구과정 중인 일본에서 이전의 미술계 변모를 곁들여서 전통적인 세대와 전후 세대 사이의 혼인문제를 다루고 있다. 전후 일본 사회를 그려낸 이들 작품은 유럽 독자들에게 신선한 자극이기에 충분하다. 그리고 세 번째 장편 『남아있는 나날 *The Remains of the Day*(1989)』은 1950년대 중엽 전후에 영국의 품격 높은 달링턴 홀에서 평생토록 남의 영업팀 집사로 일하다 자신을 상실한 현대인의 삶을 성찰하고 있다. 그래서 일상에서 익숙한 영국사회의 문제점을 쾌적하고 다듬어진 소설로 만나는 유럽 독자들에게 안성맞춤의 공감을 함께하기 마련이다. 동양권인 이웃나라에서처럼 우리 주변에서 제목 번역에 관한 이견도 없지 않았던 이 작품은 영화로도 널리 알려져 있다.

그런가하면, 네 번째 장편『위로받지 못한 사람들 *The Unconsoled* (1995)』에서는 앞의 장편들과는 판이하게 몽환적이고 초현실적인 세계를 그린 소설로서 생소함을 보여준다. 어쩌면 종잡을 수 없는 시공간의 설정 속에서 대중없는 시민들에 연주 활동을 펴는 인물의 활동들이 혼돈스러운 세계이다. 그러기에 그에는 상반된 평가가 뒤따르고 있다. "모처럼 자신 있게 내놓은 작품"이라는 작가의 언급에도 불구하고 너무 긴 데다 황당한 졸작이라는 반응과 기성소설에 도전적인 최고의 걸작이라는 평이다. 이어서 다섯 번째 장편『우리가 고아였을 때 *When We Were Orphans* (2000)』는 동서양의 문물과 세력다툼이 드세던 20세기 초 중엽의 중국 상해를 중심으로 20년 전에 실종된 부모를 추적하는 미스터리물이다. 더 나아가서 여섯 번째 장편『나를 보내지 마 *Never Let Me Go* (2005)』에서는 복제인간의 문제를 제시했다. 인간의 장기이식을 위해 복제되어온 클론들의 성과 사랑 내지 불행한 운명을 통해서 인간 생명의 존엄성을 성찰한 것이다.

그리고 일곱 번째 작품 단행본인 『녹턴 *Nocturnes* (2009)』은 장편이 아니라 이시구로 작품 여덟 개 중에게서는 유일한 단편모음집이다. '음악과 황혼에 대한 다섯 가지 이야기'라는 부제에서처럼 인간의 예술적 삶과 상실감을 그려내 보인다. 끝으로 근년에 여덟 번째로 펴낸 장편 『파묻힌 거인 *The Buried Giant*(2015)』은 일종의 역사적인 제재의 판타지 소설로서 이 작가에겐 낯선 세계를 보여준 작품이다. 노부부가 희미한 옛 기억을 찾는 과정에서 고대의 잉글랜드 평원을 무대로 펼쳐지는 예전 인간들의 무용담이다. 물론 영문으로 발표된 텍스트들을 한글로 옮기는 과정에서 다소의 굴절이 없지 않겠지만 수년 전부터 한국에도 현대적 고전으로 중요시된 나머지 전 작품들이 번역, 소개되어 있어 반갑다.

시공간 활용양상과 실험의식

이시구로 작가의 특성으로서는 우선 다채롭고 폭 너른 무대 전환을 펴 보인다는 점이다. 위에서 살펴본 바처럼 작품의 시공간적 무대로서 초기에는 20세기 중엽 전후의 일본을 다루다가 영국으로 옮기고, 때로는 20세기 초의 중국 상하이나 더러는 5~6세기의 잉글랜드 평원을 펼쳐 보인다. 이런 접근 시도는 근래의 급속한 국제화 시대에 대응하는 차원에서 긍정적인 성향이다. 그럼에도 우주시대에 성큼 다가선 21세기의 미래소설적인 전망에선 그 발상이 지구권역을 벗어나지 못하고 있다.

그리고 이시구로 작가의 다음 특성은 그의 소설에서 적지 않게 문학적 실험을 시도해 보인다는 점이다. 그중에 『위로받지 못한 사람들』에서의 기시감(데자뷔) 깃든 몽환성과 초현실적인 실험성의 기법활용이 눈길을 끈다. 재래의 심리주의적인 의식의 흐름에다가 현대인들의 공허한 심정의 욕구를 반영한 작가적 시도로 보인다. 과거- 현재-미래의 시공간을 거리낌 없이 넘나드는 작법은 현대소설의 유연한 활용 효율을 높이는 데 안성맞춤이다. 『나를 보내지 마』에서는 복제인간을 곁들이고 독특한 SF기법을 통해서 끔찍한 인류문명 비판을 가해서 수긍된다. 그럼에도 불구하고 1990년대 말엽의 영국 외딴 섬으로 설정된 『나를 보내지 마』는 아무래도 미래소설적인 SF소설 형식으로 설정한 판타지의 세계로 현대문명을 비판한 효과로서는 어설프다고 느꼈다. 뿐만 아니라 느림과 의욕적인 환각의 세계를 시도해 보인 『위로받지 못한 사람들』의 지리멸렬한 여러 부분은 독자들에게 소설읽기의 곤혹감을 너무 많이 준다.

앞에서 든 두 가지 특성에 이어서 이시구로 소설의 다음 특성으로는 그의 작품세계 태반을 음악가나 화가 중심의 예술가소설이 차지하고 있다는 점이다. 이에 관한 작품은 너무 다양하고 구체적이라서 더 자세히 살피기로 한다. 끝으로 이시구로 문학의 나머지 특성적 문제점으로서는 다음 항목에서 논의할 자기정체성의 모호성으로 드러나고 있다는 점이다. 유럽에서 사는 동양계 작가에게는 상이한 문화나 인종에 걸친 민족 정체성이 숙명적인 요건인데 이 정체성에 어떻게 대응하는 것인가, 논의해볼 과제이다.

예술가소설의 내용과 성격

이시구로가 지금까지 출간한 소설 여덟 권 가운데 세 권이 예술가소설이다. 화가나 음악가가 주인공이 된 두 권의 장편과 음악가들이 중심인 한 권의 단편집은 그 전형을 이룬다. 이들 작품에는 이시구로가 작가로 입신하기 이전, 한때 음악에 심취한 나머지 실제로 싱어송라이터를 지망할 정도로 음악에 조예가 깊었음이 참고된다. 작품 이름부터 예술계의 전문 용어가 곁들여 있는 경우어서 상대적인 차별성을 드러낸다.

장편 『부유하는 세상의 화가(1986)』는 제2차 세계대전 이전에 유명했던 은퇴 화가 마스지 오노(나)가 여러 과정을 거쳐서 걸어온 일본화단의 흐름과 한 집안의 혼인을 통한 전후세태의 변화를 회고체로 잔잔하게 그려낸다. 전쟁 중에 아내에 이어 만주에서 전사한 아들의 유해가 23명의 젊은이들 유해와 함께 1년 넘게 늦게 돌아와 뒤늦은 장례식에서 사위 슈이치가 말한다.

"겐지 같은 젊은이들을 그곳에 보내 용맹하게 전사하게 만든 자들 말입니다. 그자들은 지금 어디 있죠? 그들은 여느 때나 다름없는 삶을 영위하고 있잖습니까. 게다가 그들 대다수는 미군 앞에서 굽실거린 덕에 전보다 더 잘 나가고 말입니다. 우리를 재앙으로 몰아넣은 바로 그자들이 말이에요.(후략)"

전쟁 전에 결혼 때는 예의 바르고 공손했던 사위의 태도나 당장 신랑감을 물색 중인 자신의 작은딸 노리코의 반발 자세가 낯선 시대를 절감케 한다. 새롭게 변한 세태와 더불어 서양식 카우보이 놀이를 즐기려는 꼬마 외손주와 시내를 거닐며 오노는 옛 시절의 회상에 젖는다. 젊은 시절 한때 오노는 또래들 여럿과 도심과 동떨어진 스승의 낡은 건물에서 묵으며 도제식(徒弟式)으로 그림을 익혔다. 지망하는 제자들에게 당시 모리 선생은 그 도시에서 행해지던 회화의 정체성을 근본적으로 바꿔주려 애썼다.

물론 우리에게 미친 그의 영향력이 단순히 그림의 영역에만 국한된 것은 아니었다. 그 세월을 통틀어 우리는 그의 가치와 생활양식에 거의 일치해서 살았다. 그리고 이는 이 도시의 '부유하는 세상' - 우리의 모든 그림에 배경이 되어 준 술과 여흥과 쾌락의 밤 세계 -를 탐사하는 데 많은 시간을 보낸다는 것을 의미했다.

옛 회화풍의 세계를 강조하는 모리 스승에게 마쓰모토나 사회주의적 참여파인 구로다 등과 등을 돌리고 나온 오노는 전전시대에 판화로 대상을 받고 명성을 얻었다. 그러다가 전후에 와서 오노(나)는 다시 현실 안주의 세계로 복귀한 상태이다. 그런 선생을 제자인 엔치 등이 박대하지만 오노 자신은 옛 향수에 젖곤 하는 것이다.

그런가 하면, 장편『위로받지 못한 사람들 (1995)』은 위와 같은 일본의 전후 풍경이나 화가들의 사귐과 어울림이나 자녀들의 혼인풍습을 거쳐서 런던 현실배경을 반영한『남아있는 나날』과는 판이한 세계로 이끈다. 위 작품이 조형예술인 그림을 통한 화가들의 삶을 종적인 역사적 서사로 보여줬다면 이 가상소설은 시간예술인 음악의 필요성을 횡적인 구조로 그려낸 작품이다.

저명한 피아니스트인 라이더(나)의 시선으로 특이하게 서술하는 일부를 참고해 본다. 중부 유럽의 어느 가공의 소도시에 연주회를 갖기 위해서 내려간 주인공이 여러 날을 지내는 중에 생긴 이야기이다. 초청자격인 호텔지배인 호프만씨가 승용차로 손수 안내하면서 음악가와 대화하는 대목이다.

"별관 연습실은 훨씬 마음에 드실 겁니다. 아주 조용해서 한두 시간 연습하기에는 그만이죠. 선생님은 이제 곧 음악에 몰두할 수 있을 겁니다. 선생님이 부럽군요! 선생님은 이제 곧 자신의 악상(樂想)들을 하나씩 음미할 수 있을 테니까요.(후략)"

"우리를 처음 맺어준 건 음악이었습니다."라며 호프만 씨는 아까부터 부부가 음악을 좋아한다며 처가 자랑을 계속했다. 장모님은 화가였고 처조부께선 당대의 유명한 시인으로서 뛰어난 재능을 가진 분들이라서 그 재주를 물려받았을 아들에게 음악가가 되기를 기대하는 것이다.

하지만 고대했던 아들의 피아노 연주가 실패했다고 낙망하면서 호프만씨는 자책에 빠진다.

“(전략)그래, 우리 아들 슈테판이 전 세계 앞에 나아가 피아노를 친 거야! 그야말로 웃음거리지! (중략) 세계 최고의 피아니스트, 그 사람을 내가 뭣 하러 데려왔지? (중략) 왜 나는 음악이나 예술이나 문화 같은 신성한 곳에 손을 댔을까?(후략)”

이런 부친의 아들에 거는 지나친 기대와 그릇된 지도방법에 위축된 슈테판에게 라이더는 격려한다. “자네는 재능 있는 젊은이야. 자네 앞에는 모든 가능성이 놓여 있어. 그러니까 좀 더 기운을 내.” 그리고 자신의 문제점을 깨달은 슈테판도 이 폐쇄된 도시를 떠나 새 길을 찾아 나서게 된다.

이 작품 곳곳에서 주민들이 라이너 피아니스트에게 서로 무리하게 기대하거나 도와달라는 요구가 눈에 띈다. 이를테면 아들의 피아노 지도, 자기 부인이 오래도록 스크랩한 라이더 씨의 사진첩과 기사 스크랩을 봐 달라, 딸과 외손자를 화해시켜 달라는 둥. 이런 면은 메커니즘 속의 삶에 지친 현대인에게 예술의 필요성을 강조한 메시지이다. 역시 예술은 아리스토텔레스의 시학에서 기본 기능으로 제시한 즐거움과 가르침은 물론 치유(힐링)의 요건이기 때문이다.

끝으로 다섯 편의 연작형식으로 이루어진 단편소설집 『녹턴(2009)』은 위의 두 장편이 총론 격인 데 비하면 그 각론 격이다. 등장하는 주요 인물들은 음악가이거나 음악을 좋아하는 마니아가 대부분이다. 대개는 인생의 황혼 길에 든 나이테를 지녔다.

단편 「크루너」는 조그맣게 속삭이는 창법의 노래(crooner)처럼 강변에서 곤돌라를 탄 연인들이 이별하는 사연을 담고 있다. 폴란드 태생인 얀이 베네치아에서 관광객 상대로 기타를 쳐주던 중에 한 시절 세계에 명성을 날리던 인기 가수를 발견하고 반긴다. 인기 시든 토니 가드너가 재기할 계기를 위해 이혼할 린디와 고별여행을 온 것이다.

그렇다. 이곳은 산마르코이다. 이곳 사람들은 최근 히트 팝송 같은 것을 원하지 않는다. 그들은 자신들이 알고 있는 그 무엇, 그러니까 흘러간 줄리 앤드루스의 히트곡이나 유명한 영화의 테마가 매 순간 흘러나오기를 원한다. 지난해 여름 어느 날 나는 이 밴드저 밴드 돌아다니며 그날 오후에만 「대부」의 테마를 아홉 차례 연주하기도 했다.

단편 「비가 오나 해가 뜨나」는 제목부터 레이 찰스의 노래에서 따왔다. 음악가 대신에 음악을 좋아하는 중년남녀들이 등장한다. 음악을 모르는 남편이 출장 간 동안에 남편 스스로 친구를 청해서 부인과 지내도록 주선했다. 그 서두부터 음악 이야기이다.

에밀리 역시 나처럼 미국의 옛 브로드웨이 노래를 좋아했다. 그녀가 어빙 벌린의 「치크 투 치크」나 콜 포터의 「비긴 더 비긴」 같은 빠른 노래들을 좋아했다면, 나는 가슴이 찢어지면서도 달콤한 발라드인 「히얼스 댓 레이니 데이」나 「잇 네버 엔터드 마이 마인드」같은 노래를 더 좋아하는 편이긴 했지만 말이다.

단편 「말번 힐스」는 그야말로 안정된 자리와 상관없이 음악을 즐기고 사는 인간상을 보여준다. 화자(나)는 대학시절부터 CD를 구입하고 런던서 오디션을 거친 기타리스트이다. 노래도 부르는 음악연주자로서 작곡까지 하는 실력을 갖추었다. 그럼에도 메기누님네 카페에서 보수를 받지 않고 음식을 장만하고 서빙을 해서 인상적이다.

“계획은 그렇습니다. 아니 지금 쓰고 있는 곡을 마치고 싶습니다. 어제 들으신 곡 말입니다.”

“그건 아름다웠어요. 그런데 여기서 당신의 노래를 다 쓰고 난 다음에는 뭘 할 건가요? 무슨 계획이라도 있나요?

“런던으로 돌아가서 밴드를 만들 겁니다. 이 노래에는 잘 맞는 밴드가 필요하거든요. 그렇지 않으면 효과를 제대로 발휘하지 못할 겁니다.”

단편 「녹턴」은 저녁 즈음에 창밖 등에서 노래하는 소야곡(小夜曲 serenade)과는 상이하게 주로 피아노를 위하여 작곡된 소곡으로서 쇼팽 등이 밤에 연주하는데 어울린 야상곡(夜想曲nocturne)이다. 그래서 이 작품은 이미 「크루너」에서 토니 가드너와 고별여행을 마친 린디가 재등장하여 눈길을 끈다. 그녀는 의도적인 이혼 이후에 미모를 통한 재기를 위해 성형수술 붕대를 감은 채 고급 호텔방에서 쉬고 있던 중이다.

한사코 추남인 얼굴을 고쳐서 제대로 세션 연주자로서의 실력을 인기로까지 인정받으라는 매니저의 성화로 성형수술을 받은 걸 스티브는 매우 후회하는 처지였다. 이런 자신을 생각하며 그녀 모습을 그 옆방에서 지켜본 스티브가 그 모럴을 벗어난 연예인 인기의 허상과 비윤리성을 신랄하게 비판한다.

사실을 말하자면 그즈음 나에게 린디 가드너는 천박하고 넌더리가 나는 세속적인 모든 것을 요약해 대변하는 인물이었다. 그녀의 재능은 별 볼 일 없었다. 그렇다. 사실을 직시하자. 그 여자는 자기 연기가 형편없고 음악적 재능이 있는 척조차 하지 못한다는 것을 이미 증명했다. 그런데도 유명해지는 데 성공했고 패션 잡지와 텔레비전 방송국에서 출연요청이 쇄도했다. 그들은 그 여자의 미소에 질리지도 않는 모양이었다.

단편 「첼리스트」에서는 본디 타고난 천재적 잠재력을 지닌 첼로음악가의 긍지와 신념을 실천해 보인다. 헝가리 태생으로서 런던왕립음악원에서 수학한 티보르는 호텔에서 식사 중인 청중에게는 연주를 사양하는 태도를 취한다. 미국 태생으로서 첼리스트를 지망해서 전공했던 숙녀는 그 첼로음악가를 호텔방에 직접 불러서 듣고 난 뒤 그에게 진정으로 격려한다.

"(전략)그래요. 난 당신에게 거장이라고 했어요. ……그건 내가 아주 특별한 재능을 갖고 태어났다는 뜻이에요. 바로 당신처럼요. 당신과 나, 우리는 대부분의 첼리스트가 아무리 열심히 한다 해도 결코 가질 수 없는 그 무엇을 이미 갖고 있어요.…"

자기 정체성의 반영과 그 한계

이시구로의 초기 작품인 『창백한 언덕 풍경』과 『부유하는 세상의 화가』처럼 제2차 세계대전 후의 일본을 다룬 사실은 문화적인 정체성에서라기보다 효과적인 작품무대로 활용한 요소가 짙다. 작가 자신이 어린 시절에 느꼈던 패전 후 기억과 부모 세대의 향수어린 증언이 유럽인들에게는 신선한 배경으로 호기심을 불러일으키기 십상이다. 동양에 낯선 유럽인들에게 패전 전후의 당사국 사정과 동양전통적인 일본의 가계를 중시하는 혼인 풍습 등이 유용하게 읽힐 수 있었다.

특히 그의 등단작인 『창백한 언덕 풍경』은 그 어설픈 전후의 환경과 패전 후 인물들의 끔찍하고 그늘진 상처 이야기이다. 그럼에도 그 작품이 유럽 독자들에게 반향을 일으켜 성공한 비결은 당시 원폭 피해를 목격한 에츠코가 일본인 남편과 이혼하고 영국인과 재혼하여 영국에 정착해서 사는 모녀의 아픈 삶에서 비롯된다. 일본에서의 악몽 같은 옛날은 생각하기도 싫은 나머지 재혼한 남편에게서 낳은 둘째 딸 이름마저 니키(Niki)라고 정한 에츠코 모녀의 대화를 통한 회상이 공감을 준다. 더욱이 영국사회에 적응하지 못하고 홀로 가슴앓이를 하다 끝내 자살하고만 전남편 소생의 게이코 이미지는 보조적인 나가사키의 사치코와 마리코 등과 중첩된 효과를 자아낸다.

하지만 이시구로의 첫 장편인 예의 『창백한 언덕 풍경』 말고는 외국생활에서 느끼는 경계의식이나 정체성의 문제가 드러나지 않아 의아할 정도이다. 적어도 어릴 적에 친인척 곁을 떠나 영국에 가서 피부가 다른 동양인으로서 낯선 언어를 구사하는 문화 속에서 각 급 학교를 다니면서 느낀 이질감이나 의식의 갈등은 전혀 없었던 것일까? 가뜩이나 취업이 어려운 자국민의 일자리를 보호하고 외국인에 의한 테러 위험성을 예방한다는 구실로 외국인의 난민 유입을 막고 폭력을 가하는 요즘 세태와는 달라서 이해가 어렵다.

"나는 인터내셔널한' 소설을 쓰는 작가이고 싶다. 그것은 다양한 배경을 가진 세계 전역의 독자들이 모두 공감할 수 있는 삶의 비전이 담긴, 그렇지만 상당히 단순한 소설이라고 나는 믿는다. 대륙을 넘나들지만 세계의 어느 후미진 한구석에서도 단단히 뿌리 내릴 수 있는 인물들을 품고 있는 그런 소설…." 이와 같은 그 이시구로 자신의 주장은 각 민족 나름의 개성 있는 문학이 건강하고 바람직한 세계문학이라는 괴테나 지드의 견해와는 상충되는 게 아닌가. 말하자면 자아 정체성 없이 코스모폴리탄의 삶을 추구하는 듯한 이질동화적인 작가의 자세는 의혹의 무늬를 지니고 있다.

이런 정체성의 갈등과 문화적 동화면에서 가즈오 이시구로는 한국계 미국인으로 영어권 문단에서 활발하게 활동하고 있는 이창래 작가와 좋은 대조가 된다. 1967년에 서울에서 태어나 세 살 적에 의사인 부친과 모친을 따라 미국에 건너가 살면서 예일대 영문학과를 거쳐 오레곤대에서 석사를 마치고 이 대학 문창과나 프린스턴대 교수를 지내는 이창래(李昌來 Chang-rae Lee). 재미 한인 이민 1.5세대로서 유력한 노벨문학상 후보로 거론되는 50대 초 연령인 그의 작품에서는 한인 이민자로서 이방사회에서 겪은 경험을 생생하게 반영한 장편이 대부분이다. 지금까지 출간된 다섯 권의 장편 가운데 그의 첫 출세작인 『영원한 이방인 *Native Speaker*(1995)』경우 역시 이시구로가 첫 장편을 발표한 나이테와 같은 28세였다. 이창래의 첫 장편에서 사설탐정원인 주인공 헨리 박은 심각한 불화 관계인 미국의 원어민 아내로부터 '정서적 이방인' '황색의 위험' '스파이'라고 경계를 받는 것이다.

이창래의 두 번째 장편 『척하는 삶 *A Gesture life*(1999)』에서는 한국인이지만 일제강점기 당시 하타라는 일본 군의관으로 버마에 복무하면서 종군위안부를 관리하다 종전을 맞고 미국에 이민을 와서 한국계 딸인 써니와 살면서 정체성 문제의 아픔을 겪는다. 이어서 세 번째 장편 『생존자 *Surrendered*(2010)』에서 역시 6. 25 한국전쟁 중에 11세 소녀 때 부모를 잃은 준이 쌍둥이 남동생까지 잃고 미군부대에서 만난 헥터의 도움으로 미국에 이민 와서 중산층에 이른 삶 속의 정체성을 되돌아본다. 물론 이창래 작가 자신이 이 작품을 통해서 전하려는 메시지는 의미가 짙다. "많은 다른 민족들이 그 나라에 속해 있다는 것과 그들의 언어나 그들의 피부색깔이 무엇인지는 중요하지 않다는 것을 제안하려고 하는 것"으로서 이와 같은 이시구로의 견해와는 실상이 차별화된다. 그것은 결코 퇴영적인 국가의 우열의식에서가 아니고 타자에 대해 문화적 차이에 의한 자아의 올바른 자기정체성을 찾는 자세이다. 그러므로 이창래의 정체성 의식은 전세대의 한인들이 뼈저리게 겪어오던 디아스포라의 유랑이나 숙명적인 수난과는 상이한 자기존재감에 의한 자아의식에 바탕을 두고 있는 실체로서 바람직한 요소이다. 이에 상관해서 이창래 소설의 문학세계를 확장시키는 이탈리아계 미국인의 중류 가족 삶을 그린 『가족 Alopt (2004)』이나 신분계급 사회적인 미국사회의 미래 문제를 제시한 『만조의 바다위에서 *On Such a*

Full Sea (2014)』는 위 정체성 문제 밖임은 물론이다.

바람직한 문학 모색을 위하여

위에서 2017년도 노벨문학상을 수상한 일본계 영국인인 가즈오 이시구로와 그의 작품세계를 개괄해서 살펴보았다. 특히 음악에 조예가 깊은 작가로서 스스로 세계적인 재즈 보컬팀의 전속 작사가로 활동하는 이시구로가 일본 미술 분야에도 천착해서 펴 보인 예술가소설들도 다루어보았다. 또한, 이시구로는 런던의 품격 있는 요식업 집에서 자아를 잃고 종사하는 현대인의 모습뿐만 아니라 복제인간이나 몽환적인 SF성향을 곁들인 미스터리풍의 미래소설도 다양하게 모색하는 면을 알아보았다.

아울러 그보다는 12년 젊은 1.5세대 한국계 미국인으로서 영어로 창작 활동을 하는 이창래 경우와도 대비해서 접근해 보았다. 같은 동양계 출신 작가처지로 영어권 문단에서 창작 활동을 펴는 엘리트 작가로서 문학의식이나 창작 태도와 직결되는 사안이다. 이런 문제는 동양계 출신 작가에 있어서 영미사회 속의 자기 정체성 문제 등은 소설의 제재나 사건 및 문체 등에 앞서 선결요건이기에 국제화시대의 바람직한 문학 모색에 좋은 지침이 될 수 있을 것이다.

3. 단편서사를 통한 자전적 서민세계

엘리스 먼로의 삶과 문학

스웨덴 한림원은 2013년 10월 10일, 그해 노벨문학상 수상자를 앨리스 먼로(Alice Ann Munro)로 발표하였다. 노벨상이 시행된 1901년 이래 캐나다 국적의 문인에게는 처음이며 세계대전 중 몇 년의 휴지기를 제외하고 110여 년의 전통을 지닌 노벨문학상에서 여성으로는 13번째 수상자이다. 더욱이 이 경우에는 '캐나다의 안톤 체홉'으로 지칭되는 앨리스 먼로에게 맨 처음으로 단편소설 분야에 시상된다는 점에서 특이하다. 수상자는 사실 45년에 걸친 그의 창작활동에서 1971년에 발표한 장편소설 『소녀와 여성의 삶』밖에 13권의 단편소설집으로 성공한 작가인 것이다.

허버트 리드의 견해처럼, 시문학이 사물의 인상을 최소화로 뭉뚱그리는 기능을 주로한 데 비하여 소설은 그 인상을 서사적으로 되도록 확산시키는 본령은 유효하다. 하지만 여러모로 각박한 메커니즘 사회에서 시달리며 시간에 쫓기는 현대인에게는 짧은 시간에 손쉽게 읽을 수 있는 요건이 덕목이다. 장편이나 중편보다는 단편소설 및 스마트단편과 미니단편 등이 콩트처럼 모색, 활용되는 추세도 이를 뒷받침한다. 따라서 고도의 긴축기법과 서사적 기쁨을 선사하는 단편소설은 새로운 환경에 효율적으로 적응하기 위해 거듭난 장르로 재평가해야 할 것 같다.

단편소설 부문 - 캐나다의 여성작가

논자는 마침 앨리스 먼로의 작품 가운데 그의 초기 소설들을 모아 1968년에 펴낸 데뷔 단편집 'Dance of the Happy Shades'를 2010년에 곽명단 교수가 번역, 출간한 『행복한 그림자의 춤 』을 텍스트로 읽었다. 시중에는 이 밖에도 수년 전에 한국어로 번역 소개된 먼로의 후기작으로서 2001년에 발표한 『미움 우정 구애 사랑 결혼 (Hateship, Frendship, courtship, Loveship, Marriage)』, 2004년에 발표된 『떠남(Run Away』 등이 나와 있다.

여러 정보를 통해서 우리는 작가 앨리스 먼로의 삶과 문학을 유기적으로 파악할 수 있다. 그는 일찍이 1931년 여름에 캐나다 남동부 지역인 온타리오주의 시골 윈햄에서 서민의 딸로 태어났다. 1800년대 이래 영국에서 이주하여 보수적인 스코틀랜드계의 부친과 감성적인 아일랜드계 모친이 낳은 삼 남매 중의 맏이이다. 그러기에 먼로는 어릴 때 고향에서 여우농장을 경영하는 아버지나 교사였던 어머니 외에 이웃 사람들의 삶을 작품에 속속들이 자주 반영하고 있다. 그가 평소 함께 살다 파킨슨병을 앓던 어머니 등, 따분한 시골집 환경에서 벗어나 새롭고 넓은 세계와 마주친 것은 대학진학 이후였다고 한다.

1949년 캐나다 웨스턴 온타리오대 영문학과에 입학한 이듬해에 첫 소설 「그림자의 차원」을 발표했고 1951년에 결혼한 뒤 대학을 중퇴하고 서점도 경영하였다. 그가 문단의 한 귀퉁이에서 소리 없이 작품을 쓰던 무렵에는 도서관 사서 등으로 일 했다고 전한다. 그가 본격적인 작가로 공식 데뷔하기는 37세이던 1968년에 첫 번째 단편소설집 『행복한 그림자의 춤』을 출판해서 인정받기 시작하면서이다. 몇 출판사로부터 출간을 거절당했다는 이 창작집으로 캐나다에서 가장 권위 있는 총독문학상을 수상하면서부터 그의 명성은 계속되었다. 그 후로 2012년에 자신의 삶을 조명한 단편소설집 『*Dear My Life*』를 내서 붓꽃문학상을 수상하고는 연령상의 부담으로 절필선언을 하기까지에 걸쳐 수상 경력도 화려하다. 캐나다에서 총독문학상 3차례, 길러상 2차례에 이어 미국에서도 전미도서비평가협회상, 오 헨리문학상, 그리고 2009년에는 노벨문학상에 버금가는 맨 부커상 국제상 등을 석권했다.

앨리스 먼로는 그곳 여성작가의 두 기둥 격인 후배작가 마거릿 애튜드와 함께 작품의 질량 면에서 이전의 영국이나 프랑스문학에 종속되었던 캐나다의 현대문학을 제대로 확립한 존재로서 평가받고 있다. 일상의 자잘한 주변이야기를 여성 중심으로 감미롭고 예리하게 다루어온 그는, 1939년 오타와 태생으로서 토론토대학, 하버드대학 등에서 영문학을 강의하며 장편소설『시녀 이야기 (1985)』,『인간종말 리포트 (2003)』등의 거시담론적인 디스토피아로 현대문명을 비판한 마거릿 애투드와는 대조를 보인다고 알려졌다.

서민들의 애환과 인정

그의 출세단편집인『행복한 그림자의 춤』에는 앨리스 먼로의 초기 단편 15편이 실려 있다. 이 작품들에는 대체로 작가가 어릴 적이나 한창 젊은 시절에 시골 주변에 함께 살던 류의 주위 아저씨나 할머니 등, 고향의 허름한 가정과 서민들이 등장하고 있다. 이를테면, 농어촌처럼 후진 환경 속에서 늘 접하고 지내던 자신과 이웃들 삶 속의 소소한 애환이 속속들이 그려져 있는 것이다.

출세하고 부유한 계층이 아니라 가난하고 옹색하게 사는 사람들을 다룬다. 흔히 주인공이나 화자는 작가의 분신 격인 '나'로서 소녀 자신이거나 그 또래 친구로 변모되어 나타나되 그들의 눈은 노인네를 비롯한 성인들의 삶에서 좀처럼 시선을 떼지 않는다.

따라서 작가가 중장년에 이른 1970년대 이후의 후기 작품에 등장하는 인물 성향과는 상이하다. 『미움 우정 구애 사랑 결혼』, 『떠남』 등에는 미혼 청소년이 아니라 이미 결혼한 부부생활상의 갈등이나 전에 작가 스스로 이혼과 재혼을 겪고 네 자녀를 둔 처지로서 중년과 노년층의 소외된 삶 문제를 드러내고 있어서 대조되는 양상이다. 창작집의 표제작인 「미움 우정 구애 사랑 결혼」에서의 독신 가정부인 조해너 패리나 그녀의 홀아비 주인인 맥컬리 노인과 그의 빚쟁이 사위로서 기관지염으로 삶을 마감하는 켄 부드로 만이 아니다. 영화화되어 널리 알려진 「곰이 산을 넘어오다」에서의 은퇴한 그랜트 교수와 그의 아내임에도 치매로 요양원에 입원하여 남편을 몰라본 대신 이웃 치매환자 오브리와 친하게 지내는 피오나 등은 노년들이다.

첫 소설집에서 「나비의 나날」의 경우, 화자인 '나'는 외딴 농장에서 매일 8킬로 거리를 시내로 통학하는 초등여학생이다. 그 여학생은 옷에 오줌을 싸는 남동생을 데리고 다니는 탓에 마이라 세일러에게서 상한 과일 냄새가 난다며 따돌림을 당한다. 그 처지가 안타까워서 다가간 친구가 비행기 승무원을 희망한다며 말문을 열자 미술과 수학을 좋아한다는 마이라도 마음을 연다. 그 후에 결석하던 마이라가 백혈병으로 입원했다는 소식을 듣고는 평소 외면하던 급우들이 달링 담임선생과 더불어 문병을 가서 뿌듯한 인간미를 맛본다. 뜻밖에 많은 선물을 받은 마이라는 병실을 나서는 '나'에게 말한다. 전에 과자봉지 속에서 찾은 나비 브로치를 줘서 고마웠다며 따뜻한 우정을 전한다. -"선물이 너무 많아. 너 좀 가져."

창작집의 표제로 내세운 「행복한 그림자의 춤」은 오페라에서의 피아노음악 이름이기도한데 장애아들의 연주와 수수한 사람들의 모습이 인상적이다. 시골 소도시의 피아노학원에 언니와 함께 교습생인 화자('나')의 눈에 비친 학부형과 어머니 스승인 마살레스 선생의 삶이 눈길을 끈다. 노인이라서 싼 교습비인데도 학부형들이 빠져나가지만 교습을 시키고 자주 비좁은 방에서 파티 겸 연주회를 갖는 집념은 남다르다. 결코, 고독하다거나 서운하다 하지 않고 포기하지 않는 삶의 꾸준함이 배어난다. 더구나 노년의 나이에 인기 없는 교습을 계속하며 자매 노파가 구차하게 사는 형편에 한사코 새 책까지 연말선물로 챙겨주는 마살레스 선생의 고지식하고 이상주의적 삶은 고독한 인생의 한 기호처럼 느껴진다.

소녀의 눈을 통해서 주위 서민들의 삶을 제시한 단편의 보기로는 「어떤 바닷가 여행」에서 더 극명하게 드러난다. 화자인 메이는 열한 살 수줍음을 타는 소녀로서 서른세 살 노처녀인 헤이즐 점원과 함께 일흔여덟 살인 남의 할머니를 모시고 공동묘지 옆의 고속도로변 가게 일을 도우며 살아간다. 아들마저 20여 년 소식 없이 캘리포니아에서 지낼 것으로 추측하는 할머니(노파)는 출생신고마저 하지 않아 노령연금도 없이 시골에 붙박혀 지내온 것이다. 그러던 어느 무더운 날 하루는 야릇한 새 꿈을 꾸었다는 할머니로부터 처음으로 언제쯤 바닷가 여행을 떠나자는 말을 듣자 이상한 빛과 새 힘을 느낀다. 마침 가게에 들른 허름한 차림의 돌팔이 최면술사에게 최면을 시험해보던 할머니가 졸도하자 그 남자는 처음 당하는 일이라며 달아나 버리는 극적 반전으로 마무리된다.

그런가 하면, 다음 작품들은 사춘기의 시골 젊은이들 애정세태를 그리고 있어 흥미롭다.

「붉은 드레스-1946」는 데이트 한 번 못해 본 채 여중학생이 된 '나'의 긴장과 호기심에 쌓인 행각이 흥미진진하다. 평소 시험에 불안하고 수학시간에는 문제풀이를 시킬까 봐 조마조마했지만, 학교에서 행해지는 댄스파티에는 잔뜩 겁을 먹으면서도 적잖게 솔깃한 관심을 드러내는 것이다. 그럼에도 더해오는 부담감에 댄스파티에 안 나가려 얼음물을 가슴에 넣어서 감기에 걸려보려 꾀하다 실패하고 모임에 나가는 심경이 흥미롭게 와 닿는다.

왜 나에게는 춤 신청을 안 하는 걸까? 다른 여자애들은 다 받는데 난 왜? 붉은 벨벳 드레스까지 입고, 컬러로 머리까지 말았고 방취제에 향수까지 뿌렸건만. 나는 기도를 하자고 생각했다. 눈까지 감을 수는 없었지만, 제발 나 좀, 제발하면서 마음속으로 빌고 또 빌며 등 뒤로 손을 돌려 깍지를 끼었다.

주인공('나')의 목소리마저 떨린 데다 땀 흘리며 킹카 남학생과 상대할 적에도 긴장된 나머지 몰래 화장실에 들어가서 한참을 숨어 마음 졸이는 행각이 실감 난다. 엄마께서 지어준 드레스에 설레면서 화장하는 법까지 돌보아주던 친구 로니는 오히려 남자애들과 잘 어울리는 대조의 묘미도 돋보인다.

그리고 「주일 오후」에서 주인공으로 등장한 열일곱 살 앨바는 다리며 허리가 통통한 체격으로 부유한 집의 가정부 신분이다. 하녀복 차림으로 주방에서 손님을 접대할 요리 준비에 경황없는 그녀에게 다가가 오래도록 키스하는 개닛 부인의 조카도 받아주며 지내는 것이다. 그러면서 앨바는 일주일 후에 주인인 갤벗 부인의 섬 별장에 갈 기대에 부풀어 있는 편이다. 여느 작품과 달리 요리 이야기를 곁들인 이 작품에서는 주인공 화자를 변형시켜서 일부 부유층과 대비적인 서민의 처지를 다룬 셈이다.

또한 「하룻강아지 치유법」에서는 위 작품과 달리 이미 결혼한 주부('나')의 과거 회상을 통해서 젊은 시절의 실연 이야기를 들고 있다. 초·중학 과정을 합한 고학년 때 동급생 남학생인 마틴과 첫 데이트를 해서 짙은 키스를 한 이후로 두어 달 동안 몇 단계의 만남을 거치고는 버림을 당했던 것이다. 마틴이 연극의 상대역이던 여학생과 사랑에 빠졌던 원인에서였다. 그런 처지에서 실연에 빠져있던 여성은 아르바이트 삼아서 댄스파티에 간 사이에 부탁받은 베리먼 부부 집을 보던 중에 일을 내고 만다. 밤에 혼자서 멋모르고 거실 냉장고의 양주들을 꺼내서 홀짝거리다 크게 취해버린 사건. 침실에 넘어지고 오물을 쏟던 중에 친구들이 와서 도움을 받았다는 추억담이다. 이렇게 부질없는 실수를, 친척의 장례일로 고향에 내려가 빈소에 들렀을 때 바로 그 장례식장에서 장의사로 일하는 마틴을 서로 건너다보며 회상하는 데서 인생무상의 여운을 전해준다. 더구나 「태워줘서 고마워」는 제목처럼 시골 젊은이들의 넘치는 감정 분출과 일탈의 풋사랑 풍속을 실감 나고 경쾌하게 다루어 잘 읽혀진다.

"쇼 보러 갈래, 형?"
그때 문이 열렸다. 한 여자애가 들어와 치맛자락을 모아 엉덩이 밑에 넣고 민걸상에 앉았다. 지루하다 못해 보기만 해도 졸리게 하는 얼굴에 가슴은 절벽이고 머리는 빠글빠글 볶았다. 나무토막처럼 밋밋하고 못생긴 편이었지만 설명할 길 없는 섹시미를 풍기는 여자애였다. 조지 형은 그나마 다행이라는 듯 얼굴이 조금 환해졌다.
"좋아, 됐어. 우리가 지금 이것저것 가릴 처지야. 어디? 저 정도만 해도 감지덕지해야지."

시골 중학교를 갓 졸업한 '나'는 승용차에 함께 탄 사촌형 조지를 따라 난생처음 젊은 여성들의 엽색행각에 홀려서 나선 처지이다. 동네 레스토랑에서 여종업원에게 말을 걸던 형은 못생긴 아가씨 손님인 애들래인과 죽이 맞아 그녀 친구까지 불러낸다. 며칠 전에 약혼자와 헤어졌다는 로이스는 장갑공장에서 일하는 17세 여공. 원피스로 갈아입는 사이에 로이스 집에 들른 그들은 그녀 가족인 어머니와 할머니까지 소개받고 나온다. 그리곤 승용차 앞뒤 자리에서 서슴없이 짝을 이룬 그들은 동네서 밀주 술을 사서 실컷 마시고 후미진 숲 속에서 풋사랑을 나누고 나와서 "태워줘서 고마워"하며 헤어지는 풍경으로 메시지를 던진다.

그런 반면에 「그림엽서」에서는 젊은이들의 풋사랑과 달리 신랑감을 아쉽게 놓친 주빌리 지방 노처녀의 쓰린 사연을 그려 보인다. 주인공인 '나'는 홀어머니를 모시고 살며 백화점 아동복 매점에서 14년이나 근속 중인 루이스 헬렌이다. 그만큼 나이 든 여인인데 어머니와 죽이 맞아 지내며 자기에게 프러포즈하는 클레어에게는 좋아하면서도 새침하게 말했던 터였다. "미안하지만 결혼에 관해서는 생각하고 싶지 않아요."라고. 그 뒤로 두 번 다시 청혼하지 않던 12년 연상의 클레어는 플로리다에 여행을 떠나서는 얄궂은 엽서만 보낸다. 그리곤 뜻밖에 그곳에서 토라 레슨 부인과 결혼하여 주발리로 정착하려 올라오는 충격적인 소식을 전해주는 것이다.

끝으로 「휘황찬란한 집」에서는 되도록 이웃 주민들의 말을 귀담아 들어서 작가처럼 여론을 파악하는 메리가 관찰자 역할을 한다. 그래서 메리는, 달걀 장수인 풀리턴 할머니보다 젊은 둘째 남편마저 오래전에 집을 나가서 무소식인 채 할머니가 혼자 사는 사실을 알아낸다.

"떠나신 지 얼마나 됐는데요?" "12년. 아들내미들이 나더러 여기 팔아치우고 방을 얻어 살랴. 나는 싫다 했지. 그적에는 암탉하고 암염소를 쳤어. 정 붙이고 키우는 것들도 있었고. (중략) 암튼. 그때 내가 그랬구먼. 서방이야 가면 가는가 보다 오면 오는가 보다 할 수 있을지 몰라도."

따라서 메리는 한사코 40년 동안 살아온 할머니 땅을 시에 재개발지역으로 건의하려는 주민들의 음모를 경계하는 것이다.

자전적인 삶의 서사 세계

아래 단편들에는 앨리스 먼로의 실체험적인 요소가 더 짙게 드러나 있다. 그거야 전기적(傳記的) 삶의 그대로가 아니라 예술적으로 굴절, 승화되어 있음은 물론이다. 그러기에 그는 거의 '나'를 중심한 일인칭 시점(視點)의 단편을 선호한다. 무엇보다 먼로 자신이 태어나서 자란 캐나다 온타리오 주의 윈햄 (작품에서는 주빌리) 지역과 거기 살던 사람들 중심으로 써온 것이다. 세계화와 지방화가 조화된 글로컬 시대인 현대에 바람직한 작품 성향이다. 손수 겪은 대상을 더 자신 있게 표현하는 것이기에 누구의 어느 곳보다 값지고 성공의 확률을 높이게 된다.

먼저, 「사내아이와 계집아이」는 작가 자신 격인 11세 소녀('나') 화자가 겪으며 지켜본 한 시절의 가족 생활상을 서두부터, 또는 중간에서 생생하게 보여준다.

우리 아버지는 여우목장을 했다. 다시 말해, 은여우를 길러 모피값이 비싼 가을과 겨울철에 잡아 껍질을 벗기고 그 털가죽을 허드슨 베이 회사나 몬트리올 무역업체들에 팔았다.

나는 남동생 레어드와 함께 계단 맨 위에 앉아 아버지가 일하는 모습을 지켜보았다. 아버지가 날가죽을 뒤집어 벗기자 도도하고 중후한 털가죽을 빼앗긴 그 여우의 몸은 뜻밖에도 작고 야비한 쥐새끼처럼 보였다. 미끌미끌한 여우의 알몸은 자루에 모아두었다가 쓰레기터에 묻었다. 한번은 일꾼 헨리 베일리 아저씨가 이 자루를 내

앞에서 휘두르며 "크리스마스 선물이다!" 했다. 엄마는 그런 장난을 못마땅해했다. 사실 엄마는 모피 제조 작업 — 여우를 잡아 죽이고 껍질을 벗기고 털가죽을 약물 처리하는 전체를 싫어해서 — 그 작업을 집 안에서 하지 않기를 바랐다.

소녀도 여우목장을 하는 집에서 벗어나려 하지만 아버지가 여우들 먹잇감으로 잡아 죽이려는 늙은 말을 오히려 도망치게 도와주는 데서 동생 등의 남자들과 갈등을 드러낸다. 하지만 그녀는 결코 저항적인 여성운동을 펴는 페미니스트는 아닌 것이다. "계집애가 그렇게 문을 꽝꽝 닫으면 못쓰느니라." "계집애는 다리를 모으고 앉아야 하느니라." "계집애가 그건 알아서 어디다 쓰게."에 반발할 정도이다. 결말 부분에서 "누나 운다."는 말에 "됐다."며 "계집애일 뿐이니까."라는 아버지를 향해서 "나는 그 말에 반발하지 못했다. 마음속에서조차, 어쩌면 맞는 말일지 모르니까."하고 만다.

그런데 「떠돌뱅이 회사의 카우보이」는 털가죽 시장이 불황에 몰리자 여우목장의 문을 닫고 행상에 나선 가장의 생업실태를 소녀('나')의 눈으로 바라본 풍경이다. 워커 브러더스의 판매사원이 된 아버지는 아들 형제와 더불어 중고차로 휴런 호숫가의 항구도시를 누비는 것이다. 아버지가 직접 가사를 짓고 곡을 붙인 노래이름을 제목으로 삼은 그대로 외치며 담당구역을 도는 모습이 선하다. - "티눈약부터 부스럼약까지 / 연고라면 갖가지 다 있습니다."- 그리고 감기약, 철분 영양제, 티눈약, 변비약, 부인병에 좋은 알약, 구강 청결제, 샴푸, 로션제 등을 주워 섬기며 파는 것이다.

이어서 「망상」은 도회지에서 유학하던 딸아이('나')가 모처럼 시골집에 내려가 치매에 걸린 채 뜨개질을 하는 어머니나 그 어머니를 수발하는 간호조무사 등과 만나는 이야기이다. 작가가 어릴 적부터 교사였던 어머니의 파킨슨병 때문에 집을 떠나고 싶었다는 사실과 연계되는 내용이다. 집에서 죽음을 기다리는 노인들 보살피기에 지친 간호조무사는 뚱뚱한 올드미스답게 거칠고 불만투성이인지라 외면하는 태도가 역력하다. 한심하여 방안에서 사람들 그림자를 바라보는 딸에게 무슨 망상이냐며 덫을 살피러 가는 아버지를 따라 나가면서 딸은 자신의 옛날을 떠올린다.

아버지가 한창나이에 와와내시 카운티에 흐르는 강줄기를 누비고 다니느라 몇 주일을 밤낮없이 수풀에서 살다시피 했다. 그때는 사향 쥐뿐만 아니라 붉은 여우며 야생밍크며 담비 따위의, 가을이면 최고가로 팔리는 모피의 동물들을 잡을 덫까지 놓았다. 봄철에 덫으로 잡을 수 있는 것은 사향 쥐뿐이었다. 결혼을 하여 농장 일에 매달린 뒤로 한 가지 덫만 놓은 지 몇 해 되었다.

특히 「위트레흐트 평화조약」은 친정어머니의 수발과 죽음을 두고 자매간에 갈등을 겪는 내용이다. 무더운 여름철에 모처럼 남매 아이까지 데리고 주빌리에 내려와 3주일을 지내도 화자인 헬렌 ('나')은 실망한다. 사람들은 어머니 장례식에 참석하지 못한 딸을 의아하게 생각하고 언니인 매디도 냉정하다. 사실 언니는 동생보다 답답한 집을 떠나서 4년 동안 공부하고 낡은 벽돌집에 돌아와 고향의 읍사무소에 근무하며 어머니를 지킨 사람이다. 그런데 헬렌은 도회로 나가 공부하고 타지에서 결혼해 살다가 오랜만에 주빌리 고향에 찾아온 것이다. 헬렌은 집안의 할머니들로부터, 희귀병을 앓던 어머니가 난폭하여 입원시켰으나 탈출하는 바람에 널빤지에 묶인 채 병원에서 숨졌다는 사실을 알게 된다. 그런 일에 자책하지 말라는 동생의 충고에 결코 자책 않는다며 매디가 마무리 부분에서 소리친다.

"그런데 나는 왜 안 되지, 헬렌? 난 왜 못 할까?"

마지막으로, 맨 앞에 실린 「작업실」은 중년에 이른 작가 스스로 모처럼 오붓하게 소설을 쓸 오피스텔을 마련하는 데서 생긴 에피소드이다. 남편의 동의를 얻어서 집에서 멀지 않은 쇼핑센터에 있는 공간을 월 25달러에 계약한다. 그래서 작업실에서 글을 쓰는 중인데 주인인 맬리씨가 작가에게 한사코 호의를 베푼다. 굳이 사양해도 치근거리면서 말을 걸고 화초, 다관주전자, 팔각휴지통, 거품고무방석 등을 연거푸 선물하는 것이다. 그리고 나중에는 밤중에 건물 주인이 몰래 집필실에 들어가서 원고까지 훔쳐보는 걸 목격한 작가는 냉담한 태도를 취한다.

다음번 그가 내 작업실에 왔을 때 나는 안에서 문을 잠갔다. 그 발소리하며 살살 구슬리는 듯한 노크 소리를 어찌 모를까. 나는 일부러 요란스럽게 타자기를 두드리고 있었지만 간간이 멈추지 않을 도리가 없으니, 내가 노크 소리를 들었다는 걸 그 남자라고 모를 리 없었다. 그는 내가 마치 장난이라도 치고 있는 것처럼 내 이름을 부르고 얼렀다. 나는 입을 꼭 다물고 대답하지 않았다. 얼토당토않게 죄책감이 밀려왔지만 나는 꿋꿋이 타이핑을 계속했다. 그날 화초 뿌리 주변의 흙이 말라 있는 것을 보았다. 그래도 그냥 내버려 두었다.

그러자 그는 이제 작가를 적대시하여 끈질기게 괴롭히는 것이다. 감각적이고 섬세한 문장에다 그 발단이나 전개를 거쳐서 클라이맥스와 결말을 구성미 있게 완성해 놓은 주옥편이 아닐 수 없다. 단일한 구성에 개성 있는 인물 성격이며 현대적 공간에 위트와 유머 및 역설과 풍자가 어우러진 단편소설의 한 본보기가 되고 남는다.

남다른 감성적 후각 묘사

앨리스 먼로 소설의 나머지 특성 하나는 작품상에 독특하게 드러난 냄새의 활용을 통한 후각의 감성미학이다. 적어도 그의 단편 작품들 이미지에선 대체로 시각적이거나 청각적 내지 촉각적인 면에 비해서 후각적인 표현이 두드러져서 주목된다. 따라서 여느 작가의 문체나 이미지 설정 면에서 상대적으로 돋보이는 그의 소설 미학상의 특질적인 매력인 이 후각적 감성효과를 주목해 둘 점으로 보인다. 향내는 평소 가까이하길 즐기는 기호로서 작품의 양념 못지않은 효과를 거두는 요소인 반면에 악취는 섬세한 감각과 예리한 관찰로 맡거나 기피하는 데 약으로 쓰이기 때문이다. 특히 먼로의 작품에서는 그 냄새가 남달리 뛰어나게 다양하고 리얼하게 묘파되면서 작품의 맛을 감칠맛 나게 한다.

먼저 성장 과정에 많이 겪었던 체험이 담긴 해당 작가의 자전적인 작품들부터 살펴본다.

「사내아이와 계집아이」에 실린 중간부분에서 여우의 노린내는 단연 '뒤집어 벗긴 털가죽'이나 '핏줄이 엉긴 작은 덩어리와 기름방울들'의 시각이미지보다 강세이다.

냄새도 진동했다. 아버지는 뒤집어 벗긴 털가죽을 긴 작업대에 꽉 펼쳐놓고 핏줄이 엉긴 작은 덩어리와 기름방울들을 꼼꼼하게 긁어냈다. 피와 동물 기름 냄새가, 여우가 본디 타고난 지독한 노린내와 섞여 집 안 구석구석까지 스며들었다. 오렌지와 솔잎 냄새나 마찬가지로 나는 그 냄새로 계절을 알았다.

또한 「망상」에 드러난 후각이미지는 중간에 복합된 '아버지의 장화 밑창에 덕지덕지 들러붙은 개흙, 밑창의 골마다 꽉 낀 채' 대목에 드러난 촉각이미지를 단연 압도하고 있다.

나는 늘 메리의 냄새를 맡을 수 있었다. 그게 무슨 냄새였을까? 쇠 냄새 같기도 하고 까만 향신료(정향 같은 냄새였는데, 메리는 실제로 치통이 심했다.) 냄새 같기도 하고 내가 열 감기에 걸렸을 때 가슴을 닦아내던 약품냄새 같기도 했다.

벗어서 주방 한쪽 귀퉁이에 세워 놓은 아버지의 장화에서는 거름과 기계기름, 밑창에 덕지덕지 들러붙은 개흙, 밑창의 골마다 꽉 낀 채 썩고 분해되는 물질들에서 지독한 냄새가 풍겼다.

이어서 「태워줘서 고마워」에서 처음 만난 아가씨 집에 들러서 맡은 후각 묘사의 표현 부분이다. 곧잘 구사하는 그의 체험적인 냄새 묘사는 퍽 다양하고 사물에 대조적이며 밀도감이 있어서 일상의 틈새공간과 음식, 침구, 옷감, 약품들에까지 복합적으로 이어 닿고 있음을 본다.

나는 집 안에서 나는 냄새에 신경 쓰였다. 작은 방과 침구에서 나는 퀴퀴한 냄새, 튀김 냄새, 빨래 냄새, 약용 연고 냄새들. 보기에는 지저분하지 않건만. 어디선가 오물 냄새도 났다.

"앞에 세워둔 차 좋던데? 네 차니?"

"아버지 겁니다."

눈에 잘 띄지 않는 작은 짐승이 베란다 밑에서 죽었을 때 나는 것과 같은 보이지 않는 부패의 냄새, 그 냄새.

마무리로서 「어떤 바닷가 여행」에서는 노파의 살 냄새를 썩어가는 사과껍질과 비누며 열에 누른 면직물 및 담배냄새들과 다층적으로 제시하여 훨씬 리얼한 후각 이미지의 효과를 거둔다.

바람도 잠잠한 그 무더운 오후, 메이는 곁에 서서 내려다보고 있는 할머니에게서 독특한 살 내를 맡았다. 오래된 사과 껍질이 물러질 때처럼 달콤하게 썩어가는 그 냄새는 독한 비누나 다리미에 눌은 면직물이나 할머니가 늘 달고 다니는 담배처럼 익숙한 냄새보다 훨씬 짙게 훨씬 더 널리 퍼졌다.

좁디좁은 그 방에서는 열을 받아 노글노글해진 오일클로스 냄새와 노파의 털양말 냄새가 났다.

특히 단편 「죽음 같은 시간」에서는 냄새 모티프로써 사건이 형성되고 있음을 본다. 큰 가수 되기를 바라는 엄마의 기대처럼 금발의 소녀가수로 선망 받은 퍼트리샤의 처지가 그것이다. 음악 연주와 노래 등으로 청각이미지 주류인 이 작품에도 후각요소가 결정적 역할을 한다. 딸의 출연 복을 짓던 중에 바늘이 부러진 탓에 어머니가 길 건너가서 바느질해 올 동안 동생들 잘 챙기라고 이르고 간 사이. 그날 밤 잠깐 집을 나서며 대문 고리를 벗기는데 어쩐지 발길이 떼어지지 않고 얼굴마저 창백했다는 어머니의 예감은 이상하게 불길한 빛으로 죽음의 조짐을 드러낸 작가의 천재적 영감이지만. 아홉 살 퍼트리샤가 "우리 집은 냄새가 지독해."하면서 방안의 대청소를 하려 난로에 물을 끓였던 것이다. 그리고 펄펄 끓던 양동이 물에 어린 남동생이 데인 뒤로 죽기 전의 동생이 만나면 신 나 하던 칼갈이 아저씨를 발견하자, 그가 싫다며 비명을 지르는 퍼틀리샤는 병원신세를 지게 된 내용이다.

결론에 부쳐

2013년 노벨상 수상작품 읽기는 우리에게 생소했던 수상작가에 대하여 나름대로 새로운 덕목과 세계문학 한 자락을 만나는 값진 기회이다. 작가인 엘리스 먼로를 비롯해서 그 주변의 다채로운 이야기들을 흥미롭고 리얼하며 진솔한 모습 그대로 접근할 수 있었다. 캐나다 시골마을에서 촌스럽고 후지게 지낸 이웃사람들의 모습이 흥미로웠다. 특히 남부끄러울 지경으로 사냥한 짐승들의 털가죽을 벗기는 부친 직업이며 건강이 좋지 않던 모친이나 작가 남매들 간의 미묘한 갈등 또한 속속들이 다가들어 흡인력을 더하는 것이다. 여기서 문득 앨리스 먼로 작가와 수년 전 작고한 박완서 작가(1931~2011)가 나란히 환하게 웃는 사진 영상으로 떠오른다. 서로 동갑일 뿐 아니라 늦깎이 등단에 아기자기한 서민여성들의 애환을 즐겨 써온 이야기꾼인데다 가냘픈 얼굴까지 닮아서일까. 그럼에도 노벨상과의 인연에서 두 작가는 너무나 남남이다.

4. 수난시대 민중적 리얼리즘과 향토성

김정한 작가의 삶과 문학

강직한 성품과 창작 활동

요산 김정한(金廷漢)은 남다르게 개성이 뚜렷한 작가로서 주목된다. 실로 우리 현대문단사를 통틀어서라도 그의 삶과 문학은 뚜렷한 성격을 지니고 있다. 그러기에 작고한 지도 어언 강산이 두어 번 변할 세월을 훌쩍 넘긴 작가의 체취가 새로워진다. 더욱이 새 세기의 민주화나 첨단화된 정보화 여건 속에서 개인주의에 안주해 있는 금세기의 작가들 처세나 독자들에게 요산의 의연했던 삶과 글들은 반면교사 이상의 사표로써 대할 수 있을 것 같다.

김정한(아호 樂山) 작가는 1908년에 경남 동래군에서 태어나 서당에서 한문을 익히다가 신학문을 접했다. 16세 때 서울의 중앙고보에 입학했다가 이듬해에 시골집으로 내려와 고향에서 수학했다. 동래고보 재학 중에 일제 당국의 식민지교육 정책에 반대하는 동맹휴학사건에 간여했지만 고보를 졸업한 1928년에는 21세로 울산에서 공립보통학교 교원으로 취임하여 첫 직장을 얻었다. 그 무렵《동아일보》등에 저항성 깃든 시들를 투고했고 그로 인해 가택수택도 당했다. 일본의 차별대우에 조선인교원연맹을 조직하려다 일경에 피검되어 신문까지 받았다.

이듬해에 일본에 건너가서 동경제일외국어학원과 와세다대학 부속 제일고등학원 문과에서 수학했다. 재일본 학생지《學之光》 편집에 참여하고《조선시단》《신계단》 등에 시와 단편소설을 발표했다. 25세 때인 1932년에 귀향하여 양산 농민봉기사건에 관련되어 피검, 학업 중단이 되었다. 이듬해에 다시 시골보통학교에 교사로 부임하고 이 무렵부터 농민문학에 남다른 관심을 가졌었다. 29세인 1936년 초에는 드디어 단편 「사하촌」으로 조선일보 신춘문예에 당선되었다. 그 당선작이 불교계를 비난한 내용이라서 한동안 압력을 받았음은 물론이다.

그 무렵에는 「옥심이」「항진기」「낙일홍(落日紅)」「월광한」 등, 다소 다의적인 창작에 임하였다. 그러다가 32세에 다른 보통학교 교원으로 전임되었으나 이듬해인 1940년에는 일제 당국의 창씨개명과 조선어 사용 철폐에 반대한 나머지 자진해서 사직하여 한동안《동아일보》지국을 경영했다. 그때 불령선인으로 낙인찍힌 그는 민족지 신문의 강제 폐간 이후에 해방되기까지 붓을 꺾고 경남도청 상공과 산하 면포(綿布)조합 서기로 생계를 꾸려왔던 것이다.

해방 이후에도 좌우 양측 문단의 부산지역 책임을 맡았으나 강직한 성품의 작가는 중앙문단과 불화했던 것으로 보인다. 그러다가 다행히 경남중학에서 교편을 잡고 한국전쟁이 발발하기 전부터 부산대 전임교수로 재직하며 문학을 함께해 왔다. 이런 작가의 프로필을 감안하면 요산 김정한은 수난기인 일제강점기에 이어 분단시대를 줄곧 불화와 비판으로 각을 세우며 지내온 문인으로 각인되고 있다. 1960년대 후반에 접어들어 「모래톱 이야기」 같은 중후한 소설 발표로써 활발한 창작활동을 재개하여 50여 편의 역작소설을 남기고 1997년 11월에 작고한 우리 시대 대표작가의 한 사람이다.

전기- 빈궁층 농민들의 항거의식

김정한은 알려진 대로 단편 「사하촌」(寺下村, 1936)이 《조선일보》 신춘문예에 당선되어 본격적인 작품 활동을 시작했다. 1930년대에 발표한 요산의 초기 단편들에는 빈궁한 농민의 삶과 항거를 다루어 경향파적 요소가 짙다. 다소 때늦은 경향파 성향이란 견해에 거부반응을 보인 작가 스스로는 의식 않고 썼을지라도 객관적인 면에서 당시 작품에 그런 성향이 적지 않게 담겨 있다. 약자에 힘있는 자들의 횡포를 고발하고 지탄하는 일이야 오늘에도 선비의 소중한 덕목인 것이다. 그는 이미 문청시절 습작기에 선보인 「그물」(1932)부터 소작인인 또출이가 삼 년 계약기간을 남겨두고도 지주와 함께 돈을 가져오라는 그물에 걸린 채사음(김주사)에게 논을 빼앗긴 처지를 드러냈다. 그 후의 등단작인 「사하촌」에서도 혹심한 가뭄철에 보광사의 절 논을 버는 들깨 등 치삼 노인 식구를 비롯한 성동리 농민들의 대응양상도 그렇다. 소작해 오던 절 논을 떼이고 목을 맨 허서방 처지 앞에서도 물길을 막으면서 수리조합 물을 대려는 스님과 승강이하며 소작쟁의를 논하는 현장을 전경화한다. 그것은 다음 같은 중간과 마무리 부분에도 선명하게 드러난다.

들판에는 반 이상 모가 뽑히고 메밀 등속의 댓곡식이 뿌려졌으나, 끓는 태양 아래서는 싹도 잘 아니 날뿐더러 설령 났더라도 말라지기 바쁠 지경이었다.

빨리 쌀밥 맛 좀 보자고 심었던 올벼도 말라져버리고, 남은 놈이래야 될 염도 안 먹고, 새벽마다 성동리 골목에는 보리 능기는 절구질 소리만 힘없이 들렸다. 학교라고 갔던 놈들은 수업료를 못 내서 떼를 지어 쫓겨났다. 쫓겨 오지 않고 끌려오기로서니 없는 돈이 어디서 나오랴. －「사하촌」 중간에서.

이윽고 그들은 긴 줄을 지어가지고 차압 취소와 소작료 면제를 탄원해 보려고 묵묵히 마을을 떠났다. 아낙네들은 전장에나 보내는 듯이 돌담 너머로 고개를 내가지고 남정들을 보냈다. 만약 보광사에서 들어주지 않는다면 ……하고 뒷일을 염려했다.

그러나 또쭐이, 들깨, 철한이, 봉구- 이들 장정을 선두로 빈 짚단을 든 무리들은 어느새 동네 뒤 산길을 더위잡았다. 철없는 아이들도 행렬의 꽁무니에 붙어서 절 태우려 간다고 부산히 떠들어댔다. -「사하촌」 마무리 부분.

더욱이 이전의 극심했다던 병자호란의 흉년 못지않은 당시의 날씨로 인해서 다투어 산뽕을 따서 누에를 치는 농촌을 배경 삼은 「항진기」(1937)에서는 농사에 열심인 아버지 박첨지와 함께 차남인 두호를 통해서 마름이 순순히 논을 내주지 않을 때는 논에 써레질을 해 버릴 각오로 항거를 드러낸다. 여기에서는 양잠순회지도원인 영애를 곁들여서 장남으로서 전문대학을 나오고도 일이나 취직을 생각지 않고 레닌주의를 내세우는 사회주의자(태호)를 지탄하여 눈길을 끈다. 작가는 다소 경향파성을 띠면서도 이념에 치우친 그들을 비판하는 자세를 서슴지 않는다. 두호는 입만으로 사회주의를 말하는 형에겐 '가산을 망친 형!' '눈물 나는 투사여!'라며 못마땅해 하는 것이다.

"쳇! 네 형은 언제나 사람이 될는지……?"

박첨지는 참다못해 한숨을 짓는다.

"글쎄요."

두호는 열쩍게 받아넘길 따름이다.

"그동안 집안 사정을 제 눈으로도 보았으니까 인젠 샘도 날 텐데…… 그놈의 전문학교란 데는 도대체 뭘 가르치는 덴지 원!"

"형님 말로는 머 인텔리겐챠라든가 인충인가를 만들어낸다더군요."

그런가 하면, 1940년대에 들어서며 그의 날카로운 항거의 작풍(作風)은 이전과 달라짐을 드러낸다. 위정당국이나 사회이념에 대한 문제보다는 개인적인 도덕성이나 지엽적인 삶의 부조리 현상에 돌려진 성향이다. 같은 해에 발표된「추산당과 곁 사람들」「낙일홍」「월광한」등. 그것은 일체의 언론 출판 활동이 악명 높던 이중검열의 관문을 거쳐서 이루어진 당시의 여건을 감안할 사안이다.

「추산당과 곁 사람들」(1940)에서는 애첩을 두고 부정축재로 재산가가 된 악덕 스님을 지탄하여 대조를 보인다. 그의 부도덕한 됨됨이나 몹쓸 내력을 잘 아는 할머니마저 그 위인을 '추산당(秋山堂) 귀신'으로 여길 정도이다.

"추산당 귀신이지, 추산당의……."

할머니는 자칫하면 귀신을 들먹거렸다.

"아무리 그렀다고 해도 온, 논에 무슨 귀신이 붙겠어요."

"붙구말구! 두구보지. 그 논 탄 사람이 어떻게 되는가."

명호는 그 이상 더 귀신 얘기는 듣고 싶지 않아서,

"죽으면 곧 극락 가실텐데 뭐!" 하고 씩 웃었다.

"부처 팔아먹은 중이 어떻게 극락에 가! 몸은 구렁이, 욕심은 귀신이 되는거야."

할머니는 혀를 끌끌 찼다.

그러기에 그와 일가친척인 강 첨지는 물론 강 첨지 아들 명호는 추산당의 장학금으로 일본유학까지 다녀왔으면서도 재종조인 그 스님에 가까이하지 않는다. 그래도 임종을 앞에 둔 그가 조카를 찾는다기에 명호도 그 자리에 가 본다. 하지만 유산의 분배를 노리며 줄지어 앉아 있던 친인척들 앞에서 끝내는 토지대장과 유서마저 감춘 문제로 다투는 탐욕에 찬 인간의 추악상을 지켜보고 고발하는 것이다.

「낙일홍(落日紅)」(1940)에는 일제하의 훈도였던 박재모가 여러 식솔들을 거느리고 학교관사에서 가난하게 살며 여러 해 동안 분교를 세우느라고 애를 쓴 사정이 그려져 있어 흥미롭다. 그런 만큼 인사 발령기에 퍽이나 임명장을 고대했던 분교장 자리에 뜻밖에도 부덕한 후배가 부임해 오는 데 대한 불만을 토로한다. 자신은 분교장커녕 학교 설 자리에 보리가 퍼런 갯가의 갈고지로 좌천된 것이다. 혼자 눈물까지 흘린 당자는 그 무렵 전쟁 독려 작품으로 널리 알려진 「보리와 병정」을 풍자하듯 자조한다. -"음 정말이군요. …… '보리와 교원'이란 이야기라도 써볼까. 허허허."

「월광한(月光恨)」(1940) 역시 제목에서처럼 얼핏 보아 극히 사사로운 내용을 이룬다. 어쩌면 해녀들의 삶을 통해서 식민지 백성의 곤궁한 삶과 한을 담았을지라도 평소 요산의 이미지와는 판이한 작풍이다. S포구에 출장 나간 하급 관리(나)가 그곳 바닷가에서 제주 해녀들을 발견하고 술집에서 어울리는 것이다. 현지 친구를 통해서 일본말을 섞어 대화하며 마음에 끌리는 은순 아즈방 친구 해녀들과 한 서린 그녀들의 '이어도' 노래를 듣는다. "양식 싸라 섬에 가세/ 총각차라 섬에 가세/ 이여도 하라 흥……." 출장 기간을 넘긴 며칠 후 밤중에는 은순네가 노를 젓는 덴마를 타고 뻐꾸기 섬에까지 다녀오는 낭만도 만끽하고 있다.

하지만 이런 작품을 발표한 직후로 절필한 그는 긴 휴면기에 들어간다. 1940년부터 일제에 의해 강행된 예의 창씨개명과 《동아》《조선일보》 강제 폐간에 이어 《문장》과 《인문평론》마저 폐쇄된 이후 김정한은 결코 친일 어용지에 작품 발표를 단호히 거부했던 것이다.

후기- 향토와 민중수난의 역사적 서사화

일제강점기 말엽 이후 절필해 온 요산은 회갑 무렵부터 김정한 자신의 문학을 튼실하게 열매 맺었다. 광복 전후까지 실로 4반세기의 세월이 지난 다음에야 그는 작품 창작 대열에 재등장하여 그야말로 괄목상대할 실적을 쌓는다. 그 후에 통틀어 20여 년 계속된 후기의 그것은 이전의 작풍과 달리 민중의 수난과 고발을 한껏 체험적인 역사성까지 담보한 채 입체적 미학의 밀도감을 더한다. 회심의 중편소설인 「모래톱 이야기」(1966)가 그 시작이었다. 작가의 분신인 화자(나)로 등장한 담임선생이 직접 '조마이 섬'에 사는 건우 학생 집에 찾아가고 그를 통해서 낙동강 하류의 모래톱 자리를 불법으로 소유해온 특권층과 억눌려 살아온 주민들의 실상을 민중의식으로 고발한 것이다.

우리 거무란 놈 말을 들으니 선생님은 글을 잘 씬다카 데요? 우리 섬에 대한 글 한 분 써 보이소. 멋지기! 재밌실 껩데이. 지발 그 썩어빠진 글일랑 말고…….”

“썩어빠진 글이라뇨?”

가끔 잡문 나부랭이를 써 오던 나는 지레 찌릿해졌다.

“와 그 신문 같은 데도 그런 기 수타(많이) 난다카데요. 남은 보릿거개를 못 냉겨서 솔가지에 모가지를 매 다는 판인데, 낙동강 물이 파아랗니 푸르니… 하는 것들 말임더.”

(중략)

“하기싸 시인들이니칸에 훌륭하겠지요. 머리도 좋고…선생도 시인아입니꺼. 그런데 와 우리 농삿꾼이나 뱃놈들의 이바구는 통 안 씨는기요? 추접다꼬? 글 베린다꼬 그라능기요?”

특히 구한말의 허진사- 오봉선생- 명호양반- 석이에 이르도록 4대에 걸친 가족사를 그 집 종부의 삶과 함께 다룬 중편소설 『수라도(修羅道)』(1969)는 무게를 더한다. 시대적으로 구한말부터 광복 이후 한국 동란기에 닿고 공간적으로 한반도-만주-일본에 걸친 이야기여서만이 아니다. 이른바 한일합방의 국치를 당하던 해에 김해에서 남편 명호양반을 따라서 허씨 가문의 종부로 들어온 가야부인의 삶을 민족수난사적 시각으로 서사화한 것이다. 구한말에 망국의 한을 품고 만주로 가서 국권회복 운동 겸 서당을 하다 유골로 돌아온 시아버지(허 진사)와 일경에 총살당한 시숙(밀양 양반)에 이어 퇴락의 길에 빠진 집안을 가야부인이 일으킨다.

추상같이 올곧은 시아버지(오봉 선생)마저 일제가 얽어 만든 사건으로 고문을 당해 나온 뒤 운명을 달리한 시련 속에서도 가야부인은 낙담하거나 약하지 않고 명호양반보다 더 의연하게 집안을 지켜나간 것이다. 구한말 이후 일제 탄압 속에서도 예의범절과 효성으로 어른을 모시며 육남매를 잘 길러 해방을 맞고 임종하기에 이른 가야부인의 일생을 외손녀(분이)의 날줄씨줄로 짜낸 회상으로 빚어낸 이야기이다. 따라서 『수라도』는 그 이름처럼 한 여성의 파란만장한 삶을 통한 한국 근현대사의 한 축소판이라 할 수 있다. 그리고 한국 전통적인 여인상으로서의 가야부인은 실로 『토지』의 최서희, 『혼불』의 청암 부인과 비견될 인물이다. 또 하나 『수라도』에서 주목 되는 바 이전 작품에서는 부정적이던 불교적 이미지가 긍정적으로 누그러진 면도 흥미롭다.

또한 여인을 통한 민중의 수난상은 어릴 적에 낙동강 상류의 배 나루터 집에 시집와서 살던 심속득(땅꼴댁)의 처지를 쓴 「뒷기미 나루」(1969)도 참고된다. 그녀는 순박한 남편이 밤손님 위협에 의해서 나루를 건네준 탓에 총탄 속에 행방이 묘연하고 고문을 당했던 시아버지마저 스스로 목숨을 끊어버린 가정의 파탄을 맞는다. 더구나 작가는 나루터의 뱃사공으로 홀로된 그녀(칠손 엄마)를 욕보이려는 기관원을 죽게 했다는 죄목으로 고난을 겪는 하층민의 인권 문제를 고발한다. 교도소에서 복역하는 여인 처지를 드러낸 서두와 마을 사람들이 백중날 놀이하는 중간 대목을 살펴본다.

P교도소의 젊은 간수들 사이에 미인으로 알려져 있는 심속득이는 한편 모범 죄수기도 했다.

"속눈썹이 긴 고놈의 눈덩이만 보아도 사내 몇 놈 좋이 골병 들이겠던데."

"게다가 새침데기라."

뒷기미나리는 눈물의 나리/ 임을랑 보내고 난 어찌 살라노/ 아이고 데고 성화가 났네./

징용에 끌려간 뒤 소위 대동아전쟁이 끝나도 돌아오지 않는 아들을 기다리다 지쳐 눈이 더 비어졌을 거란 이 눈딱부리란 노인은, 마치 자기의 신세타령이라도 하듯 가락이 한결 구슬프게 들렸다.

그런가 하면, 1970년대에 들어서는 모순된 현실과 사회 부조리에 대해 집단적인 항거를 다룬 작품도 눈에 띈다. 「인간단지」(1970)는 사회적 약자인 음성 나환자들의 수용소인 '자유원' 수용자들이 박성일 원장의 비리와 횡포를 고발하고 처우개선을 요구하는 투쟁이 가상하다. 일본유학까지 다녀온 우중신 노인이 앞장서서 산속에다 문둥이 공화국을 위한 천막을 치고 맞서는 현장을 애정 있게 펼쳐 보인다. 여기에선 사회의 부조리를 파헤치는 참여의식이 덕목으로 다가온다. 그리고 나가서는 여느 문학도와 달리 사회에서 외면하는 나환자에 대한 배려가 독자의 호응을 얻기에 충분하다.

집단적 항거문제는 황기철을 중심으로 벌어지는 「산거족」(1971)에서의 투쟁 역시 인상적이다. 비탈진 마삿등에 사는 4백여 세대의 식수를 해결하기 위해

주민들이 땀 흘려 설치한 시설을 사설수도라면서 철거에 나선 대원 측과 맞서는 모습이 눈에 띈다. 본디 삼일운동 때 가담한 할아버지에 이어 독립단 사건으로 옥사한 아버지의 유복자로 태어난 그는 선조의 유지처럼 다짐해 온 것이었다. -"사람답게 살아가라. 비록 고통스러울지라도 불의에 타협한다든가 굴복해서는 안 된다. 그것은 사람의 갈 길이 아니다." 왜정 때 집달리를 지낸 형이 적산 땅이던 마삿등을 불하받았다며 평소 아부를 일삼던 목수의 계교에 맞선 황기철은 이웃 T촌 주민들의 합세로 이겨낸다. -'부정불하 취소하라' '산수도(山水道) 철거 절대반대'란 구호까지 등장한 것이다.

한편, 다음의 작품에서는 일제강점기 당시, 부조리한 친일 세력자들의 한국 서민에 대한 횡포를 고발하고 있다. 「사밧재」(1971)에서는 송 노인이 겨울철에 누님댁에 찾아가노라 가파른 이십 리 잿길에서 목탄 까스 버스를 타고 가다가 겪은 이야기이다. 버스 안에서 마주친 일본 순사 중에 하나가 꼬치꼬치 묻는 중에 송 노인이 찾아가는 백 접장네 집안의 누님 손자인 상덕이를 걱정하게 된다.

"그래요? 끝내 창씨(일본식 성으로 바꾸게 하던 일)를 안 했죠. 그러고 그분의 손자 하나가 학도병 지망은 안 하고 만주로 도망을 갔겄다? 머 떠나면서 친구들에게, 자기는 독립군에 들어간다고 했다던가? …… 잘 됐소!"

송 노인이 자형 약으로 가져가는 뱀술이 위법으로 빚은 밀주라며 마침 함께 타고 학도지원병으로 입대하는 여러 청년들과 마셔버린다. 그리고 송영감이 눈발 있는 가파른 고개를 오르기 벅차하는 버스에서 내려서 걸어오는데 차에 타고 있던 그들 학도지원병 일행은 버스와 함께 낭떠러지에 굴러서 희생되었다는 것이다.

더욱이 「회나뭇골 사람들」(1973)에서는 일제 강제강점 무렵부터 더 억압되고 천시 받는 백정이나 무당 같은 토박이들의 수난을 드러내서 민중소설의 본을 이룬다. 칠천(七賤) 천더기라는 이들은 10여 가구지만 S읍 서문 밖 변두리에 모여 살아온 원주민인 것이다. 워낙 궁색하게 살다보니 S군 전체에서 악명 높지만 그 원인은 뼈아픈 항거와 수난에 연유하고 있음을 실증한다.

"머 즈그한테 굽실굽실 안한다고 쌍것이고, 떼를 지어 대든다고 쌍것, 그래 언제까지라도 날 잡아잡소하고 있을 줄만 알았던강? "

늙은이들은 이렇게 자기들의 며느리나 딸들을 두둔한다.

그것은 마치 기미년 만세 때 왜놈들이 이 회나뭇골만 불태웠를 적에, 박선봉씨가 회나무 밑에서 한 말과 비슷했다.

삼백 년 묵은 회나무 주변에 등장한 '삼동지' 인물들 면면에 아픈 역사의 생채기가 그림자처럼 남아있다. 그늘진 나무 아래 자리에 늘 우두망찰한 '올빼미' 모습으로 앉아있는 작은 선부는 기미년에 휘발유를 마신 고문으로 인해서 반편이 된 사람이다. 그리고 무당아들인 송 털보영감은 술집을 하는 처지라 순사의 강요에 못 이겨 '宋山'으로 창씨개명 했다며 뉘우친다. 또 함께 이야기를 나누는 박선봉 노인은 작은 선부(오빼미)의 아버지로서 창씨개명을 단호히 거절한다. 기미년 만세에 앞장선 큰아들을 고자질해서 죽인 일본 앞잡이로서 출세한 박 면장의 권유에는 절대 응하지 않겠다는 것이다. 더구나 그는 이미 '형평사(衡平社)' 조직을 통해서 자신들은 본래 후백제를 지키던 충신의 후예임을 말한다.

작가 김정한은 대학에서 정년 뒤에 발표한 후기작품들에서도 그 시공간적인 진폭을 다채롭게 활용하고 있어 주목된다. 「위치」(1975)에서는 일제 말엽에 작가자신이 조선어 폐지교육시책 등으로 스스로 체험했던 바를 리얼하게 환기시킨 것이다. 교직 사표를 낸 다음에 고향읍내 구둣방에다 동아일보 지국 간판을 걸고는 고등계 형사 등에게 숱하게 시달리던 정황이 리얼하여 공감을 준다. 작가는 스스로 문인의 대명사인 선비로서 부정사회에 대응하는 결연한 자세를 실천으로 보여준 것이다.

그런가 하면, 「교수와 모래무지」(1976)에서는 현실사회에서 겪는 대학 교수의 학문적 자유문제를 여실하게 다룬다. 당시 캠퍼스에서 강의하는 당사자로서 유신체제에 던지는 문학의 사회참여적인 메시지를 전한다는 면에서 의미가 짙은 작품이다. 주인공은 대학에 출근하자마자 자신의 논문 '해수오염이 어패류에 끼치는 영향연구'가 수산물 수출에 저해되게 했다는 당국의 문책성 자세에 결연하게 항변하는 것이다.

"학문하는 사람이 학술논문을 발표하는데 무슨 놈의 허가가 필요합니까? 그런 나라가 이 지구상 어디에 있습니까? 신문이 학술논문의 골자를 소개하는 건 신문의 자유에 속하는 일일테고.……."

학장이 재차 불러서 권했을 때도, 그는 단호히 거절했다.

"시말서는 못 내겠어요. 학장도 과학자가 아닙니까. 진리를 거부하는 것이 학자의 양심이라고 생각하십니까? 저는 그런 어용교수는 되기가 싫습니다."

그 일로 인해서 상경하여 교육부 당국에 소명하려 걸어가는 당사자의 처지를 제목과 연결시킨 마무리가 작품효과를 더한다.

… 참고문이 든 가방과 대견스럽게 가져간 탁독그라프를 두 손에 나눠든 채, 하나하나 열심히 계단을 밟아 올라가는 이 교수의 뒷모습은 마치 공해로 말미암아 등뼈가 굽어진

모래무지같이 보이기도 했다.

그런 한편으로 칠순에 이른 요산이 서간을 통한 일기체 형식으로 엮은「오끼나와에서 온 편지」(1977)는 창작품으로서 새롭다. 여기에는 작가가 강원도 탄광의 한 광부 집에서 일본에 계절노동자로 간 그 집 딸의 눈과 귀를 통해서 이어진다. 예전에 정신대로 끌려온 여인의 모습, 옛날 징용 가서 혹사당하던 반도사람들의 이야기, 요즘 미군상대의 유흥가에서 기생 파티를 즐겨보라는 한국 위안부 출신의 실상 등이 다뤄지고 있다. 그리고 일부 국회의원들의 못마땅한 작태에 대한 항변을 서슴지 않는다. 현대를 중심 삼은 이야기이면서도 일제 강점기를 연결하고 있는 내용들이다.

<지방출장보다 쉬운 외유(外遊) 5대양 6대주에 한국국회의원>

2월 20일 --올들어 이달(2월) 말까지 불과 두 달사이에 각종 명목으로 외국 나들이를 하는 국회의원이 자그마치 백2십여 명이나 된다잖아요. …더더구나 일본은 이웃집 들르듯 하면서 천여 명의 광산촌 딸들이 수출되어 마소처럼 고달픈 노동을 하고 있는 오끼나와의 섬들에는 왜 얼씬도 않는지 모르겠군요.…

김정한 소설의 여러 특성

위에서 살펴본 요산 김정한의 주요 소설 작품들을 총괄해서 간추리면 다음의 몇 가지 요소로 정리할 수 있다. 해당 작품들을 참고로 김정한 문학의 원형질에 따른 진수를 되새기게 된다. 하지만 실제 작품에는 여러 요소들이 복합적으로 섞여 있음도 감안해야 한다.

첫째, 김정한 소설문학에는 '글은 곧 사람'이라는 뷰퐁의 명제처럼 강직하고 반골적인 작가의 기질이 작품에 반영되고 있다는 점이다. 요산도 "내 문학에는 소위 저항정신이 강하게 작용"한 사실을 언급했다. 워낙 강직하고 반항성 짙은 작가는 일제하의 생활부터 곧잘 동맹휴학이나 봉기 참여, 피검, 구속 등으로 유달리 올곧은 삶을 반영한 내용의 작품활동을 계속해 왔다. 「사하촌」「항진기(亢進記)」「위치」「교수와 모래무지」 등에서 기성사회의 그릇된 종교나 이념 및 정권에 항거하거나 「축생도(畜生道)」(1968), 「제3병동」(1969)에서처럼 일부 의료계의 부조리 관행까지 고발, 풍자한 것이다. 그런 만큼 그의 작품은 선이 굵고 주동인물과 반동인물이 이원적으로 길항(拮抗)하는 구조로써 읽힌다.

둘째, 그의 문학적 중추는 가난하고 힘없는 자들의 권익을 옹호하고 외침을 주로 한 민중적 리얼리즘이라는 점이다. 흔히 소작농, 백정, 무당, 문둥이, 어민 등의 소외되고 수난받는 계층의 삶 문제에 천착한다. 「모래톱 이야기」에서의 조마이섬 주민들, 「뒷기미 나루」의 심속득 가족, 해녀들 삶에 관심을 보인 「월광한(月光恨)」, 「인간단지(人間團地)」의 자유원에 수용된 음성나환자들, 「산거족(山居族)」의 마삿등 주민 등. 특히 이런 민중적 리얼리즘은 나아가서 민족적 수난과 역사의식을 담보한 대표작에 이르고 있다. 여러 대에 걸친 가족 수난의 비극을 압축한 「회나뭇골 사람들」과 근대적 수난의 서사로써 가족사소설의 백미를 이룬 중편 「수라도(修羅道)」가 좋은 보기이다.

셋째, 김정한 소설의 시간배경은 구한말이나 일제강점기를 현대에 아우르고 있다는 점이다. 일찍이 나라 안팎의 정세와 문화가 상충, 변혁되던 개화기에 태어나서 엄혹한 통치의 압박 속에서 식민지교육과 일본유학을 체득했던 작가의 특권인 것이다. 이런 면은 동시대의 여느 작가들이 으레 광복 이후의 한국사회에 기대고 있는 사실에 비하면 우리 문학의 영역과 자장을 넓히는 데 이바지한 덕목이다. 삼일만세 운동을 비롯해서 창씨개명이며 학병 등에 상관된 민족수난의 실상과 역사의식의 서사를 펴보인 「수라도」는 물론, 증언적인 「회나뭇골 사람들」 「사밧재」 「항진기」 등은 이미 목격했거나 실 체험한 데서 얻은 산물들이다.

넷째, 그의 공간적 무대배경은 거의가 작가와 함께해 온 낙동강 유역이고 작중인물 역시 그곳의 농어민들이란 점이다. 원래 부산권인 동래 태생으로서 학창시절 한때 서울과 동경에서 유학생활을 한 것 말고는 평생을 고향에서 살다 간 그는 향토의 수호자며 증언자이다. 일본인과 함께한 명매기 마을의 농민들이 봉기에 나섰던 사정을 써낸 「산서동(山西洞) 뒷이야기」도 그렇다. 모두 낙동강 유역에서 일어난 농어민과 일부 지식인 내지 일반 주민들의 끈끈한 삶의 이야기들이다. 그러기에 그의 작품에는 투박하고 질감 있는 경상도 토박이 방언과 촌스러운 군상들 모습이 리얼하게 살아 있다. "가장 지방적인 것이 세계적인 것"이라는 괴테와 지드의 명제를 구현한 셈이다. 김정한의 문학사적인 위치는 역시 향토문학의 대부다운 '낙동강의 파수꾼'으로서 수난기 한국소설문학을 대표할 문단의 거목이다.

다섯째, 요산 김정한 문학의 궁극적 테마는 따뜻하고 진한 휴머니티로 귀결된다는 점이다. 초기의 고발과 저항성을 드러낸 「사하촌」 「항진기」나 「모래톱 이야기」 등은 약자층에 대한 작가의 이타적인 휴머니즘적 배려와 옹호의식에서 비롯되었다. 또한 「축생도」에서는 시어머니의 시집살이 등쌀에 산후 몸조리도 못 한 채 모 품앗이를 다니다 유종으로 죽게 된 분통이를 달구지 속의 돼지인 양 장대 빗속에서 거절하는 일반의원 대신에 처벌을 무릅쓰고 급히 살려낸 가축병원장의 인술이 와 닿는다. 또 당장 전염병으로 죽어가는 강남옥 딸과 함께 치료비가 밀렸다는 이유로 내보내진 시체안치실의 오룡댁 시신 앞에 스스로 향을 사다가 피우는 인부들의 모습도 가슴을 뭉클하게 한다.

더욱이「인간단지」에서는 자신이 일본 유학 중에 새댁으로 들어와서 문둥이 시아버지를 시중들다 나병에 걸린 채 요양소에 들어있는 부인(황산댁)을 찾아 움막에서 함께 살다가 자신마저 같은 병에 전염되는 우중신 노인의 개인적 인간미가 돋보인다. 등단 초기의「옥심이」(1936)에서 어려운 시가의 살림 때문에 신작로 작업 일을 다니는 옥심이를 오히려 문둥이 남편이 폭행하는 경우와는 대조를 이룬다. 끝으로,「수라도」의 경우, 파란만장한 수난 속에서도 가정을 추스르느라 여념 없는 가야부인이, 시집가서 괴질로 죽은 고명딸을 위해 암자를 마련하는 자상함이 작품을 살린다는 사실도 참고된다.

이제 1936년에 등단한 이래 시종 낙동강 유역에 살며 개성 넘치는 작풍으로 역작을 빚던 요산 김정한은 88년의 천수를 다하고 떠났다. 하지만 절필해온 일제 강점기 말엽 이후 사반세기의 공백 말고도 등단 초의 5년과 1966년 이래 1980년대 중엽까지를 더하여 25여 년 동안 치열하게 창작해 낸 기념비적 역작들은 한결같은 체취와 진한 감동으로 우리와 함께하고 있다. 그는 새로운 세기의 문학인들에게 반면교사의 선비적 사표(師表)로서 빛나고 있다.

5. '장마'의 내밀한 구성과 주제의식

윤흥길 작가의 깊이와 폭

1968년에 《한국일보》 신춘문예로 등단한 윤흥길(尹興吉, 1942~)은 문단활동 반세기를 맞는 중견 작가이다. 특히 그의 중편 「장마」는 국내외에 많이 알려진 윤흥길 소설문학의 대표작이란 평가를 받고 있다. 한국 전통적인 한과 분단 이데올로기 속의 동족상잔을 겪는 상황 속의 휴머니즘을 밀도감 있게 그려낸 「장마」가 1970년대 당시의 산업화사회 과정에서 빚어지는 문제점을 구현한 이 작가의 「아홉 켤레의 구두로 남은 사내」 시리즈를 능가하는 작품으로 꼽히는 것이다.

따라서 여기에서는 이 중편소설의 내용이나 문학적 특성을 비롯해서 윤흥길 작가의 기독교적 접근자세와 그 효과를 살펴보기로 한다. 대상 작품으로는 처음 《문학과지성》(1973 봄호)에 발표된 원고를 보완해서 1980년에 민음사에서 출간한 중단편 선집 『장마』(2016년)를 텍스트로 삼는다. 아울러 이 작품을 일본에서 일어판 계간지 《한국문예》(1978년)에 번역, 소개한 이듬해에 동경신문사에서 출판한 일어판 소설집 『장우(長雨)』(1979)도 참고가 됨은 물론이다.

작품 서사의 내용

중편 「장마」는 한국전란 통에 시골 사돈집에 내려와 살던 외할머니가, 장마 속에 완두콩을 까면서 지난밤에 일곱 개 중에 제일 실한 이빨 하나가 결딴났던 불길한 꿈 이야기부터 시작된다. "… 이 나이 먹드락 내 꿈이 틀린 적이 어디 한 번이나 있디야?" 아닌 게 아니라 장맛비 속의 칠흑 같은 밤중에 동네 구장 일행을 통해서 전방의 소대장이던 외삼촌(권길준)이 전사했다는 통지서를 받게 된다. 인민군이 점령했을 때 의용군에 끌려가지 않으려 대밭의 땅굴에서 숨어 지내다가 국군에 입대한 후 소위로 임관되어 전방에서 숨진 것이다. 대학도 다니고 하나뿐인 외삼촌이다. 장마철에 슬픔에 젖은 집안은 더 무겁고 우울한 분위기에 휩싸인다.

아들의 전사통지서를 받은 이튿날 오후 외할머니는 빨치산 소굴이 있다는 곳을 건너다보며 중얼댄다. 장대비에다 벼락불이 몰아치는 건지산에 대고 부지중에 저주를 퍼부은 것이다. "더 쏟아져라! 어서 한 번 더 쏟아져서 바웃새에 숨은 뿔갱이마자 다 씰어가그라! 나뭇틈새기에 엎딘 뿔갱이 숯뎅이 같이 싹싹 끄실러라! 한 번 더, 한 번 더, 옳지! 하늘님 고오맙습니다!" 그러자 안방문을 열고 나타난 할머니가 쏘아붙인다. "저 늙다리 예펜네가 뒤질라고 환장을 혔댜?" 서울에서 봇짐을 싸들고 내려온 사돈 식구들에게 방 하나를 기꺼이 내주던 얼굴과는 정반대가 됐다. "여그가 시방 누 집인종 알고 저 지랄이랴, 지랄이?" 그러면서 자기 앞에 먼저 아들이 죽는 것은 부모가 전생에 지은 죄 때문이라고 복장을 지른다. 그러자 맞받는 쪽의 대꾸도 한술 더 뜬다.

"그려. 나는 전생에 죄가 많어서 아덜놈 먼첨 보냈다 치자. 그럼 누구는 복을 휘여지게 짊어지고 나와서 아덜농사를 그따우로 지었다냐?"하고 외할머니도 쏘아붙였다.

"저놈으 예팬네 말하는 것 보소이. 참말로 죽을라고 환장혔는개비. 내 아덜이 왜 어디가 어쩌간디 그려?"

"생각혀 보면 알 것이구만."

"저 죽은 댐이 지사 지내줄 놈 한나 없응게 남덜도 모다 그런 종 아는가 분디……."

그렇게 지내는 사이, 후퇴하는 인민군을 따라 집을 나가 빨치산들과 인근 산속에서 지내던 삼촌(김순철)이 하룻밤, 집에 숨어들어와 식구들과 이야기한다. 인공 세상 때 완장을 차고 설치며 우익사람들에게 행패를 부리던 삼촌의 말솜씨가 전과 다르게 청산유수이다. 몸에 폭발탄과 권총까지 지닌 채, 산에서 사람들도 많이 죽였음을 자백하자 뺨을 부비며 우는 할머니와 아버지는 자수를 권한다. 한동안 식구들 뜻에 기울어지려던 삼촌은 새벽에 재빨리 군경의 포위망을 뚫고 대밭 쪽으로 사라진다. 그 후 봉화불이 오른 후 콩을 튀는 총소리를 내며 읍내 경찰서를 습격한 빨치산들 시체에도 삼촌의 모습은 발견되지 않았다. 어떤 처지에서도 작은아들만은 살아남는다고 믿던 할머니는 삼촌 걱정에 인사불성이 되어갔다. 마침 고모가 근동에서 영하다는 소경 점쟁이한테 들은 '아무 날 아무 시'에 돌아온다는 아들 맞이 준비에 정성을 다한다. 음식을 장만해 놓고 장명등까지 켠 채 기다렸던 것이다. 그러나 동네 사람들이 흩어지고 예정된 진시(辰時)를 한참 지나서야 큰 구렁이가 마당에 나타나자 할머니는 까무러쳐 버린다.

할머니 대신에 외할머니가 나서서 대문 안으로 지쳐들어 오는, 사람 크기보다 더 긴 황구렁이를 귀한 손님으로 맞이한다. 그러고는 감나무에 누렇게 기어오른 구렁이에게 정중하게 어르며 대나무 속으로 내보내는 것이다. "고맙네, 이 사람! 집안일은 죄다 성님한티 맽기고 자네 혼잣 몸띵이나 지발 성혀서 먼 걸음 펜안히 가소. 뒷일은 아모 염려 말고 그저 펜안히 가소. 증말 고맙네, 이 사람아.” 그 일을 마친 한참 후에 이웃 마을 의원의 도움으로 겨우 의식을 회복한 할머니는 자초지종을 듣고 눈물을 흘리며 외할머니 손을 잡고 말한다. “고맙소, 참말로 고맙구랴.” 그런 할머니가 이내 숨을 거둔 뒤 이 소설은 “정말 지루한 장마였다.”고 마무리 짓고 있다.

소설 내용과 미학상의 특성들

중편 「장마」의 시점(視點)은 1950년대 초반 당시 섬진강 유역의 전북 농촌에서 자란 작가 또래인 초등학교 3년생(나=동만)을 관찰자 겸 일인칭 화자로 삼고 있다. 그 소년을 통해서 생생하게 증언하듯 어른들의 삶이나 토속적 신앙과 모럴을 그린 작품으로서 리얼리티를 살리고 있다. 한국 전쟁 무렵에 서로 좌우익 아들을 둔 두 안사돈 간의 갈등과 대조적인 그들의 죽음으로 화해를 이룬 이 작품은 정치한 복합구성으로 다룬 소설이다. 인물성격 또한 무학인 대로 한국적인 한을 품은 두 노파의 아들 중에 학식을 갖추고 우익인 외삼촌과 그보다 세 살 위인 친삼촌의 인공(人共) 부역이나 거친 빨치산 활동이 분명하게 대조된다.

시종해서 우울한 장맛비와 개짓는 소리 속의 전사통지로 연결된 어두운 분위기는 무르익은 전북방언에다 끈끈하고 절제된 문장으로 절절한 감동을 자아낸다. 안사돈인 두 노파의 혈연과 이데올로기 사이의 관계를 병치(倂置)시키며 입체화한 구성이 돋보인다. 아들의 죽음을 예감하고 체념한 외할머니와 작은아들의 행방불명에 인사불성인 할머니의 모습도 선해온다. 그런데 이런 소설적 장치에다가 심지어 죽은 사람의 화신(化身)처럼 등장한 커다란 구렁이 역시 생명의 존엄성을 강조한 주제의식에 의한 것이다. 결국 이 중편작품의 테마는 전통문화와 기독교사상을 흥미롭게 버물어서 사회적인 이데올로기를 뛰어넘는 본연의 인본주의(휴머니즘)에 귀결되고 있다.

「장마」는 한국전쟁으로 인한 외면의 물량적인 피해보다는 더 절실한 동족상잔의 내면적 비극을 절절하게 구현해낸 역작이다. 이 소설은 분단 조국의 바람직한 통일 염원을 문학적으로 밀도감 있게 승화시켰다. 그것은 무엇보다 남다르게 넓은 작가의 종교적 포용력에 힘입은 성과이다.

알려진 바, 윤흥길 작가는 어릴 적부터 막내이모의 영향으로 교회와 가까웠고 현재 부인 윤계영 권사와 함께 독실한 기독교 신자이다. 더욱이 1980년대 중엽 이후에는 간증에도 나서고 손수 사이비 종말론을 풍자, 고발한 장편『빛 가운데로 들어가면』1, 2권(1997)을 발표한 바 있다. 그럼에도 대부분의 작품에서는 기독교 정신을 은밀하게 소설 속에 용해시켜 소설미학의 효과를 거두는 것이다.「장마」의 경우 역시 외할머니가 자꾸 꿈 타령하는 대목쯤에다 옆자리에서 "저는 꿈같은 거 절대로 안 믿어요."라며 병색을 보인 작은이모를 기독교인으로 설정하여 그런 꿈을 따름은 미신이라고 대거리시키지 않은 것은 소설작품의 밀도를 위해서라고 생각한다.

얼핏 보아 이 작품 가운데 점쟁이 말에 따라 행하는 두 할머니의 샤머니즘적인 토속신앙이나 불가사의한 운명론을 곁들인 언행들은 기독교에 반하는 것으로 여겨진다. 불길한 꿈을 맹신하며 주술성 짙은 저주를 던지는 외할머니 못지않게 작은아들이 다녀간 후 읍내 경찰서 습격 때 죽은 여러 빨치산 시체 속에는 삼촌이 없다는 소식을 들은 할머니의 모습은 너무나 진지하다. "…하늘에 감사하고 땅에 감사하고 부처님께 감사하고 신령님께 감사하고 조상님들께 감사하고 터줏귀신에게 감사하면서…."

윤흥길 작가의 이런 접근은 으레 미신타파적인 태도로써 빈축을 샀던 이전의 여느 작가들과 달리 우리 토착 문화적 신앙을 존중하고 포용하면서 극복하는 일이므로 바람직하다. 마땅히 사탄의 원흉이라고 여길 구렁이를 오히려 대접하는 행위를 배려하는 작가의 자세는 어쩌면 어둡고 낮은 데로 임해서 남몰래 사랑과 은혜를 베푸는 기독교 정신을 담고 있다고 생각된다. 윤흥길의 「장마」는 분단시대 한반도의 전란 속에서 목숨까지 잃은 두 노파의 젊은 아들들을 통해서 반전(反戰)의식과 화해의 메시지를 전하고 있기 때문이다.

6. 고독, 죽음과 그 극복 모색

2012년 신춘문예 당선소설 총평

요즈음도 해마다 새해를 맞는 주요 신문 지면에서 우리는 혜성처럼 나타난 신인 작가를 만난다. 수많은 문학도들은 가슴 설레는 긴장감으로 새벽 일찍 배달되는 신년특집호를 살핀다. 금년에는 누가 어떤 작품으로 문단의 새 일꾼으로 등장한 것일까. 이런 기대감은 십수 년 전보다 수그러진 대로 상당수 교양 있는 독자들의 마음을 조이게 마련이다.

신춘문예제도는 일찍이 《동아일보》 창간 1천호를 기념해서 1925년 신년호 지상에 현상모집을 공고한 데서 비롯되었다. 신문학 초창기 당시, 발표 지면의 영세성과 동인지문단의 폐쇄성에 묻힌 역량 있는 새 인재 발굴을 위해서였다. 첫해에는 3월 1일자로 입상자 발표를 했지만, 다음 해부터는 연말 전에 마감, 심사하여 신년호에 발표했다. 이렇게 시작된 우리 문단의 신인 발굴 제도는 오늘까지 여러 신문사에서 지속해오는 연례행사이다. 우리 특유의 등단제도인 신춘문예야말로 재래의 동인지 발표나 추천제 및 단행본 발간은 물론 요즘 일반화된 신인상 제도보다도 한국문단의 발전에 크게 이바지해온 으뜸 행사로 꼽힌다. 그래서 87년이 흘러 여러 여건이 개선된 요즘에도 제일가는 문단축제로 행해지고 있다.

신춘 당선소설의 실체

따라서 우리는 이 등용문을 통해 등단한 새 문단 엘리트들의 작품을 통해서 오늘날 한국문단의 기상도와 풍향계를 가늠해볼 수 있겠다. 이들 신인은 과연 무엇을 모색하며 어떤 방향으로 나가는 것일까? 여기에서는 2012년도 신춘문예 당선소설을 중심으로 살펴보려 한다. 편의상 서울의 8대 일간신문에 발표된 소설 10편을 텍스트로 삼아 접근하는 것이다. 다만 이 현상문예제도의 개선책으로 당선작 발표를 창간일로 시행하는 《중앙일보》 경우는 작년 9월분을 대상으로 삼았다. 또한, 이번에 공동당선작을 낸 《한국일보》 경우는 단편 2편을, 단편과 중편에서 당선작을 낸 《동아일보》 경우 역시 단편과 중편 모두를 포함시킨다.

먼저 신문사별 당선작들을 차례로 든 다음에 대상작 10편에 나타난 특성을 총괄해 보기로 한다.

강화길의 「방」(《경향신문》)은 건물해체 인부인 재인(나)이 공해도시의 비좁은 옥탑방에서 여공으로 일을 다니는 수연과 추위에 떨며 동거하는 삶을 통해서 인생의 의미를 새롭게 탐색한다. 김혜진의 「치킨 런」(동아일보) 역시 서울 변두리에서 쪽방생활을 하면서 밤늦도록 치킨 배달을 하는 아르바이트생(나)이 우연히 원룸에서 천장에 거꾸로 매달린 채 자살하려는 사내를 구한 후로도 스스로 죽겠다는 사내를 신고하여 보험금을 타려 공모하는 내용의 비극을 재치 있게 다루어 눈길을 끈다. 또한, 김종옥의 「거리의 마술사」(문화일보)는 고교에서 급우들로부터 왕따를 당한다며 옆자리 학생을 칼로 찌른 뒤 유리창에서 뛰어내린 남우 학생의 죽음 경우를 들어 폭력의 전말을 차분하게 추적하는 과정이 공감을 준다.

그런가 하면, 김가경의 「홍루」(서울신문)는 철수한 미군들에 이어서 러시아

선원 등을 상대로 작부생활을 하는 명자(나)의 구차한 삶이 부산 택사스촌 주변의 동료인 나타샤나 구잘과 대비되며 낯설지 않다. 이에 비해서 박송아의 「신구토지설」(세계일보)은 바다이야기 중심의 사업에 실패하자 잦은 폭음과 구타를 일삼다가 간경화로 입원한 아버지를 고전소설의 용왕으로 패러디하여 이미 거북이 같은 어머니마저 가출해 있는 상태에서 간 이식을 강요받는 토끼 처지로서 항거하는 막내딸(나)의 대응태도가 흥미진진하다. 그리고 안숙경의 「삼각 조르기」(조선일보)는 평소 소극적으로 처신하는 사원(나)이 회사에서 밀려나게 되어 실의에 빠지자, 동병상련의 여사원 스스로 나서서 남성 동료에게 새로운 처세법을 격투기의 실기로 보여주는 접근이 설득력 있다.

위 작품들과는 달리 백정승의 「빈집」(중앙일보)은 독일에서 박사논문을 완성한 청년유학생(나)을 등장시켜서 기숙사 방을 청소하여 관리자에게 열쇠를 넘기는 이야기 구조가 단조로운 대로 신선한 맛을 풍긴다. 한편 김솔의 「내기의 목적」(한국일보)은 한국 내 외국계 기업체에서 근무하는 문 과장(나)의 복합적인 사내외 갈등을 하드웨어적인 구성과 주제의식으로 잘 엮어낸 반면에 아무래도 관념어 중심의 문장 등에는 설익은 면이 적지 않다. 이에 견주면, 같은 신문에 동시 당선된 정경윤의 「고열」(한국일보)은 전자의 사회적 스토리 중심의 갈등보다 개인적 아픔을 안고 가정을 나와서 아파트에 혼자 살며 18개월짜리 아이마저 고열로 앓다가 죽은 뒤에 전남편에게서 선물 받은 가구나 유모차 등을 버리는 여인의 심경을 소프트웨어면의 정치한 문체로 묘파한 것이다.

끝으로 김영옥의 중편인 「숲의 정적」(동아일보)은 수년 전에 함께 여행 중 바다에 뛰어든 연하의 애인을 잃고 올드미스로 사는 처지에 어머니마저 일 년 전에 교통사고로 잃은 기정의 외로운 삶을 객관적 상관물로써 승화시킨 작품이다. 간추린 내용에 의하면 밀랍을 빚는 일을 돕는 기정 못지않게 이미 남편을 잃고 이웃 15층 아파트에 변화 없이 혼자 사는 일이 끔찍하다며 유서를 써

놓고 지내다가 끝내 몸을 던진 중산층 아주머니도 스산한 분위기로서 고독의 중층성과 상실감을 더한다. 그 가운데 특히 눈 내리는 정적 속의 숲, 나무 십자가가 있는 묘지 등은 상징적인 작품의 코드처럼 인상적이다.

위에서 살펴본 바처럼 이번 당선작품들은 이렇다 싶게 두드러진 걸작 없이 일반 수준 남짓하다는 느낌이다. 이른바 신춘문예 스타일로 치부되었던 예의 거창한 테마, 인터넷 공간같이 낯선 세팅, 자극을 자아낼 엽기적 사건, 실험적인 문체 등에 대한 예년의 선입견에서일까. 그 주제, 제재, 구성 기법, 문장 등에서 바람직한 실험노력이나 변혁 큰 성과는 좀처럼 엿보이지 않는다. 이는 각 신문사마다 6백 편 안팎의 단편소설 (당년《동아일보》중편부문은 273편)응모작 가운데서 거의 하나씩 뽑힌 당선작의 실체로서는 초라한 성적표라 싶다. 하지만 이와 같은 한국 소설문학의 현주소는 우리 문학도 이제 세계수준과 평준화되어 안정된 궤도에 들어섰다는 증좌일 수 있다. 이런 현상은 서울 시내 8개 신문사마다 복수로 참여하여 중견급 안팎의 작가 15명(여성작가 3명)에 평론가 3명의 분포를 이룬 심사위원들의 취향과는 별개로서 드러난 우리 작단의 임시 기상도인 것이다.

여기에서 참고로 문학작품 외적인 몇 가지 문예사회학적 사항을 고찰하면 별 치우침 없이 균형을 이룬 셈이다. 올해의 신춘문예 소설부문 당선자를 서울지역 신문 출신만 감안한다면 10명 가운데 다음 같은 분포를 보이는 것이다. 연령대별로는 20대 3명, 30대 2명, 40대 5명으로서 40대 후반에 거의 절반의 수가 몰려 있어 20대 주류인 시 분야와는 대조를 이룬다. 남녀비율에서는 역시 남성 3명(김종옥, 김솔, 백정승)에 여성 7명으로서 예년처럼 여성이 강세를 보인다. 출신지역은 대체로 고른 분포를 이루고 출신대학 등도 중복 없이 분산되어 있다. 전공은 2명의 이공계 학부출신도 있지만, 전체의 절반인 5명이 대학 학부나 대학원 과정에서 문예창작 과목을 이수한 것으로 드러나 있다.

고독한 인물 군상

2012년에 당선된 신춘소설의 특성으로는 고독한 인물들이 다수 등장하고 있다는 점이다. 이들은 실연 또는 이혼한 독신녀거나 배우자와 사별하여 우울한 성격을 보인다. 또한 내성적인 소년이 학교에서 외톨이로 왕따 당하고 회사에서 밀려난 처지에서 어두운 삶을 영위하는 회사원도 마찬가지다. 이런 인물들은 열악한 주변 환경과 밝지 못한 성격으로 인하여 죽음에 노출되게 마련인 것이다. 해당 텍스트 가운데서 외로움을 짓씹는 한 대목을 들어본다.

> (전략) 행복이란 뭔가요, 당신과 나 눈물짓게 하는 그것. 수인은 자기 자신에게조차 들리지 않을 정도로 작게 흥얼거렸다. 9시 전후에 눈을 떠, 신발장 앞에 서서히 파고드는 햇빛을 바라보는 일. 그 빛이 평행사변형으로 변해가며 조용히 소멸하는 과정을 온전히 지켜볼 수 있는 삶이라니. 그것은 원래 내 것이 아니었다. (후략)

「고열」에서 이미 전남편의 집을 나와 아파트 삶을 영위하던 수인은 고열로 인해 어린아이까지 잃은 처지에서 혼자 고독을 삭히면서 영악스럽게 살아간다. 또한, 늙은 기생집이라는 인상을 풍기는 「홍루」에서는 왕년에 미군들로부터 인기를 끌었던 명자가 젊은 이방의 아가씨들에게 밀린 신세로 옛 추억에 잠겨 산다. 그런가 하면 「숲의 정적」에서는 오래전에 자살한 애인에 이어 어머니마저 교통사고로 잃은 올드미스가 혼자서 눈 내리는 숲 속의 애인 묘지를 찾곤 하는 것이다. 더구나 이 중편에서는 기정 자신과 더불어 같은 아파트에 살지만 '자신은 늘 강과 바다를 항해하는 것 같으며' 생활이 바뀌지 않으니 모르는 사이에 창밖으로 밀어뜨려 달라는 1523호 아주머니와 더하여 혼자 지내는 여성들의 을씨년스런 삶 분위기를 배가시킨다.

그런가 하면, 위와 같은 독신여성들의 가정적인 데서 생기는 외로움 못지않게 조직 속에서 뼈저리게 소외감을 느끼는 고독의 문제가 눈길을 끈다.「내기의 목적」에서는 외국계 회사에서 승진이 유보된 채 고군분투하며 징계 스트레스에 시달리는 문 딜러 과장의 고독에 그치지 않는다. 오히려 승진에 밀린데다 빚을 많이 진 탓에 버릇처럼 남의 담배를 얻어 피운 나머지 '한 대만'이라는 별명을 지닌 데다 게임중독증에 걸린 S과장의 외로움이 더 짙게 드리워 있다. 그러기에 특이한 제목에다가 화자이면서 관찰자인 자신보다 고질적으로 내기게임에 집착하는 옛 회사 상사였던 S과장을 부각시킨 게 이해된다. 이에 비해 정작 제목에는 회의적인「거리의 마술사」는 학교 내의 왕따 문제를 다루어 위 작품들 경우와는 색다른 외로움을 드러낸다. 평소 대화도 없이 조용하던 남우 학생이 급우를 칼로 찌를 만큼 남몰래 심한 고독을 겪어온 현안의 과제이기도 하다.

이 밖에도 여러 정황상으로 적지 않게 고독한 성격을 띤 인물로서 등장하는 작품이 없지 않다. 본디 주변머리가 없어서 회사로부터 해고통고를 받고 실의에 빠진 채 격투기를 익히고 있는「삼각 조르기」에서의 '나'를 들 수 있다. 그리고 춥고 비좁은 옥탑방에서 고생하며 저금통장 두 개를 채워가다가 동거녀가 병들어 가는 모습을 지켜보며 일터에 다니는「방」의 재인만이 아니다. 어쩌면 독일 유학 중에 동거하면서 학위논문을 완성했지만 헤어지자는 이메일을 받고 기숙사 방을 나서는 '나'의 심정 또한 고독감에 들겠지만 아무래도 가볍고 사치스런 것이므로 접어둔다.

이들 인물성격은 일제강점기 소설에 자주 등장하던 고뇌의 지식인과 상이한 요즘 소시민의 소외감 짙은 고독을 나타낸다. 더욱이 이 인물들은 예의 1980년대 신춘문예 당선작인 김기홍의 「쥐와 맨드라미」처럼 민주화시대에 헌신적인 운동권학생을 주 인물로 내세우던 민중의 투사 이미지와도 변별된다. 이번에 그려진 인물 성격은 이전의 우리를 위한 외향적 투쟁이 아니라 근년의 인물유형처럼 내면적인 자아문제에 골똘해 있는 것이다. 그러기에 가난, 실연, 실직에 노출된 상태에서 곧잘 죽음의 문제에 직면하곤 한다.

그러나 과연 아직 젊은 그들이 왜 그렇게 고전하며 때로는 비극적인 길을 선택할 정도로 어두운 삶을 영위하는 것일까? 그것은 아마 소설을 쓰는 자신들이 아직 사회적인 기반이 다져지지 않은 연령대로서 현실문제에 집착해서 위기감에 긴장하고 있음을 드러낸다. 따라서 한창 취업과 결혼에 임박한 처지의 자화상을 그리게 마련이라고 파악된다. 사실 검토해 보면, 작품을 쓴 작가와 작중인물의 연령대가 많이 일치하고 있음을 본다. 한결같이 '나'라는 화자를 주 인물로 내세운 일련의 단편 당선작들 가운데 「방」은 26세, 「치킨 런」은 29세, 「신 귀토지설」은 24세로 드러난다. 청년층의 직업과 삶의 실상을 리얼하게 그린 셈이다. 나머지의 작품들 역시 작중인물과 작가연령이 30대 2명, 40대 5명으로서 엇비슷하게 맞아떨어지고 있음은 결코 우연은 아니라 생각한다. 작중인물의 직업 등은 다소 바꾸더라도 대부분 자연스러운 1인칭 시점으로서 자신 스스로 화자로 나서서 접근하는 방법이 소설쓰기 초심자에 적합하기도 한 것이다.

그들 죽음의 의미

2012년 신춘문예 당선작품에 소설미학상으로 나타난 사건면의 특성에는 죽음의 문제가 두드러진다는 점이다. 그것은 대체로 위에서 살펴본바 작품 속에 고독하게 드리웠던 인물 군상들이 죽음으로 이어진 모양새이다. 고독, 실연, 실직뿐만 아니라 가난으로 인해 상실감과 무력감을 못 이겨서인지 모른다. 대체로 혈육을 비롯해서 주변의 죽음을 바라본 경우가 많다. 작품에 따라서는 스스로 죽음을 선택해서 결행한 경우와 죽음을 모의 또는 방조한 경우로 나타난다.

예의 「고열」은 두 살짜리 아이가 엄마의 보살핌에도 불구하고 신열로 앓다가 죽은 이야기이다. 거기에 비해서 「내기의 목적」은 기숙사 생활을 하면서 빚과 직장에서의 문제 등으로 내기게임을 일삼던 회사 간부가 달리는 자동차 헤드라이트 속으로 뛰어든 케이스이다. 그리고 「숲의 정적」은 역시 수년 전에 스스로 자기 목숨을 버린 애인 말고도 어머니마저 일 년 전에 눈이 많이 오는 길에서 교통사고로 사망한 터라 충격적인 죽음의 아픔을 두 번이나 겪은 것이다. 모두 혈육처럼 가까운 식구가 죽은 일을 뼈아픈 마음으로 지켜보고 그 빈자리의 아픔을 겪고 있다.

한편 「치킨 런」은 위와 달리 죽음을 시도하는 과정의 이야기로서 눈길을 사로잡는다. 여기에서는 밤늦게 치킨을 배달하던 화자(나)가 관찰자로서, 스스로 죽음을 꾀하는 사내의 자살을 방조하는 입장이다. 자정 넘은 시간에 야식을 배달하다 주인이 없어 물으려 보니 옆 원룸에서 자기 혼자 공중에 매달린 채 신음하며 살려달라는 사내를 발견해서 풀어준다. 그런데도 그때 죽는 것이 좋았을 것이라며 후회하던 사내의 청에 따라 그의 자살을 알려서 보험금을 타려는 내용이다. 심각한 죽음의 문제를 돈과 치킨 한 마리 먹고 싶다는 욕망과 연결하면서 코믹하게 그려낸 접근이 희화적이다. 집요한 사내의 부탁에 그의 동맥을 칼로 긋는 일도, 높은 집 옥상을 오르는 일도 실패한다. 서투르게 연탄과 번개탄을 피웠다가 오히려 두 사람이 병원에 입원한 신세가 되고 나와서도 좀처럼 매듭을 짓지 못하는 것이다.

더욱이 고교생의 왕따 문제를 다룬 「거리의 마술사」는 학원조직 속의 현안으로서 관심을 모은다. 내성적이던 남우가 잠깐 머리를 스친 태영이 괴롭힌다며 마술사처럼 숨겨온 주머니칼로 친구를 찌른 후에 유리창 밖으로 뛰어내려 목숨을 끊은 일이다. 학생 스스로 죽음을 결행했을뿐더러 학우 생명까지 위협한 처지라서 여느 죽음사건과는 상이한 경우이다. 그 사건을 조사하려고 나선 아줌마 변호사와 남우의 급우(그녀)와의 대화가 진지하게 이어진다. 나름대로 죽음에 대한 의미 모색이 수긍된다.

"그 애는 왕따를 당했어. 그 이전에도 그다지 행복한 삶을 살았다고 보이지는 않더구나."

"삶이 행복하지 않다고, 괴롭다고, 무섭다고 사람들이 자살하는 걸까요?"

"마음이 약한 사람들은 죽음이 어떤 해결책이 된다고 믿기도 하지."

"전 잘 이해할 수가 없군요. 삶이 아무리 무서워도 죽을 만큼 무서울까요? 자신이 뭔지도 모르는 것을, 원할 수 있을까요?"

"이건 의미 없는 대화인 것 같구나. 이건 죽은 자의 말을 통해서만 풀 수 있는 질문이지."

"아뇨. 만일 누군가 죽음을 바란다면 그 사람은 죽음이 뭔지 아는 사람일 거예요. 어떤 사람들은 삶 속에서 죽음을 봐요. 그러나 남우는 그렇지 않았어요. 그는 죽음 속에서 삶을 보는 애였죠." - 「거리의 마술사」에서.

하지만 이번 신춘의 당선소설들 모두가 다 위의 고독과 죽음의 두 가지 성향을 띠고 있는 것은 아니다. 뿐만 아니라 사실은 꼭 그래야 좋다는 주장이 아님은 물론이다. 다만 2012년에 당선된 신춘소설 태반이 이런 경향을 띠고 있다는 사실을 가리킬 뿐이다. 위에 든 작품들 가운데 보기에서 빠진 일부 단편은 다른 성향을 지니고 있으면서 나름대로 긍정적인 덕목을 지니고 있음을 들 수 있다.

이를테면, 「방」의 경우, 시골에서 서울 변두리로 올라와 옥탑방에서 수연과 동거하며 열심히 일하는 모습이다. 먼지를 무릅쓰고 건물해체 일을 다니는 재인은 절약과 과로로 병색마저 짙어진 그녀와 함께 지하방쯤으로 이사할 저금통장 두 개를 마련해 둔 것이다. 그리고 특히 고전소설을 풍자적으로 패러디한 「신귀토지설」은 어느 작품보다도 입체적인 비중을 살려 성공시켰다. 더욱이 해학미도 뛰어나 다른 당선작에서는 실종된 문학의 제일 기능인 그 재미를 만끽하게 된다. 아버지에게 자주 폭행당하여 빠진 이를 드러내고 웃는 어머니 모습 등에서 그 맛을 음미할 수 있다.

어머니의 이는 아버지의 주정에 의해 계속해서 부러졌다. 아버지가 던진 리모컨에, 목침에, 주먹에 맞아 우수수 부러져 나갔다. 42세였던 어머니는 62세로 보였고, 그것을 숨기기 위해 늘 마스크를 쓰고 다녔다. 그러나 동네 사람들 중 어머니가 주정뱅이 남편한테 맞고 사는 한심하고 가엾은 여자라는 것을 모르는 사람은 아무도 없었다. 그들은 어머니를 동정했다. 그래서 어머니가 슈퍼마켓에 오면 주인아줌마는 재활용비누나 콩나물 등을 덤으로 얹어주곤 했다. 어머니는 자신이 받은 덤들을 내게 줄곧 자랑스럽게 보여줬다. 그리고 부러진 이를 드러내 웃으며 말했다. "그래도 이거 한 가지는 좋다. 그치?"

어머니는 이가 부러져도 늘 아버지의 폭력을 받아냈다. 견딜 수 없어지면 지하게임장으로 피신을 하고, 토끼와 거북이 이야기를 자매에게 들려주며 버텼다. 그러다가 어느 날 별안간 떠나버렸다. -「신귀토지설」에서.

거기에 여느 효녀와 달리 폭군처럼 간 이식을 강요하는 용왕아버지께 호락 호락 간을 떼 주는 토끼 딸이기를 거부하는 윤리와 인권의식이 수긍되고 남는다. 그만큼 앞에서 살펴본 바의 어두운 고독이나 죽음에 잦아들기보다는 어려운 여건 속에서도 잘 견디고 이겨내서 밝고 전향적으로 살아보려는 활력을 전해준다.

현대의 좁은 공간 및 과제

또 하나, 2012년의 신춘 당선소설에 두드러진 성향은 세팅 면에서 소설작품의 무대를 현대의 삶 주변 속의 좁은 공간으로 삼고 있다는 점이다. 시간적으로는 거의 예외 없이 현대에 국한하고 있어 단조롭다. 소설의 속성인 상상력의 덕목을 활용하여 현실을 풍자하는 역사소설적 발상의 소지마저 없다. 더구나 미래를 예견한 문명사회의 과제를 다룰만한 미래소설적 상상력이나 모색 노력도 보이지 않는다. 재기 넘치고 패기 발랄해야 할 신진 문학도들의 작품 성향으로서는 아쉬운 일이다.

공간적으로도 작품무대를 거의 우리 사회주변 테두리에서 벗어나지 못하여 답답하기 그지없다. 더구나 소설의 주된 무대로 많이 활용된 것은 태반이 비좁은 공간이다. 「방」「고열」은 서울 쪽방이나 아파트 거실 아니면 병실을 주무대로 하고 있다. 「홍루」는 부산의 택사스촌 술집을, 「치킨 런」은 서울 달동네를 배경으로 삼았다. 「빈집」 역시 멀고도 가까운 독일 대학가의 한 기숙사방을 빌려 다소의 이국(적) 분위기를 띠었을 따름이다. 그리고 「삼각조르기」는 회사와 격투기 연습장, 「내기의 목적」은 회사 주변, 「거리의 마술사」는 학교 주변을 주된 무대로 했다. 이밖에 「숲의 정적」은 묘지가 있는 숲과 아파트 안팎을 무대로 삼는 데 그쳤지만, 「신귀토지설」은 변별성을 지닌다. 적어도 작가 박송아는 이 단편에서 도회 살림집을 겸한 식당이나 병원을 무대로 하되 새내기답게 옛 고전 작품을 차용해서 바닷속 용궁까지도 포괄하고 있는 셈이기 때문이다.

2012년 신춘소설은 나머지 면의 성향에서도 별 신선한 면이 발견되지 않는 것 같다. 언어예술로서 문학의 으뜸요소인 문장표현에마저 이렇다 싶게 참신한 실험의 모색(과) 노력이 보이지 않는다. 그것은 아무래도 너무 안이하게 쓴 때문이라 생각된다. 여기에서 우리는 신춘문예로 화려하게 데뷔한 후에 시나브로 문단에서 사라져버린 여러 작가들의 초라한 뒷모습을 연상하게 된다. 문제는 장래 꾸준히 노력해서 대성하는 일이 중요하기에 말이다.

물론 요즘 당선이야 앞으로 노력하면 좋은 작가로 성장할 수 있다는 문사의 면허증일 뿐이다. 초창기 신춘문예는 윤석중 역시 동요극 부문에 선외가작(「올뱀이의 눈」)이었다. 한 세대 이전만 해도 신춘문예의 각 부문의 태반은 으레 가작 입상이었다. 그런데 역량 있는 문단 인재를 발굴하여 한국문학 발전에 이바지한다는 신춘문예 현상제도가 근래에 와서 많이 희석된 면이 있다. 이러다가는 이 제도가 시행 90년도 채우기 전에 가장 이름 높고 전통적인 특유의 등용문이라는 영예를 의욕적인 여타 문예지에 빼앗기지 않을까 염려된다. 우리 문단과 일반사회 내지 문학 지망생 여러분의 거듭남과 새로운 참여가 필요한 것 같다.

우리 소설은 이제 세계화된 정보사회의 한류문화 바람에 뒤지지 않게 그 영역을 한층 넓혀가야 한다. 무한대로 펼쳐나가는 시문학의 향상과 날로 대중화로 첨단화된 극문학이 영상매체와 결합해가는 소설의 상대적 위상은 건재할 것인가. 소설문학은 개인의 현실주변 역시 중요하지만, 우리의 사회문제나 전향적인 문명문제에도 시선을 던져야 한다. 혼탁한 정치풍토와 남북의 긴장감, 지나친 정보과학의 폐해 따위를 결코 외면해선 안 된다. 더욱이 역사적 과거의 복원과 재해석 문제 또한 산적해 있다. 아울러 비약적으로 위태롭게 발전해가는 인류문화의 미래소설적인 접근 역시 벅찬 대로 바람직한 과제로 남아있는 것이다.

7. 소설작품의 경연과 향연

2017년 하반기 소설 총평(초)

여기에서는 2017년 후반기 동안 한국문인협회지에 발표된 소설에 대한 총평을 30매 안팎으로 간추려본다. 대상 작품의 전체 분량을 의무적으로 읽고 고언도 섞어 평가해야 하는 과제로서 만만치 않은 부담이 따르지만, 청탁에 응한다. 언젠가는 내 자신도 마찬가지로 비평받아야 할 것이로되 발표 작품에 대한 올바른 품평은 필요한 것이기 때문이다. 사실 이 총평란은 한국 현역 작단의 수준과 기상도를 아우른 소설의 품평회 겸 조촐한 향연장인 편이다. 지난 반년 동안 작가들 나름대로 땀 흘려서 빚은 소설농산물의 품질을 알아보고 맛도 음미해 보는 자리이다.

《월간문학》에 발표된 16편과 《한국문학인》 해당 작품 5편을 합하여 모두 21편을 통독하였다. 구미에 맞는 몇 작품만 선택해서 읽는 편법을 쓰다가는 자칫 풀숲에 묻힌 주옥을 놓칠까 싶어서이다. 하지만 여기서 악평이 되기 십상이기에 구체적 언급을 피한 작품 경우는 아무래도 문장이며 접근방법이 어설프고 중심마저 잡히지 않은데다 의욕보다 속이 덜 익은 탓에 곤혹스러웠음을 밝혀둔다. 문학적인 글은 아리스토텔레스의 시학 기본에서처럼 즐거움과 교훈은 물론이요 요즘처럼 힐링을 선물해 주기보다 곤혹감을 더함은 반성해야 마땅하다고 생각된다. 편의상 문단 나이테 순서 겸 성향별로 간추려서 논의해 나간다.

원로와 중견들 세계

먼저 등단 반세기를 훌쩍 넘은 김녕희 작가의 「검은 노을」은 작품의 너른 폭과 밀도감, 특성 등에서 두드러져 보인다. 예술가소설이면서 동시에 지식인소설인 이 단편은 인물들의 활동무대가 세계화시대를 반영하듯 국내외로 설정된 때문만이 아니다. 일찍이 미술을 모르는 작가의 한심함을 지적한 정지용과 이태준에 대한 반증이라도 하듯 작품 전반에 짙은 회화와 음악을 활용하고 있다. 노르웨이에서 40년 만에 귀국하여 고향 마이도에다 화실을 연 장산성 화가 설정과 그의 대표작 시리즈를 제목으로 삼은 점도 수긍된다. 또한, 주 인물인 서이화가 중학생 때 미국으로 이민 간 후에 엄마의 출분과 아버지의 재혼으로 인해 노숙자나 간병보조원 등으로 고생한 나머지 기면증을 앓으면서도 억척같이 사는 정황이 이해된다. 거기에 의사였던 부친을 어릴 적에 여읜 데 이어 의대교수인 어머니까지 잃은 데다 애인마저 친구에게 가버린 뒤 실의에 빠진 채 프랑스대학의 강의도 버리고 귀국한 주영국과 이화의 동병상련적인 대화도 자연스러운 역작이다. 이런 용량의 작품은 중 장편으로 확대시켜도 좋겠다.

또한, 등단 반세기의 연륜을 지닌 김지연의 「이승의 한 생에, 다섯」은 우리 주변에서 흔히 보는 인간의 처세에 대한 모럴을 풍자적으로 리얼하게 다루어 재미있게 읽히는 단편이다. 위 소설이 섬세하고 치밀한 문장이라면 이 작품은 보다 일상적인 삶 주변의 이야기를 흥미롭고 화통하게 써서 친근감 있게 다가든다. 업적을 평가하는 상을 두고 빚어지는 두 살 터울 여성의 미묘한 갈등과 대립 양상을 재치 있게 보여준다. 20여 년 동안 묵묵히 매주 두세 번씩 요양원 봉사를 해온 선우 여사와 79세로서 두 살 선배지만 노동봉사는 지휘만 해온 추 여사의 관계가 재미있다. 문제는 최종경쟁에서 그 상의 실상조차 몰랐던 선우 여사를 제치고 로비에 강한 추 여사가 지난봄의 P지역 문화대상에 이어 목관훈장까지 받게 된 사실이다. 이 작품 가운데 특히 빛난 대목은 수상에서 영문 모르고 연거푸 탈락한 선우 여사가 짧게 토로한 두 마디이다. 구청 행사장에서 소개할 때 "진작…그럴 것이지….”와 기세등등한 추 여사를 향해서 촌철살인의 메시지로 찍어 날린 "나잇값 좀 하시오."다. 물론 일관되게 이어지는 연작 중의 하나이지만 이전 시리즈와의 입체적인 접근은 유보한다.

이어서 다음의 두 중견 작가의 단편이 서두 강조법을 통한 긴장감 넘치는 미스터리 물로서 눈길을 끈다. 손영목의 「밀랍 인형」은 객관적 상관물로 제시한 제목부터 상징적이다. 이른 아침에 한강의 수변에서 산책하던 최 회장이 맹견에 물려 병원으로 이송 중 숨진 사건에서 범인을 찾는 윤 반장과 소진수 형사의 추적이 집요하다. 드디어 밀랍인형 공장이 밀집해 있는 데서 주문한 사람의 차량 뒷번호로 범인을 찾아낸다. 범인은 2년 전에 도사견을 구해서 최 회장을 닮은 인형을 공격하도록 훈련시켜 실행했다는 것이다. 심혈을 기울여 일하던 중 경영이 어려워진 회사만을 공격적으로 인수한 부덕한 최 회장을 응징했다며 당당한 범인의 자세가 수긍된다. 그리고 강호삼의 「연민 뒤에 오는 것」 역시 미스터리 성을 지닌 정보원의 추적이 긴장감을 띤다. 36년 전 광주의 5. 18 당시 부모가 피투성이인 채 병원에 실려 간 뒤 고아로 미국 기자에 입양돼간 데이빗 리 이야기이다. 그는 미국서 경제학을 전공하고 은행에 취업한 후 홍콩지사장으로 한국기업 합병건 등으로 한국에 자주 드나들며 광주에 대해 조사했다. 최근 서울에 와 있을 동안에도 도서관 자료실을 뒤지는 그를 한국의 관계기관에서는 미행한다. 데이빗 리가 한국을 떠나는 인천공항 출국장에까지 요원인 미스터 배와 상민이 그를 따라붙은 것이다. 결국 그는 광주항쟁 때 폭행을 자행한 계림동 일대 지휘책임자의 행방을 찾아 복수하려했으나 그만두고 나온 터였다. 이런 그의 한 맺힌 뿌리 찾기 동선을 확인한 두 정보요원은 공항출국장에서 그 자신에 관한 신문기사를 전해주며 인간미 있게 전송하는 것으로 마무리 짓고 있다. 북핵문제와 사드갈등 같은 현안의 한국 정치상황을 광주의 상처로까지 연결한 작품이다.

다음에는 드물게 불교적 상상력을 통한 단편이 눈길을 사로잡는다. 특히 이 분야에는 이론과 체득 면에서 두드러진 황충상의 「무지개 이야기」가 돋보인다. 존대어로 시작된 화두부터 여느 작품과는 판이하다. "모든 형상은 빛으로 읽힙니다. 빛이 있어 이것은 저것을 보고, 저것은 이것을 봅니다. 허공에 뜨는 무지개가 하늘의 시로 읽히는 것도 빛의 작용입니다. 빨 주 노 초 파 남 보, 무지개 속에 일곱 이야기가 있습니다." 이렇게 무지개의 색깔들을 진중한 언어로 우리의 예술들과 처세를 흥미롭게 다루고 있다. 하지만 반야심경의 유현 심수한 내용을 보기를 들어 풀이하는 것일까? 아직 불교에 일천한 논자는 이 작품에만은 그 평설을 삼간다. 그 대신에 이선구의 「바람 탑」은 그 줄거리를 통해서 그 대강을 알아차릴 수 있다. 원수를 찾아 3년 동안 찾던 진종(그)은 바람의 신봉자격인 승려들이 세운 절에 가서도 좀처럼 세속의 미망에서 벗어나지 못한 채 고뇌한다. 결국, 춤을 잘 추는 애인인 진화를 뺏어 갔다고 여기는 그는 그곳에서 지내던 이복형(청산)과 꼭두새벽에 함께 피투성이가 되도록 싸우다 주지스님인 아버지(화인)에 발견되어 형제 모두가 절에서 추방될 인연인 것이다.

위와 달리 이영철의 「한 사람이 보이고」는 일종의 외로운 군소의 예술가 소설로서 특이한 매력을 지닌다. 여기에는 예술대생으로 화자 외삼촌네의 룸살

롱에서 아르바이트생으로 만나 서로 누드모델을 서주고 동침도 했던 사진작가(나)가 미술학원을 경영하는 그녀(미라 김혜숙)와 8년 만에 해후하는 장면이 흥미롭다. 우연히 같은 아파트 승강기에서 마주쳤던 그는 건너편 동에 독신으로 사는 그녀의 방을 망원경으로 자주 관찰하는 것이다. 중학 때 시골에서 배가 뒤집힌 탓에 부모를 여의고 고학한 그녀는 지금도 양담배를 피우며 그림을 그리는 모습이다. 바다에서 가족을 잃은 프로그래머로서 늘 우울해 하며 마야 룸살롱에 자주 들러 그녀를 청하고 함께 일 년쯤 해외여행을 떠났던 그들 관계는 어떻게 된 것일까. 옥에 묻은 티처럼 '수표 세(석) 장'이라는 지엽적인 데를 손보면 더 좋은 작품이 될 것 같다. 아울러 작품의 완성문제로서는 박영래의 「어느 수병의 눈물」을 빼놓을 수 없다. 제목에서처럼 44년 전에 해군 당포함의 승조원으로서 동해 어로저지선에서 어선 경호 중에 39명의 전사자들과 겪은 이야기들이 실감 난다. 당시 북한의 해안포 사격에 왼팔을 잃은 5급 상이용사의 수기랄까. 제대 후에 어렵게 살면서 작가로 등단하여 백령도 안보탐방 세미나에 참가하여 옛 임백기 선임 댁을 찾은 전우애 겨운 실제 체험의 내용들이 천안함 폭침현장과 함께 누구보다 구체적이고 설득력 있다. 하지만 이런 경우는 문장 면에서 참관기 형식의 관념어로 된 서술보다는 문예지에 싣는 작품이니만큼 보다 소설 미학적인 묘사 중심으로 접근했더라면 훨씬 감동을 더할 수 있었을 것이다.

구양근의 「형제상회」는 요즈음 시중의 회사관계를 통해서 남북분단과 일제강점기 전후의 역사인식으로 연결한 풍자적 단편이다. 천호동 로데오 거리에서 가업처럼 견실하게 청정통조림을 운영해온 이상민은 실력자인 오달호에게서 많은 어려움을 겪는다. 상민이, 어릴 적에 아버지에게 전해들은 바 독립군들을 미행하여 일본군에 전하던 일본헌병 보조원 출신으로서 출세한 오달호와는 상극이던 것이다. 국회의원인 그는 기업체 여러 개를 지닌 재력가 일뿐더러 상민의 동생인 종우를 포섭해서 형제 사이를 갈라놓았다. 더구나 종우 역시 오달호 산하기업체를 경영하는 장덕배의 딸과 결혼한 후로는 형제간에 의절하고 있다. 그동안 형제의 우애가 소문났던 옆 철물점 형제상회 경우와는 너무 다르게 틈이 벌어졌던 것이다. 조폭까지 동원해서 해코지하는 중에 동네의 가톨릭 신자들 도움으로 대적하면서 회사는 날로 영세해 가고만 있다. 그런가 하면, 박종윤의 「외곽의 하루」는 요즘의 중고차 매매센터 현장을 통해서 현대인의 각박한 경쟁의식과 피로감을 인상적으로 그려낸다. 특별한 구성없이 중형승용차를 팔고 중고경차라도 하나 구입할까 해서 수도권 외곽에 있는 현장에 찾아가 점원들과 승강이해서 겪은 한나절의 수난 기록이 실감난다. 되도록 여러 차를 보여주고 비싼 쪽으로 유도하며 집요하게 붙잡고 압박해 드는 것이다. 특히 콧수염 등의 수작에 괴로운 나머지 당국에 신고하려 들자, 핸드폰까지 압수하는 지경이니. "사장님, 사장님!" 마침 실직해 있던 중아버지의 호된 채근을 받고 길가에서 전단지를 돌리는 아들과 대비하는 것들에서처럼 소설문법의 기존 틀을 벗어나서 나름대로 끌고 가는 힘이 돋보인다.

신진들의 모색 향방

신진작가인 박황의 「전골」과 김창수의 「솔로 탈출기」는 요즈음 일반화된 반려견 세태를 반영하듯 인간과 애견적인 내용을 담은 단편들이다. 「전골」에서는 중소기업에 근무하는 남매 사원이 목줄을 풀어준 해피의 부상으로 인한 입원 치료비 2백여만 원을 통한 신경전으로 시작된 이야기다. 회사에서 부장 승진 예정자인 동식은 35년 동안 7마리의 개를 키운 가운데 곰돌이 진돌이 순돌이 코니 등, 여섯 마리를 묻어주기도 한 것이다. 그리고 한여름에 진관사 골짜기서 가진 동기 모임 회식 때 보신탕 국그릇에서 수술했던 개다리의 끔찍한 보철이 나온 장면으로 마무리 짓는다. 이에 비해서 「솔로 탈출기」는 동물과 사람을 보다 아기자기하게 대비하면서 입체적인 구성을 보인다. 싱글클럽 회장인 김 과장(나)은 누나네가 미국으로 발령 나는 바람에 암캉아지인 하나(그녀)와 동거하며 정들게 된다. 목욕도 시켜주고 공원을 산책하는 중에 수캐인 달마시안(하루)을 만나 친숙해 진다. 그러다가 하루와 하나가 순식간에 한 몸이 되는 걸 지켜본 주인들도 뜨거운 손을 맞잡고 부탁한다. "부족한 점이 많은 저를 받아 주시겠어요?" "생각해 볼게요." 홀어머니를 시중들다가 홀로 된 그녀와 약속한 김 과장은 다음 날 싱글클럽 회장을 내놓게 된 것이다. 동물과 인간을 자연스럽게 일치시킨 솜씨가 대견한 작품이다.

신진인 김민혜의 「하우스 메이트」는 안정된 삶의 둥지를 지니지 못하고 불안한 나날을 이어가는 두 여성의 경우를 대조해 보인다. 독신으로 살면서 연극에 희망을 건 오피스텔방 주인(나)과 남편한테 쫓겨나온 월남의 이주여성 프엉이 불법이민자 신세로서 새로 세 들어 온 한 방에서 만난다. 이혼남인 연극인 J에게마저 버림당하고 연극 후의 피부발진과 고독을 견디며 사는 여성의 심리 묘파가 눈길을 끈다. 그러는 중에도 새 일자리를 구하고 남성친구와 어울리며 생기를 찾아가는 프엉을 지켜보며 힘을 얻은 그녀도 첫 희곡을 상연할 준비를 하는 것이다. 이런 일자리의 어려움은 이전의 직장에서 퇴출되는 경우를 든 신진 작가 손경형의 「세상 이야기」나 신인 당선작인 이필의 「해고」에서 상이하게 나타난다. 「세상 이야기」는 중소기업 내에서 일어나는 갑을관계 사이의 성희롱문제를 다루고 있다. 대학을 갓 졸업하고 비정규직으로 입사한 미스 한이 졸혼 당한 처지에서 술버릇까지 나쁜 부장으로부터 퇴출당할 지경에 처해 있다. 더구나 부하인 미스 정에게 임신까지 시킨 그가 미스 한에게 서류마저 작성할 줄 모른다고 몰아치는 것이다. 이에 반발해서 게시판에 그 부당함을 올리려는 미스 한에게 정규직 발령이 임박했다면서 이를 만류하는 선후배들 사이에서 망설이는 당사자 모습이 드러나 보인다. 그러나 아무래도 그들의 속물적인 세계를 상식적으로 느슨하게 다루었고 몇 군데 문장은 다듬어야겠다고 보았다. 끝으로 신인 데뷔작인 「해고」는 일반적인 제목보다 짤막한 서두가 눈에 띈다. -"짤렸다. 십여 년 동안 일했던 회사가 내쫓았다." 이 작품에서는 열심히 일해 온 사원(남자)이 부장으로 승진한 직후에 상대 회사 관계자에게 여성 향응을 베풀지 않은 탓으로 대기업에 납품하는 재계약에 실패하자 단박 해고를 당한 뒤의 고뇌를 드러낸다. 문득 아가씨로서 가수를 지망하던 어머니가 돈을 바쳤던 프로덕션 사장의 아이를 임신한 채 몰래 공장에서 일하다가 해고당했던 일과도 겹친다. 어릴 적에 어머니를 여윈 나머지 상주가 되었던 일과 마무리 처리가 너무 비약되었지만, 앞으로의 가능성이 기대된다.

기대와 남은 과제

위에서 살펴본 바처럼 중견 이상의 작가층 작품들은 거의가 진지하고 견실하여 오래 익힌 술처럼 미학적 성취도가 높았다. 이 정도면 비교적 전성기를 누리며 일부 인기 작가들 위주인 몇 메이저 문예지와도 나름의 경쟁력이 있다고 본다. 바라기는 이런 원로 세대 작가와 발랄한 인기작가의 작품을 문예지들이 상호 교류하듯 실어서 세대 간의 조화미를 가질 수는 없는 것일까. 그들 인기 작가들이 쇠퇴해 갈 때 과연 이런 문단의 전통적인 문예지와 단절되면 서로가 안타까운 일 아닐까, 걱정이 앞선다. 중견이상의 작가들에 비해서 참신한 문장 감각으로 기대감을 주는 신진의 작품들에는 보다 실험적이고 과감한 돌파구 모색은 보이지 않는다. 그 중간 세대 작가들 또한 더 원숙하고 의욕적인 작품세계가 전개되길 주문한다.

아무쪼록 모처럼 주어진 발표지면에 심혈을 기울여 빚은 여러분의 주옥편이 작가 자신을 비롯해서 문예지도 살리며 우리문단을 격상시킨다는 점을 깊이 새겼으면 한다. 아울러 이 자리에서 언급되지 않은 작품들은 상찬보다는 줄줄이 따끔한 죽비를 내려야겠기에 평가를 유보하였음을 밝혀둔다. 작가들이 발표한 이번 소설들 가운데 적어도 태반은 아무래도 그 구성이나 인물설정 및 문장의 밀도감 등에서 완성도가 미흡하다고 보았다. 거기에 해당되는 작가들은 앞으로 그만큼 스스로 분발하여 다음 기회에 좋은 작품을 통해서 당당한 모습으로 만나길 기대한다. 근래 들어서 필요한 경우, 회원 밖에도 특별 필자에게 지면을 열어서 쇄신책을 써온 본지는 적어도 국내의 어느 메이저급 문예지보다 발행부수가 많아 1만 부를 넘는 종합문예지인 것이다. 아무쪼록 2018년 새해에는 우리 모두 건승과 거듭난 문학적 성취가 발전으로 함께하길 바란다.

제2부 한국 시문학의 어제와 오늘

1. 우리 신 고전 새로 읽기

김소월의 「진달래꽃」

원고 청탁을 받은 뒤 거의 두어 달 동안 논자는 이 원고쓰기에 적잖은 신경을 썼다. 독자들이 좋아하는 작품을 공유하면서 친근한 대화를 나눠야 하기 때문이다. 시간이 넉넉하고 원고 분량도 짧을뿐더러 수많은 시 작품들 가운데서 한 편을 골라내는 것쯤이야 대수롭지 않게 여겼다. 그러나 막상 대상을 선택하려다 보니 여간 힘겹지 않았다. 그냥 알만한 시편을 들어 일방적으로 전하고 끝내는 일이야 대수롭지 않겠지만. 동서고금의 명시들을 망라하되 나라와 시의 풍격 및 호감도랑 성별 등을 감안하다 보니 결코, 만만치가 않은 작업으로 느껴졌다.

그러다가 이러구러 마감기일에 쫓긴 나머지 결국 김소월(金素月, 본명 金廷湜, 1902~1934)의 「진달래꽃」으로 정하였다. 논자의 제한된 시야와 미약한 투시력 탓에 문학사적인 가치를 지닌 우리 작품은 물론 신선미 있는 외국 시인의 것을 찾지 못했다. 예의 그루몽이나 릴케 아니면 예이츠며 워즈워드뿐만 아니라 두보와 이태백 등의 낭만적인 시편들이 즐비하지만. 역시 논자 나름으로 선정해낸 시 작품은 편집자의 요청에 가장 알맞은 명편인 것이다. '심층의 시 한 편'은 그대로 '내 마음에서 떠나지 않는 시에 얽힌 이야기'로 연결된다.

우선 이 시편은 논자부터 청소년시절에 시골의 농촌 중학교 교실에서 처음 만나서 감수성 짙게 익힌 우리 작품이다. 사실 「진달래꽃」은 한국 근현대시의 한 세기 가깝도록 가슴을 울리는 최장기 베스트셀러가 아닌가. 뿐만 아니라 문학청년이던 논자가 뒤늦게 문단에 도전해서 응모한 신춘문예의 평론대상으로 다룬 김소월 시인의 대표작인 것이다. 더구나 문학사적으로나 수난의 도정이며 독자층의 폭넓음 면에서 민족시인의 쌍벽으로 꼽히는 한용운(1879~1944)의 『님의 침묵』보다 1년 먼저 1925년에 펴낸 유일한 김소월 시집의 표제작이기도 하다.

소월 김정식이 20대 초인 1922년 《개벽》 잡지에 발표한 그것을 고치고 다듬어서 1925년 첫 시집에 게재한 「진달래꽃」은 몇 차례 텍스트의 수정과정을 거쳤다. 김소월 자신과 그의 스승인 안서 김억의 관계 등에서 생긴 문제이다. 첫 시집의 텍스트로 정착된 것을 현대 철자법으로 정리해 본다.

나 보기가 역겨워
가실 때에는
말없이 고이 보내 드리우리다.

영변(寧邊)에 약산(藥山)
진달래꽃
아름 따다 가실 길에 뿌리우리다.

가시는 걸음걸음
놓인 그 꽃을
사뿐히 즈려밟고 가시옵소서.

나보기가 역겨워

가실 때에는

죽어도 아니 눈물 흘리우리다.

―「진달래꽃」 전문

전편 4개의 연에 12행으로 이루어진 이 작품은 한겨레 전통의 민요풍에다 유장한 시조의 숨결을 따라서 기승전결의 짜임새를 갖춘 서정시이다. 스승인 김억이 너무 글자의 수에 맞춘 나머지 경직된 틀에서 벗어나서 리듬감 있는 호흡이 물 흐르듯 자연스럽다. 가시적인 겉모양보다는 속 깊은 마음의 여울을 심장하게 실어 보낸다. 서두와 마무리 연 첫 행의 "나보기가 역겨워/ 가실 때에는/"에 이은 마무리 행의 "말없이 고이 보내 드리우리다."와 "죽어도 아니 눈물 흘리우리다."의 호소형 종결어미 역시 안정감 있는 대우(對偶)관계를 이룬다. 2연에서는 구체적인 고국 땅인 영변과 약산의 진달래꽃으로 인한 소박한 시각적 이미지를 드러내 보인다. 더욱이 3연에서는 꽃잎을 밟고 걸어가는 시각적 전경화(前景化) 이미지까지 만나게 된다. 이런 네 개의 연을 통해서 한국 여성의 참한 마음을 진달래꽃으로 형상화한 효과가 높이 평가되고 남는다.

김소월 시인이 약관의 나이에 써서 발표했던 이 작품은 당시 발상법이나 모티프 면에서 한국 고전과 외국 시 영향이 혼합되어 조화를 이룬다. 고려가요 「가시리」의 별리 정감이나 민요처럼 널리 애창되고 있는 '아리랑' 밖에 영국 시인 에이츠의 「꿈」 영향이 그것이다. 더구나 사랑하는 사람을 차마 떠나보내며 못내 잊지 못하고 그리워하는 표층구조와 미묘한 그 심층구조는 경이롭고 은밀하다. 사실은 정든 임이 자기 곁을 떠나는 쓰라림을 당하는 시적 화자가 글에서는 도리어 깊이 배려하여 상대방을 보내주는 내용이다. 일종의 자리바꿈이나 반동형성에 따른 방어기제 밖에 수사학적 도치

법의 묘미가 돋보인다. 고려가요의 「가시리」에서 "설욘님 보내압노니" 경우처럼 버림받는 측에서 오히려 떠나는 자신을 몰라보고 떠나는 불쌍한 상대편을 보내준다는 역설이다.

실제로는 정말 자기 보기가 싫어서 떠난다면 곧 까무러칠 심경인데 정작 그녀는 결코 죽어도 눈물 흘리지 않겠다고 말한다. 자신을 버리고 떠나는 사람 앞에다 진달래꽃잎을 뿌려놓을 테니 하늘 높이 깔린 카펫 같은 그걸 밟고 가도록 환송하겠다는 것이다. 여느 여인들은 발길을 가로막고 울면서 애걸하거나 가다가 발병이 나버리길 바라는 저주를 퍼붓고 당장 오물이라도 뿌려버릴 텐데 그와는 반대이다. 「가시리」에서처럼 자기를 등지고 진정으로 가겠다는 사람을 붙잡으면 더 토라져서 안 올 테니 부디 가시는 듯 돌아오기를 갈망하는 여인의 심정을 읊고 있는 것이다. 위와 같은 진달래꽃의 상징적인 이미지화와 등장인물의 산화공덕(散花功德)할 정도로 간절하고 빼어난 대응방법 등이 이 시편을 한껏 빛나게 하고 있음은 물론이다.

우리는 이 시편에 그림자처럼 등장하는 서정적 퍼스나인 여성상과 설움에 겨운 문장의 특성에 주목해야 할 것이다. 특히 1920년대 한국 시의 양대 산맥을 이루어 온 소월과 만해의 시문학에 두드러진 여성 취향성(female complex=페미니떼)은 그 의미가 깊다. 동서고금을 통틀어서 많은 독자를 거느린 고전적 명작은 사실 작품 분위기나 내용은 물론 작중 인물 및 문체 등에서 몸에 배이도록 여성적인 사랑을 중심코드로 삼아 왔었다. 여성적인 위의 두 시인은 심리학 상으로 남성 속에 잠재해 있는 여성적 요소인 아니마(anima)를 잘 활용해서 문예적 효과를 극대화하고 있는 것이다. 그들은 여성취향적인 문장으로 독자층과 공감을 함께하고 당대의 무력적인 군국주의 검열의 관문을 이겨내서 일제에 효율적으로 대응하여 왔다. 부드러움으로 억센 것을 이긴다(以柔克剛 = 柔弱勝剛强)는 노자의 지혜를 보여준다.

소월의 「진달래꽃」과 만해의 「님의 침묵」은 「가시리」에서처럼 모두가 사랑하는 사람들이 애달프게 헤어지는 모티프로 이루어졌지만 상이한 면을 보인다. 본디 유교문화에다 한국적인 소월의 『진달래꽃』에 등장한 그녀는 늘 눈물로 지내면서 자기 곁을 떠난 사람이 다시는 나타나지 않을 것이라고 체념하는 여성상이다. 이에 비해서 불교문화의 바탕에다 동양적인 만해의 『님의 침묵』 속의 그녀는 이지적이고 자기 곁을 떠난 사람이 반드시 돌아올 것이라는 신념을 지닌 여인상이다. 두 시인의 작품 속에 숨어있는 퍼스나의 성격은 이렇게 서로 대조적인 대로 그들이 여성적인 사랑의 상징으로 대응해서 엄혹한 일제 당국의 검열망을 통과하고 동시에 그 시집을 통해서 은밀한 민족적 대응 메시지를 전하게 마련이었다. 요컨대 '진달래꽃'은 그런 감미롭고 감상이 스민 여성적 흡인요소가 김소월의 정한 맺힌 삶과 더불어 한국인의 정감에 알맞은 실체로서 이어져 온 것이다.

그러기에 우리는 「진달래꽃」에 드리운 감상적 퍼스나의 체념적 성격과 더불어 시인의 개성형성 과정에 끼친 전기적 자료도 참고함이 바람직하다. 사실 한 집안의 장손이었던 소월(김정식)은 어릴 적에 부친(김성도)이 경의선 철도부설공사중이던 일본인 감독에게 구타를 당한 후유증으로 일찍 세상을 뜬 불운을 겪었던 것이다. 그로 인해서 어린이는 씩씩한 남성 대신에 자상한 어머니와 숙모(계희영)의 보살핌 속에서 여성화된 성격적 요소가 짙다. 그것이 바로 그의 시 작품마저 여성적인데다 한 서린 눈물이나 애달픈 결핍증으로 나타나지 않았을까. 그리고 이런 시인의 외로움이나 한 맺힌 설움이 숱한 이민족의 탄압 속에서 슬픔에 길들여져 온 독자들 공감대에 걸맞게 작용해온 측면이 짙다.

이렇게 식민 통치세력에 의해 부친을 여읜 소월의 한 서린 정서가 여성화된 채 일제에 항거하는 항일민족시적 요소는 주목된다. 아버지를 일찍 앗아간, 그야말로 한 하늘을 이고 함께 살아갈 수 없는 원수에 대한 항거의식을 평생 잊지 못했을 것임은 물론이다. 가혹한 일제 강점하의 원고와 납본에 걸친 이중 검열 속에서 은유나 상징 아니면 여성의 애정 등을 통한 활자 속에서 엿볼 수 있다. 그 가운데 은유적인「진달래꽃」시편보다 짙은 항일성 작품들은 시집 안팎에서 여러 편 발견할 수 있다. 처녀시집을 낸 이듬해에 두보의 한시「춘망(春望)」을 번역해서' 이 나라, 나라는 부셔졌는데/ 이 산천 산천은 남아 있더냐.'로 시작해서 에둘러 독립의식을 일깨우는 글도 참고된다.

시종 시인을 압박했던 검열의 부담을 안고 표면에 항일의식성을 드러낸 소월의 시편들이 눈에 와 닿는다. 먼저 시집 가운데 제목과 마무리가 일치된 작품 경우, 일제 강점기에 망명지사의 심사를 드러낸「남의 나라 땅」에서 "… 얼결에 뛰어 건너서서/ 숨 고르고 발 놓는 남의 나라 땅." 또한, 논밭과 집을 잃고 떠도는 백성의 신세를 한탄한「바라건대 우리에게 보습 대일 땅이 있었다면」에서- "… 그러나 집 잃은 내 몸이여,/바라건대 우리에게 보습 대일 땅이 있었다면." 그리고 시집을 낸 수년 뒤에 직설적인 제목으로 발표한「옷과 밥과 자유」에서는 식민지 백성의 처지를 짐 싣고 힘겹게 "초산 지나 적유령"을 넘는 당나귀로 비유하여 신랄하게 고발한다. 이밖에 소월의 자필 유고인「무제(無題)」에서 "…무슨 탓에 이다지/ 못살게 구오/… 나더러 어디로 가라 합니까?"라고, 강압하는 상대에게 항변한다. 이어서「인종(忍從)」에서도 민족이 수난을 당하던 당시 자신의 비애어린 시 세계에 상관된 소신을 강변하고 있음을 본다. "슬프니 우리 노래는 가장 슬프다/ '나아가 싸우라'가 우리에게 있을법한 노랜가.…"

여기에서 눈여겨 살필 문제는 시인 자신이《동아일보》지국을 경영하고 지내던 평북의 시골집에서 1934년 한겨울이던 12월 29일에 스스로 삶을 마감한 진상이다. 그 아리고 끔찍한 민족 시인의 별세 보도가 왜 사건 여러 날 후에야 조그만 기사로 나고 말았을까 하는 점에도 의문점이 시사되고 있기 때문이다. 그것은 일제의 서슬이 등등하던 당시에 그곳 현지 경찰 주재소의 후지모토(藤本)가 소월의 시편이나 소설 「함박눈」의 내용까지 사사건건 캐묻고 감시하던 사정도 참작이 된다. 더 직접적인 것은 그 얼마 전에 소월의 절친한 벗이 국경을 넘어 만주로 망명한다기에 소월이 손수 여비까지 보태준 친구 배찬성이 압록강을 넘기 전에 경찰에 검거된 데서 생긴 좌절감이나 후유증 걱정과 연결된다고 파악된다. 적어도 감상적이거나 패배주의자가 아니었던 시인은 결코 욕되게 아까운 삶을 마감했다고 볼 수 없다. 우리는 그 수난과 모멸시대에 숨진 한 시인의 죽음에도 너무 무관심해 온 게 아닌지 반성해야 할 것 같다.

위에서 김소월의 「진달래꽃」 감상에 상관된 다양한 정보를 간추려 보았다. 논자 역시 처음에는 이 작품을 하나의 구미에 맞춘 연정 시처럼 단조롭게 읽어 넘겼었다. 하지만 한국문학도로서 만해와 소월을 대비하며 더 깊이 천착하는 과정에서 새로운 문제를 알아차릴 수 있었다. 그러기에 논자는 이전의 우리 학계와 문학계에서 안이하게 피상적으로 대해 오던 오랜 타성을 혁파하고 나섰다. 1977년 동아일보 신춘문예에 응모했던 「체념과 저항의 시학- 김소월 재론」(필명은 이기준)이 그것이다. 그 평론에서는 일제강점기의 문예사회적 검열제도를 새롭게 주시하면서 소월의 개성형성 과정에 관한 정신분석적 탐구에서의 여성편향성과 항일의식 및 한용운 시문학과의 대비적 접근을 꾀했었다.

그런 노력으로 얻은 값진 성과로는 무엇보다 이전까지 순응적인 정한이나 체념으로 여겨오던 김소월을 항일적인 민족시인임을 처음으로 논증했다는 사실이다. 평소 삼가오다가 모처럼 이글을 통해서 40년 만에 밝히는 논자의 이런 말에 이의를 제기할 분이 있을까. 김소월에 대한 보다 심층적인 탐색 없이 평면적인 면에 그쳤던들 소월의 「진달래꽃」은 한낱 퇴영적인 패배자의 하소연쯤으로 여겨졌을지도 모른다. 어쩌면 이 작품의 올바른 감상과 이해를 통해서 우리는 한국 민족시의 품격과 위상을 정립하고 제대로 음미하는 셈이다.

위 「진달래꽃」은 일제의 강점하에서 늘 한복차림인 채 한사코 모국어를 통해서 민족적 서정을 읊은 그야말로 현대적 고전일 만큼 절창이 아닐 수 없다. 따스하되 정결하고 한 서린 겨레의 상징인 진달래꽃을 객관적 상관물로 내세우고 영변이나 약산 같은 우리 고유의 지명을 살린 점도 식민지 본국에 대한 항거의식의 소산이다. 우리는 엄혹한 민족 수난의 상황 속에서 전통문화와 원초적인 사랑을 노래하는 시를 쓰다가 스스로 33세의 나이로 아까운 생을 마감한 그의 충정을 제대로 이해해야 할 것이다. 바야흐로 분단된 채 대치해 오다가 마침내 형제애로 대화하고 있는 남북한 겨레들이 함께 애송해온 이 「진달래꽃」을 통해서 하나가 되어 상생과 협력의 자세로 진정한 한반도의 평화와 겨레의 번영 발전을 기했으면 한다.

2. 민족수난기 항일문학의 표상
심연수 시인 탄생 100주년에

2000년 봄과 여름철, 두만강 건너 중국 연변 조선족 자치주에서는 새천년 문화의 화두처럼 연일 새로운 항일 시인 출현과 유고작품 소개로 달아오르고 있었다. 그것은 선구자의 땅인 용정시 한 조선족 집 마당 밑의 항아리 속에서 자선시집 등 8권의 창작 노트와 원고묶음을 포함한 일기장, 편지 철 등의 육필원고들을 발굴해냈기 때문이었다. 이 원고들은 1945년 해방을 일주일 앞둔 긴박한 정세하에서 영안현에 소재한 소학교 교편을 잡다가 강제징집을 피해 용정 집으로 오는 도중 왕청현 춘양진에서 일제 앞잡이의 총에 희생된 심연수 시인이 여러해 동안 써두었던 유고들이다. 평소 심연수 시인이 남몰래 자신의 방안에서 쓰고 다음어 용정의 집에 남겨둔 그 원고지며 창작 노트 철들을 챙겨서 그의 동생인 심호수(당시 78세)가 몰래 땅속에 묻어두었던 것이다. 55년 동안 땅속에 묻힌 채로 일제관헌의 닥달과 홍위병의 수색을 면해온 육필원고들은 푸른 잉크색 그대로 햇빛을 보았다.

따라서 새로운 세기에 육신과 더불어 영원히 소멸될 위기를 벗어나서 심연수 시인은 새로운 민족문학사의 한 자리에 떠오르게 되었다. 그야말로 그는 자신이 한글로써 심혈을 다해 써 놓은 문학의 힘으로 기적처럼 부활한 셈이다.

심연수는 이제 3백여 편의 주옥같은 문학실체로서 간도에서 형성된 식민지 시대 문학과 한반도 분단시대를 풀 통일문학사의 열쇠를 지니고 있다. 그는 또한 국외 한글문단의 메카인 연변이 낳은 윤동주 시인과 더불어 일제하 암흑기의 한국문학을 지켜낸 수호자의 한 사람으로서 새로운 민족문학사 정립의 전환을 이룰 존재인 것이다.

획기적인 문학사 실체

이때 연변 일대 매스컴에서는 잇달아 민족시인 심연수를 제2의 윤동주 출현이라고 흥분했다. 과연 그는 기구한 삶과 체취 짙은 얼을 담은 작품들로 우리 문단에 솟아난 또 하나의 혜성이다. 27세의 아까운 나이로 요절한 시인은 동생에 의해 보존되어오던 유고작들로 인해서 실로 반세기가 넘어서야 환생하기에 이르렀다. 이 유고들은 연변인민출판사 관계자와《문학과 예술》편집부의 확인과 협력으로 햇빛을 보게 된 것이다. 그래서 그의 시는 현지 문예잡지《문학과 예술》《연변문학》《도라지》《은하수》등에 발표되고 현지의《연변일보》《흑룡강신문》《연변라지오텔레비죤》등에 보도되어 널리 알려지기 시작했다. 이 육필 원고들은 곧이어서 작년 7월에 50권으로 예정된『문학사료전집』제1권(심련수문학편) 책자로 연변인민출판사에서 발행되었다.

심연수(1918. 5. 20 ~ 1945. 8. 8 : 호적명은 沈鍊洙, 필명은 沈連洙)의 전기적 삶에 대해서는 연변 현지와 강릉의 삼척심씨종친회 등에서 여러모로 확인되었다. 그는 본디 삼일만세운동이 일어나던 전해 봄에 한반도 강릉군 경포면 난곡리에서 삼척 심씨 가문의 5남 2녀 중 두 누이에 이어서 장남으로 태어났다. 그의 나이 일곱 살(1925년) 때는 생활고에 시달리던 가족들과 함께 독립운동을 하던 삼촌을 따라 러시아 연해주로 새 삶의 터전을 찾아 떠난다. 그러다가 1928년에는 러시아의 한국인 강제이주 정책에 의해 연해주에서 중국 대륙으로 옮겨간다. 처음에는 흑룡강성 밀산 농촌으로 가 살다가 다시 신안진으로 이주하여 만주벌을 개간하는 농사일로 지냈다. 학교 공부를 제대로 못 해온 심연수는 간도성(間島省) 연길현 용정으로 이사해온 1935년 이듬해에야 열여덟 살 나이로 뒤늦게 동흥소학교 5학년에 편입해서 다음해에 졸업한다.

심연수 경우는 요즘 학생 같으면 대학생이어야 할 19세에야 동흥 중학에 입학하여 독서를 즐기며 문학에 뒤늦게 눈뜬다. 22세 때인 1940년 일기에는 자기가 하고 싶은 말을 글로써 나타낼 수 있는 문인을 동경하고 있었다. 『문예독본』『상록수』『문장강화』를 밤새도록 읽으며『님의 침묵』,『아, 무정』등에도 심취해 있음이 발견된다. 「농가(農家)」라는 습작 단편을 밤새워 쓰고《만선일보》등에 습작시를 투고하여 서너 편 활자화시킨 것도 이 무렵이다. 심연수의 문학적인 글쓰기는 사실 이때부터 본격화되고 있다. 그의 유고작품 뒤에 '강덕 7년'이나 '소화 15년'이라고 밝혀진 대로 심연수는 수학여행 때 쓴 여러 기행 시조 등을 합쳐서 1940년 한해에 쓴 작품 수효가 100편을 넘는다. 그의 시를 주로 한 작품 창작은 뒤늦게 시작한 대신 대학진학 전부터 왕성했음을 보여준다.

심연수 시의 특질들

심연수 문학의 주종은 시 장르이다. 유고를 정리해 실은『문학사료전집』에 의하면 시와 산문을 포함해서 모두 250편에 달하는 심연수의 전체 작품 가운데서 238편이 시 장르(시조 64편 포함)일 뿐만 아니라 이 시편들 속에 비교적 정채 있는 대표작들이 분포되어 있다. 그의 작품 중에 단편소설 4편과 수필을 비롯한 산문 12편은 문학성의 질과 양면에서 결코 시 장르 수준에 미치지 못한다. 나머지의 수많은 일기문이나 편지글 등은 참고 정도일 뿐이다. 따라서 여기서는 먼저 대표적인 시 작품 열 편을 감상하면서 미학적인 특성을 들어서 몇 가지 갈래별로 정리해 본다. 심연수의 작품세계는 그가 겪어온 현실적 삶과 민족의식 등을 그대로 반영한 리얼리즘에 바탕하고 있어서 비교적 난해하지 않기 때문이다.

1) 비애어린 유랑민 의식과 수난상 고발

심연수 시문학에는 모국을 떠나 남의 나라 땅을 떠돌아다니는 서글픔과 고난의 삶을 드러내는 요소가 짙게 드러나 있다.

잘 살려고 고향 떠나
못사는 게 타향살이
간 곳마다 펼친 심하(心荷)
뜰 때마다 허실됐다

흐뭇할 품을 찾아
들뜬 마음잡으려고
동해를 둘러서 어선에 실려
대인 곳은 막막한 벌판이었다

싸늘한 북풍받이 허넓은 곳
떼 장막을 치고 누워

떠돌던 몸 쉬이려던 심사

불쌍한 유랑민의 꿈이었다

서글퍼 가엾던 부모형제

헐벗고 주림을 참던 일

지금도 뼈아픈 눈물의 기록

잊지 못할 척사(拓史)의 혈흔이었다

— 「만주」 전문

1941년 9월 말에 씌여진 이 작품은 시인 자신이 일본에 유학하고 있던 중 이미 연해주와 중국 대륙에서 겪은 나라를 빼앗긴 해 디아스포라적인 삶의 역정들을 읊은 시편이다. 직정적인 토로이면서도 비애 어린 심정을 리듬에 담아 뭉클한 감동을 준다. 첫 연에는 가난한 식구가 좀 더 잘 살아보려고 고국산천을 떠나지만 그것을 이루지 못하고 타향을 떠도는 실향민의 딱한 삶이 절실하게 표출되었다. 둘째 연의 /동해를 둘러서 어선에 실려 / 대인 곳은 / 그대로 심연수 시인의 가족사적인 실제의 삶에 그대로 적용되는 사실이다. 셋째 연의 / 싸늘한 북풍받이 허넓은 곳 / 그 공간은 다름 아닌 만주이다. 당시 일본에 점령당한 만주 괴뢰국은 아늑한 조상의 옛터라기보다 황량한 벌판과 추위로 연상되는 유형지였던 것이다. 이렇게 어릴 적부터 노령 연해주 - 만주 - 일본 - 간도 등으로 이국땅을 수차례 유랑해온 가족사적 체험과 일본유학 경험 등이 나라 잃은 백성의 디아스포라의식으로 승화된 채 심연수 시의 내면 공간에 짙게 자리하고 있다. 하지만 위에서와 같은 심연수의 짙은 유랑민 의식은 결코 슬픔이나 절망에 그쳐있는 것은 아니다. 그는 깊은 고독과 설움 속에서도 새로운 안식처로서의 터전을 마련하기 위한 개척의지와 요나콤플렉스적인 귀향의식이 함께하고 있어 안정감을 획득한다.

또한, 심연수는 다음과 같이 한결 서정성 짙은 시편에서 더욱 몸에 배인 실향 콤플렉스를 드러내고 있다. 어쩌면 그의 유랑민의식은 국권상실이나 낙원상실에 가닿을 만큼 짙은 질감으로 다가들고 있다.

길손이 잠 못 이루는
이 한밤
호창(胡窓)의 희미한 등불
더욱이나 서글퍼요

칼 자리 틈 눈에는
뭇손의 여진(旅塵)이 절어있고,
칼 자리 난 목침에는
여수(旅愁)가 몇천 번 베여졌냈나

지난 손 화김에
애꿎이 태운 담배꽁다리
구석에 타고 있어
마음 더욱 설레인다

어두운 이 밤길에 달리는 여차(旅車)
왈그락달그락
호마(胡馬)의 발굽과 무거운 바퀴
이 마음 밟고 넘어가누나.

-「여창(旅窓)의 밤」 전문

이 시는 그가 중학 졸업반 때《만선일보》에 투고하여 처음 활자화되기도 했던 작품으로 눈길을 끈다. 습작 성격을 풍기면서도 신선한 감수성과 감정 표현이 돋보인다. 첫 연의 길손이 잠 못 이루는 창 빛 정경과 둘째 연의 칼자국 난 목침에 배인 여진이나 여수내음이 인상적이다. 셋째 연의 담배꽁초 타는 정경 및 넷째 연의 여차와 호마의 바퀴소리들이 앞 연의 이미지들과 잘 어울리면서 나그네의 서글픔을 읊어내고 있다. 시각적 이미지와 후각적 이미지, 그리고 청각적, 촉각적 이미지가 조화를 이룬 서정성 짙은 모더니즘풍의 시 작품이다. 그의 비애 어린 나그네 의식이 작품 전체에 배어있어 서정적인 감흥을 더하고 있다.

그런가하면, 시인은 객관적 상관물인 새를 통해서 짙은 유랑의식을 표상하기도 한다. 시 「생」에서의 새는 창공을 나는 기쁨을 누리려는 것이 아니라 새로운 삶의 터전을 향하여 고된 여로(旅路)의 길을 나르고 있다. 또한 「갈매기」에서는 더욱 시인 스스로 바다를 건너다니며, 이역의 포구에서 외로운 삶을 영위하는 갈매기와 대화하는 형식으로서 '갈매기'는 자신의 처지를 대치하는 효과를 거둔다.

「턴넬」에서는 위에서 살펴본 「만주」와 「여창의 밤」보다 훨씬 강렬하게 식민지 시대의 민족 수난상을 극단적으로 고발하고 있다. 이 작품은 예의 이상화가 "낮에도 밤, 밤에도 밤 / 그 밤의 어둠에서 스며난, 뒤직이 같은"이라고 절규한 「비음(緋音)의 서사(序詞)」 이상의 치열감을 준다.

길다란 턴넬
캄캄한 굴속
자연이 가진 신비를
뚫어놓은 미약한 힘

눈을 감고 걸어도

걸 키우는 물건

밝히우는 송장

바닥 가득 늘어 자빠진 꼴

아, 빛이 없어 죽었나

빛이 싫어 죽었나

그러나 또 무수한 생명이

레루를 베고 침목을 베고 누워

지나갈 바퀴 기다리고 있음을

또 어찌 하리

싸늘한 송장의 입김에서 들려오는

울부짖는 소리

우를 우러러도

아래를 굽어보아도

선해보이는 그 캄캄한 굴속

— 「터넬」 전문

여기서 길고 캄캄한 굴속은 대자연의 법도를 거역하고 무리한 통치를 펴고 있는 일제하의 한반도 상황을 대신한 지옥이다. 그 암흑 속에서 송장처럼 파김치 된 채 레일과 침목을 베고 누운 군상의 신음과 아비규환 공간이 당시 식민지 조국의 실상이라는 고발이다. 그야말로 처참한 암흑상황이 아닐 수 없다. 일반적으로 터널은 잠시 광명한 목적지로 향하는 지름길이요 통과를 위한 인위적 공간이다. 그럼에도 시에 설정된 터널은 굴속에 지쳐 누운 군상들에게는 너무 힘겹게 길어서 언제 끝날지 알 수 없는 일제 통치 권력의 무궁함을 암시한다. 굴의 사방에는 송장처럼 지쳐 누운 군상과 아직은 광복의 빛이 막막한 절망스런 식민지 현실을 신랄하게 제시한 항일저항의 비유적 시 장치이다.

일제의 강점에 의해 주권을 상실한 백성으로서 이웃나라를 전전하던 심연수의 시작품에는 짙은 민족의식과 항일 저항정신을 특성으로 하고 있다. 특히 중국인들과 어울려 소수 민족으로서 문학에 뜻을 두고 두만강 국경을 지척에 둔 당시의 간도 땅에서 살아온 문학청년으로서는 남다른 의식을 지니게 마련이다. 그것은 당시 일제의 만주괴뢰국을 통한 회유와 통제가 교묘하게 직.간접적으로 병행된 상황이었으므로 더욱 그렇다.

2) 백의 민족의 정체성 추구

심연수 시는 소재 면에서 민족성과 표현상의 시조 양식을 활용하여 돋보인다. 우선 그의 여러 시편들에서는 곳곳에 짙은 배달겨레로서의 민족의식이 숨쉬고 있는 것이다. 모국에서는 일체 한글 작품을 금지시키고 있는데도 한사코 모국어(한글)로 창작하는 행위 자체가 민족의식과 항일정신에 해당된다. 당시 만주 괴뢰국에서도 검열 행위가 은밀하게 행해지고 있던 사정을 감안하면 이런 한글문단 활동을 일종의 항일문화운동의 일환으로 이해해야 마땅하다. 어쩌면 시인의 한글창작 작업은 항일 무장 투쟁적인 싸움에 못지않은 '문화적 민족주의 운동'으로서 식민지시대에 국가와 민족의 정체성을 확립하는 데 중요한 가치를 지닌다.

빨래를 생명으로 아는
조선의 엄마 누나야
아들 오빠 땀젖은 옷
깨끗하게 빨아주소

그들의 마음가운데
불의의 때가 묻거든
사정없는 빨래방망이로
두드려 씻어주소서!

—「빨래」 전문

시인은 「빨래」에서 배달겨레의 민족적 정서와 전통적인 풍습을 되살려 감동을 자아낸다. 백의민족의 하얀 빨래 풍습에 상관된 개울이나 우물가 여인들의 빨래방망이질 풍경과 더불어 정결한 민족성을 가락에 맞추어 읊은 가작이 아닐 수 없다. 이국에 살면서도 오래도록 잊지 않은 겨레의 풍습이 선명하고 참되게 살려는 마음씨가 갸륵하다. 여기에서는 군더더기 없이 '조선의 엄마 누나야' '두드려 씻어주소서!' 등의 어미 그대로 잘 어울리는 시편으로서 싱그러운 맛을 준다. 이런 배달겨레의 빨래에 대한 착상을 시로 쓴 데는 자주 보는 주위의 한족이 청복을 입은 채로 너무 정결치 못한 면에 민족적 차별성도 지니고 있다.

한편 기행시적인 요소가 있는 「국경의 하룻밤」에서는 우리 고유의 가락을 통하여 한껏 배달겨레로서의 민족의식과 민족적 수난의 삶에 겨운 시인의 감동을 만난다.

두만강 네 몇 만 년 흐르는 동안
이 강을 건너던 이 울더냐, 웃더냐
나는 건너면서 울음과 웃음 모두 새였다.

밤은 깊어간다 그러나 깨어있다

흐르는 물소리는 밤공기를 가볍게 치다
아, 나는 왜 자지 않고 이 밤 새우려 하나.

— 「국경의 하룻밤」 전문

한두 군데 시어의 모호한 표현도 있지만, 심연수 자기를 낳아 준 어제의 모국과 자신을 키워주는 오늘의 조국 사이에서 숱한 감회가 교차하는 감격을 느끼는 것이다. 그것은 가슴 뭉클해지는 설움이요 울분이며 환희로서 독자들과 함께 어우러진 민족적 감정의 도가니일 수도 있다.

여기에서 특히 유의할 바는 남달리 한국 고유의 전통적인 문학 양식인 시조 형식을 활용했다는 사실이다. 낯선 이국땅에서 살면서도 한사코 한민족의 고유 정서에까지 집착하여 수십 편의 시조풍 시를 써서 성과를 거두고 있음은 주목할 일이다. 시인이 수학여행단 학생의 일원으로서 기행 시조풍으로 쓴 「서울의 밤」도 관심을 모은다. 새삼 경이롭게 물씬 동족으로서의 일체감을 풍기는 내용이 아닐 수 없다. - / 말소리 서울 말씨 옷도 조선옷이요 / 말도 다 조선말이더라 // 거리엔 흰옷 조선옷 흰빛이요 / 얼굴도 조선 얼굴, 모습도 조선 모습 / - 「서울의 밤」에서.

아울러 심연수의 민족의식을 드러내는 모국 역사에 관한 깊은 관심을 비켜갈 수 없다. 역시 모국 수학여행 때 보고 느낀 소감을 작품화한 기행시조 「대동강」, 「청천강」 등에는 해박한 역사에 대한 지식이 관심을 끈다. 고주몽 설화를 곁들인 「대동강」과 을지문덕 장군의 전승지였던 「청천강」을 시조시로 써놓고 있다.

또한, 민족의 정체성 찾기로서 빼놓을 수 없는 작품으로서는 「등불」이다. 어쩌면 옛 조상들이 백두산 주위의 중원에서 나라를 세워 밝은 문화를 폈다는 육당 최남선의 불함문화론 의미와 밝은 빛을 기린다는 조선의 나라 이미지와도 상통하는 시이다.

존엄의 거룩한 등불이
문틈으로 새어나오다가
한줄기 폭풍에 꺼져버렸습니다
그 옛날 조상께서
처음 편 그 불이
그동안 한 번도 꺼짐이 없이
이 안을 밝혀왔댔습니다.
그들은 그 빛을 보면서
옛일을 생각하였고
하고 싶은 말을 하였으며
하고 싶은 일을 하였습니다
그러나 지금도 어둠 속에서
숯불을 부는 이 있으니
또다시 밝아질 때가
멀지 않았습니다

그 등에는 기름도 많이 있고
심지어 퍽으나 기오니
다시 불만 켜진다면
이 집은 오래오래 밝아질 것입니다

— 「등불(1)」 전문

상징적인 「등불(1)」은 배달민족의 연면한 문화전통과 주권국가의 명맥 잇기에 깊은 의미를 두고 있다. 그동안 조상들로부터 이어받아 온 등불이 '한줄기 폭풍에' 꺼져버렸다는 것은 평화로운 배달겨레의 국권과 문화가 외부 침략자의 폭력에 의해 상실되었음을 지칭하는 메타포다. 시인이 중학 졸업반이던 1940년 당시에 창씨개명과 모국어 사용까지 금지시키던 민족적 위기상황을 작품화한 것이다. 조상 전래의 등불이 꺼진 암흑기를 괴로워하면서도 머지않아 광복의 날이 올 것을 예언하고 기다리는 마음이 미덥다.

심연수 시에서는 드물게 '~습니다'라는 경어체 존경어미로서 진중한 무게를 함께하면서 신념에 찬 바램이 수긍되는 시편이다. "그러나 지금도 어둠속에서 / 숯불을 부는 이 있으니" 대목은 아무리 일제통치가 드세더라도 어둠을 밝히는 독립노력을 하는 분들이 있어 해방의 날이 밝아오고 있음을 암시하는 것이다. 그러므로 끝 연에서는 일시 일제의 침략에 꺼진 등불일지라도 아직 "그 등에는 기름도 많이 있고 / 심지도 퍽이나 기오니" - 배달겨레의 저력이나 가능성이 충분하므로 자주 독립과 민족문화 건설의 불을 켜자는 밝은 전망과 용기를 주고 있는 내용이다.

3) 피 맺힌 항일의식

심연수 시문학의 주된 테마는 항일 저항의식이란 점이다. 그의 멍든 가슴 속에서는 평소 뜨거운 항일과 증오의 불덩어리가 이글거리지만, 한사코 솟구치는 울분을 글로써 달래며 살아왔다. 그는 결코 현실 순응적이거나 친일에 방관적일 수 없는 숙명적 피해를 당해왔던 것이다.

고(苦)에서 고생으로 돌아가신/ 가엾은 우리 할아버지/ 할아버지의 할아버지 적부터/ 물려주신 가난에 싸여 지내시며/ 자손까지 끼칠까 봐 애쓰신 일/ 나는 차마 눈뜨고 못 볼 때가 많았나니/ 돌아가시던 그날 식전까지/ 수고를 모르시고 도우시다가/ 자손을 위하여 길바닥에서 놈들의 총에 맞아/ 객사하신 나의 할아버지시여/ 왜 그렇게 총망히 오셨다가/ 그렇게 가시는지요/ 자손으로 봉양을 제대로 못한 저희들을/ 부디 용서하여주세요/ 마지막 눈을 감는 그 시각/ 굶주린 수두룩한 자식들을 두고/ 유언의 말씀도 많으셨겠건만/ 한마디 말씀 못 하시고 못 하시고/ 돌아가시다니 돌아가시다니/ 그 현대가 낳은 저주로운 악물(惡物) 때문에/ 몸이 떨리고 이가 갈리는 그 악마/ 그러나 원쑤의 그놈을 차 던지지 못하고

— 「돌아가신 할아버지」에서

만주 벌에서 살다가 자신의 비참한 최후마저 예견하듯 기구한 유랑생활을 거듭해온 민족사의 아픔을 토로하여 피맺힌 저항의지로 통렬하게 절규하고 있다. 시인이 일본유학중이던 1942년 3월에 쓴 이 작품은 심연수 시에서는 드물게 모두 90행으로 이루어진 장시이다. 작품 전체가 만주벌에서 비명에 간 조부에 대한 분노와 죄책감을 비통스럽게 토로하고 있어 특색을 이룬다. 그런 면에서 이 작품은 감정의 여과나 절제 없는 개인의 한풀이라고 비판받을 수도 있다. 하지만 오히려 오늘과는 판이하게 각박한 1940년대 식민지 상황 속에서 손수 당한 원한 맺힌 사실을 시종 격조 지닌 호흡으로 통쾌히 카타르시스하는 시의 특장점도 인정해 줄 만하다.

심연수가 살았던 식민지시대 당시의 문학에서 긴요한 핵심 덕목인 항일성을 감안하면, 심 시인의 육필 원고들은 검열을 거치지 않은 그대로 누구보다 강렬한 저항성을 띠고 있다. 가령 굽히지 않은 항거의식을 표출한 「고집」에서는 친일 아부를 단호히 거부할 것을 역설하고 있다.

고집을 써라 끝까지

티끌만한 너그럼을 보이지 말고

타고난 엇장을 굽히지 말라

벽을 문이라고 우기고

팥으로 메주를 쑨다고 우기고

그 장으로 식성을 고쳐낼게

소금이 쉬어 곰팡이 피고

사탕이 썩어 냄새난다면

그건 고집 없는 탓이지

우기고 뻗치다 꺾어진 건 통쾌해도

뉘게나 굽석거리는 꼴은

보기 싫도록 역겨웁더라

- 「고집」 전문

여기서는 독특하게 '엇장'이나 '뻗치다' 등의 고집불통과 비타협을 뜻한 모국어로써 권유하면서 짙은 저항의 마무리로 시의 맛을 돋우고 있다. /우기고 뻗치다 꺾어진 건 통쾌해도 / 뉘게나 굽실거리는 꼴은 / 보기 싫도록 역겨웁더라 / 대목이 매운맛을 준다. 남다르게 직설적이면서도 굴종과 타협을 매섭게 풍자하고 경계한 내용이 재미있다. 일제 관헌의 끈질긴 설득과 혹독한 고문이 자행되는 가운데 적지 않은 변절자와 민족 반역자가 생겨나는 식민통치 사회에서 살아갈 지조를 강조하며 격려하는 내용은 여느 시인에게서는 보기 어려운 시이다.

하지만 심연수 시인의 끓어오르는 반일감정과 저항의식은 선비답게 스스로 내면으로 가라앉히면서 폭력적인 행동으로 나가지 않고 있다. 그는 되도록 사회의 기본질서를 지키면서 항일의 정신을 펴려는 자세를 보인다. 그의 시 「

우정」이나 「벙어리」에서는 차라리 스스로 자해하여 멍울진 가슴의 피를 토해내고 카타르시스하려는 안타까운 고뇌를 토로한다. 폭력으로 남을 공격해서 죽이기보다 차라리 내면으로 통렬한 자기파괴를 통해서 울분을 토해내려는 것이다. 두 편 모두 처절한 일제의 탄압 속에 멍든 시인의 저항 행위요 무서운 인간의 절규로서 한 차원 농도 짙은 항일의지의 표출이 아닐 수 없다.

4) 우주적 시야와 미래 지향

심연수 시인의 시 특성 중에서 제재적인 면의 또 다른 하나는 작품의 스케일이 적어도 세계나 범우주적일 만큼 넓은 시야를 지니고 있다는 점이다. 사실 여러 시편들에서 이렇게 넓고 큰 시야를 활용한 시인으로서는 아마 한국문단사를 통틀어 제일 손꼽힌다고 볼 수 있다. 이런 시적 영역 확대 시야를 활용한 그의 작품들은 심연수 시인이 일본에 유학하던 1940년초 무렵에 쓰여진 시편들이다. 「인류의 노래」, 「우주의 노래」, 「지구의 노래」처럼 비교적 거창한 스케일에 퍽 긴 분량을 지니고 있다. 이들 작품은 「여창의 밤」, 「이역의 만종」 같이 서정성의 시작(詩作)을 주로 하거나 흔히 「모교」, 「교문을 나서며」, 「1940년을 보내면서」 등의 일상적인 삶 아니면 「고독」, 「기다림」, 「님의 넋」 등의 감성적인 글을 쓰던 초기와는 사뭇 달라진 양상이다.

/ 빠미르고원에다 천막을 치고/ 여우(黎牛) 의 등에서 짐을 풀어라/ 히말라야 빙하에 목을 축이고/ 영령봉의 천지에 목욕하자/ 흐림없는 벽공에다 이상을 달리자/ 정의의 고함을 높이 쳐보세/ 젊은이여 — 산자여/ 우리의 피는 끓나니/ 우리의 이상은 높나니/ 저— 사방에서 일어나는 돌개바람에/ 평화를 꿈꾸던 썩은 현실은 일크러지련다/ 동서에서 밀려드는 검은 구름과/ 천벌 같은 뇌성벽력에 / 말세 같은 재개벽이 시작되련다/ 들으라/ 해일이 밀려드는 소란한 소리/ 손으로 오갈지어 자세히

들으라/ 익사기걸(溺死饑乞)하는 사바녀(娑婆女)의 아비규환을 / 죄악과 억박(抑縛) 이 터지는 소리/ 오무러들어가는 육지의 축함(縮陷)를 / 양자강의 범람에 떠내려가는 묵은 집/ 융기하는 태평양의 새 육지를/ 미친놈이 지랄 쓰는 난사의 포화에/ 쫄아 말라든 지중해를/ 아— 저어—기 저/ 아라비아 사막 우에 일어난 괴광(怪光)이/ 일어날 앞일을 전조(前兆)한다/ 우리는 피난 온 무리가 아니다/ 목숨을 아끼는 연골충은 더구나 아니다/ 우리의 일감은 새로 있나니/ 우리의 새 일터는 무한 넓나니/ 우리의 할 일은 태산 같도다/ 품은 이상은 우주에 차고/ 축저(蓄貯)한 힘은 위대장엄하나니/ 정의의 앞에 굴복할 것은 / 참위(慘僞)를 감행하던 악마(惡魔)일리라

— 「세기의 노래」 전문

이 시는 다소 한자관념어가 많지만 문명사적인 무게를 지닌 시편으로서 인상에 남는다. 「세기의 노래」는 당시(1942년 6월) 독일, 이태리, 일본 삼국동맹에 의한 파쇼정권의 세계 침략전을 풍자, 응징하는 시편이다. 퍽 거창한 지구와 인류역사를 생각하는 이 시에서는 당시의 국지적인 식민지 현실의 고뇌를 탈피하여 세계적 시각으로 사고하는 시인의 지혜를 엿볼 수 있다. 동서양 여러 지역에 걸친 세계사적이며 지정학적인 안목으로 펼쳐나가는 언어가 막힘이 없어 호쾌하다. 장시형으로 된 이 작품은 세 부분으로 된 알레고리다. 파미르 고원 같은 세계의 지붕 위에서 서로 마음껏 높은 이상과 정의를 외쳐보자는 것이 시작 부분이다. 그러나 이어서 동서양 뭍과 바다에 파쇼정권에 의한 돌개바람과 검은 구름이 전쟁을 몰고 와 아비규환하는 인류의 참상을 연상시킨다. 하지만 드디어는 우리가 의연히 나서서 허위와 폭력으로 평화를 파괴한 악마들을 굴속 시켜서 응징하자는 테마이다. 여느 시인들과는 상이하게 식민지 군국주의에 대한 지탄과 항거를 세계사적인 시각으로 제시한 문제작이다.

그러나 심연수 시인은 결코 거창한 우주와 세계적 시야에 눈을 돌려 민족적

수난의 현실을 외면하지는 않는다. 각박한 식민지 탄압의 어두운 현실과 기세등등한 군국 일본의 말발굽 속에서도 그는 조국의 광복과 희망을 버리지 않았다. 그리하여 얼었던 대지에 봄이 올 것과 밤이 지나면 아침이 올 것을 기다리며 확신하고 있었다.

봄은 가까이에 왔다
말랐던 풀에 새움이 돋으리니
너의 조상은 농부였다
전지(田地)는 남의 것이 되었으나
씨앗은 너의 집에 있을게다
가산(家山)은 팔렸으나
나무는 그대로 자라더라
재 밑의 대장 간집 멀리 떠나갔지만
골 풍구는 그대로 놓여있더구나
화덕에 숯 놓고 불씨 붙여
옛 소리 다시 내여 봐라

— 「소년아 봄은 오려니」에서

이 시는 자연의 법칙대로 일제는 멸망하고 머지않아 독립 해방의 날이 올지니 대비하라는 내용이다. 마치 "빼앗긴 들에도 봄은 오"듯이 밭(田地)은 강제 점거로써 남의 소유가 되었지만 원 주인이 마음의 씨앗을 뿌려 새나라 농사를 지을 채비를 하자는 것이다. 이는 어릴 적에 생활고로 전답을 팔고 타향으로 나간 가족사적 체험을 민족사적 아픔으로 확산한 경우이기도 하다. 국권은 빼앗겼으나 산천초목은 변함없으니 전통적인 문화와 민족의 옛마음 그대로 돌아와 행복스런 옛날을 되찾자는 메시지이다. 요컨대 조국광복과 귀향을 준비하라는 예언적 복음인 셈이다.

더욱이 다음 같은 「지평선」에서 시인은 가뜩이나 주눅 들고 암담해 있던 청소년들에게 큰 용기와 희망을 불어넣고 있다. 머지않아 하늘가 지평선에 대지의 동이 터오듯 일제통치의 어둠이 물러나고 해방과 조국독립의 새날이 밝을 것임을 노래한 시인은 동포들의 용기를 북돋우고 있다. 이제는 어둠과 속박에서 벗어나 막힘 없는 젊음을 구가하자는 의미를 담고 있다.

하늘가 지평선
아득한 저쪽에
휘연히 밝으려는
대지의 여명을
보라, 그 빛에
들으라, 그 마음으로
웨쳐라, 힘찬 성대로
달려라, 해가 뜰
지평선으로
막힐 것 없는
새벽의 대지에서
젊음의 노래를 높이 부르라

— 「지평선」 전문

하늘과 지평선과 청소년의 삼 요소가 빛을 두고 어우러진 희망의 시미학 구조인 이 작품은 더 짙은 의미로서 주목을 끈다. 그것은 일명 여명(黎明) 으로도 이름 붙여진 「지평선」(1940년 4월 1일 作)이 심연수의 56주기인 2002년 8월 8일에 시인의 모교였던 용정의 실험소학교 교정에 우리문학기림회가 세운 심연수 시비(詩碑)에 대표시로 새겨진 때문만은 아니다.

다름 아닌 이 작품은 시인 자신이 일본에서 고학하던 1942년 무렵에 자선 시집으로 엮은 시집 제목이기도 하다. 원고지 칸으로 바탕을 이룬 문집형태의 그의 창작노트 유고에는 '沈連洙 詩集『地平線』'이란 만년필 글씨가 세로쓰기로 선명하게 적혀있다. 하지만 특이한 점은 그가 손수 푸른색 잉크로 적어놓은 48편의 시편들에는 논자가 이 글에서 대표작으로 꼽는 열 편 대부분이 제외되어 있다는 사실이다. 「지평선」과 「여창의 밤」만 수록되었을 뿐인데 그 이유는 당국의 검열을 의식한 때문인 것이다. 시인 스스로 자신의 시에는 일제 통치하에서 출판에 저촉될 항일성이 짙다는 걸 알고 있던 결과이다. 따라서 심연수 시집이 시인 생전에 나오지 않고 오늘날에 전집형태로 자유롭게 발표될 수 있는 여건을 맞은 건 역설적인 행운이라 볼 수 있다.

윤동주 시인과의 대비점

심연수는 위에서처럼 뼈저린 식민지적 상황 속에서 남다른 민족의식과 항일 지향의 정신을 점철한 한글 문학작품으로 거듭나서 바야흐로 통일문학사의 새 별로 떠오른 것이다. 더구나 그는 일제 말의 가파른 암흑기에도 절조를 굽히지 않고 국내에서 지탱해 온 이상화나 끝내 이국땅 북경감옥에서 숨을 거둔 이육사는 물론이요 일본 후쿠오카 감옥에서 목숨을 빼앗긴 윤동주 시인과 더불어 항일 시인의 반열에 우뚝 서게 되었다. 특히 청소년기를 중국 간도지방에서 보낸 윤동주와 심연수 시인의 경우는 여러모로 대비되는 요소를 지니고 있다. 심연수는 아직 기념문학관조차 없는 사실 뿐만이 아니다.

두 시인의 상호 대비점

이 대비표는 일제 말에 이국땅에서 항일 민족 시인으로서 쌍벽을 이루며 최후까지 민족문학을 지켜낸 해당 시인의 여건과 실상들을 객관적으로 정리해 본 것이다. 대비점에서 보는 바처럼 1917년 말에 중국 간도(용정)의 기독교 집안에서 장남으로 태어난 윤동주보다 여섯 달쯤 늦게 한국 강릉의 유교 집안에서 삼척 심씨 집안의 장남으로 출생한 심연수는 윤 시인처럼 용정에서 중학과정을 마치고 일본의 대학에서 문과를 전공했던 당대의 인텔리였다. 중학시절부터 문학 지망생이던 두 사람은 일본 유학시절까지의 10년 안팎 사이에 윤 시인이 주로 시와 동시, 심 시인이 시와 시조 등을 써서 《만선일보》 등에 몇 편씩 발표할 정도의 무명 문학도였었다. 그들은 각각 일본에서 유학생활을 하면서도 어느 문예 동인으로 참가하지 않고 특정 유파에 기울지 않은 채로 스스로 글쓰기를 해 왔던 것이다. 그런 두 사람은 각자 습작생활을 계속 해 오다가 해방되던 1945년 2월 16일에 윤동주는 일본 감옥에서, 심연수는 같은 해 8월 고대하던 민족해방 일주일 전에 이역 만주벌에서 아까운 20대 중반의 나이로 비명에 간 항일적 삶의 유사성을 띠고 있다.

생존 당시에는 무명의 문학 지망생이던 이들은 사후에야 그들이 남겨둔 유고 작품들을 통해서 시인으로 거듭나고 널리 알려지게 되었다. 윤동주 시인은 해방 전 동경유학을 떠나면서 친우들에게 맡겼던 자선시 30편으로 1948년 유고시집이 출판되어 일약 식민지시대를 지켜낸 민족 시인으로 평가되기에 이른 것이다. 시인 경우는 그의 성장지인 중국 연변에서보다는 오히려 모국에서 유명해졌고 심 시인은 작년 여름 자료 발굴 현지인 조선족 자치주로부터 모국 문단에 뒤늦게 소개된 편이다. 피살되기 전에 심연수 스스로 자선시집을 구상한 경우 역시 윤 시인과 우연치 않은 일치를 보인다.

윤 동 주 시인	심 연 수 시인
1917. 12. 30, 중국 간도(연변) 출생 기독교 집안, 농촌서 성장 명동소학 - 은진중 - 광명중학 - 연전 문과 - 일본 입교대 - 동지사대 영문학 수학 1934 ~ 1942년, 8년 남짓 창작활동 주로 시, 동시를 《카톨릭소년》 발표 유고시집 『하늘과 바람과 별과 시(詩)』등, 150편 남김 은유적, 자성적 작풍 정지용류 모더니즘 성향 미혼 1945. 2. 16, 일본 후쿠오카에서 옥사함	1918. 5. 20, 한국 강릉 출생, 성장 유교 집안, 연해주-중국 간도에서 생활 용정소학 - 동흥중학 - 일본대 예술과 수학, 전쟁으로 조기 졸업 1932~1943년, 10여 년 동안 창작 활동 주로 시, 시조를 《만선일보》 등에 습작하며 발표 유고 시집 『지평선』 등, 300여 편 남김 직정적, 대응적 작풍 김기림류 모더니즘 성향 신혼 수개월 지냄, 아들 심상룡을 둠. 1945. 8. 8. 중국 간도서 피살됨

그러나 작품 면에 있어서는 윤동주 시인이 자선(自選) 시집 『하늘과 바람과 별과 시』로써 이미 널리 알려진 대신 심연수 시인은 한꺼번에 윤 시인의 그것보다 갑절이 많은 작품들로써 뒤늦게 발굴, 등장되었다. 윤동주의 그것은 최근까지 조사된 모든 문학작품이 거의 150편인데 비해서 심연수 시인 경우, 시 작품만도 갑절을 이룬다. 또한, 윤 시인이 내성적이고 은밀한 시를 구사한 데 비해서 심 시인은 훨씬 직설적이고 호쾌한 필치로 대응한 작품 성향으로써 대조를 보인다. 기법면에서는 아직 미숙한 면이 있다손 치더라도 작품의 제재나 영역 면에서는 오히려 윤 시인 보다 심 시인이 훨씬 폭넓고 우주론적인 성향을 띠고 있어서 적지 않은 작품상의 상이성을 보이고 있다. 윤동주 시인은 동경에서 검거된 전후의 시편들이, 심연수 시인은 만주의 소학교에서 교편을

잡던 기간의 원고들이 일실되어 안타깝다. 그렇더라도 특히 항일 저항적인 농도에서는 심연수 시인의 작품이 훨씬 돋보이는 게 사실이다.

하지만 어쩌면 두 시인은 감히 비교하기 어려울 만큼 항일 민족적인 삶의 여건이나 작품의 질과 양 측면에서는 차라리 한국 민족문학을 위한 상보적 존재이다. 예술의 가치나 성취도는 그 유고 작품들이 햇빛을 보게 된 시간의 빠르고 늦음과 작품 수효의 많고 적음으로 우열을 가릴 수 없다. 따라서 우리는 이미 반세기가 넘도록 교재와 애송시집으로써 대표적인 민족시인의 위치를 차지하고 있는 윤동주 시인 못지않게 심연수 시인에게도 응분의 문학사적인 평가와 자리매김을 해야 마땅하다.

심연수의 경우, 비록 작품 창작기간이 길지 않은 대로 전후 10년 동안에 다작(多作)으로 써낸 많은 시작품 가운데 대표작 60여 편만을 정선(精選)해서 활용해야 한다. 그렇게 제대로 음미한다면 심연수 시 미학은 단연 윤동주의 자선(自選) 시집에 못지않은 기량과 문학성으로 문학사적 가치를 평가받을 대상이기 때문이다. 심연수는 윤동주와 마찬가지로 핍박받던 소수민족 청년으로서 회한(懷恨) 많은 유맹(流氓)의 신세로 중국 - 일본 - 또는 러시아를 통한 디아스포라적인 해외 체험을 역사적 현장에서 함께 하며 민족의 아픔을 표출하고 죽음으로 마감한 항일 민족시인인 것이다.

암흑기를 불 밝힌 샛별

이상에서 최근 발굴된 심연수의 삶과 시문학을 일별해 보았지만, 보다 올바른 평가와 위상 정립을 위해서는 몇 가지 과제가 남아 있다. 그것은 무엇보다 작품을 위주로 하고 기구한 전기적 삶은 참고 사항으로 하여 공정하게 파악해야 할 일이다. 그리고 거의 300편 가까운 그의 유고를 정확히 분류, 정선하여 제대로 된 텍스트를 확정한 다음 문학성 위주로 평가할 일이다. 특수한 1940년대 상황을 감안하더라도 그의 유고에는 아직 투박하고 덜 익은 태작과 습작품이 적지 않다. 그러므로 심연수 문학의 특장점을 지니면서도 문학성 있고 완성도 높은 작품 50편 안팎 정도를 일반화하는 일이 바람직하다. 또한, 검열을 통과하지 않은 원형 그대로의 심연수 시작품들은 생생한 항일문학 모델로서 여러모로 윤동주의 그것과 대조를 이루므로 앞으로 조화롭고 심도 있는 대비적 접근이 필요한 일로 남는다.

이런 심연수의 시 미학적 특성들과 문학사적 의미를 감안하면 그는 실로 민족수난기인 식민지시대 항일 문학의 표상이다. 심연수는 모름지기 일제 말엽 한국 민족문학을 지켜오다가 끝내 이국에서 숨진 이육사나 윤동주와 더불어 항일 민족시인의 반열에 우뚝 선다. 더욱이 민족수난의 삶과 항일적인 작품 실적 등에서 그는 결코 윤동주와 우열을 가리기 힘들 정도로 일제말의 한글문학을 지켜온 쌍벽이었다. 심연수는 특히 일제 강점하의 암흑기 민족문학의 불씨가 사그라져 가던 한반도 문학을 중국 대륙 북간도 땅에 이어받아 한사코 한글문학으로 불 밝힌 우리 민족문학 최후의 수호자이다.

이제 새 세기를 맞아 돌연 통일시대 민족문학사의 새 지평 위로 떠오는 심연수의 항일 민족시인적인 위상은 윤동주 시인과 더불어 제대로 자리매김해 주어야 마땅하다. 윤종주와 심연수는 결코 우열을 가릴 문학적 라이벌이 아니라 민족문학의 뿌리를 지킨 최후의 선후배 동지 시인이다. 우리는 각종 학교의 국어 교과서에도 항일 민족시인 심연수의 「소년아 봄은 오려니」「국경의 하룻밤」, 「 나그네 」, 「빨래」, 「만주」, 「지평선」 등의 대표시를 실어서 산 교육으로 널리 활용해야 할 것이다. 그리고 탄생 100주년을 맞이한 심연수시인의 경우, 일본 유학 중에 학병을 피하여 중국 왕청현 신안진에 은거하며 교편을 잡다가 일제 앞잡이들에 의해서 희생될 때까지 2년 반 동안에 쓰이어졌을 최후의 유고를 찾아야 하는 과제도 함께해야 할 것 같다. 그의 올바른 문학사적 위치 설정은 남북한 문학자들은 물론이요, 바야흐로 국제화시대 다문화시대인 오늘날 국외의 한글문단에서 새로운 한국 민족문학사의 큰 기틀이 되고 있기 때문이다.

이런 과제는 구 소련권 여러 나라에 사는 재외(在外) 한국 동포의 한글문학을 통틀어서 한국 현대문학사가나 중국 조선족 문학사 집필자 및 일선교육자와 더불어 우리 독자들 모두의 몫이다. 우리는 결코 심연수 문학을 낳은 연변 조선족 자치주가 국외 한글문학의 메카인 동시에 남북 통일문단의 완충공간으로서 민족문학의 많은 가능성을 안고 있는 현장임을 잊어서는 안 될 것이다.

3. 승화된 한의 서정미학
이수복 시문학론

한국전쟁으로 인한 포연의 회오리가 휴전으로 잠잠해진 1950년대 중엽에 폐허에서 새순처럼 등단해서 전후 시단을 꽃피웠던 이수복 (李壽福, 1924. 4. 16~1986. 4. 9) 시인. 한반도 서남해안 자락의 함평 태생인 그를 생각하면, 문득 평북 정주의 소월을 비롯해서 강진의 영랑과 함께 고창의 미당이나 삼천포에서 태어난 박재삼이 연상되곤 한다. 서정과 향토성 짙은 한(恨)의 숨결이 연면하게 이어지는 시 미학의 구현자라는 점에서 그렇다. 더욱이 그는 자신의 「모란송(頌)」에서처럼 장독대의 질항아리들을 닦아놓고 이웃 모르게 "낮달마냥 없는듯기/ 안방에 숨고"지내는 새댁처럼 따스하고 조용한 인품으로 우리와 함께하는 시인으로 와 닿는다.

이수복은 반평생을 교단과 문단에 종사하면서 선비의 길만을 걸었다. 일본에 건너가서 중학을 다니다 귀국한 다음, 서울에서 S대 국문학과에 재학 중 전쟁을 만나 중퇴하고 귀향해서 광주에 정착했다. 전쟁 중이던 1950년대 초기 무렵부터 1960년대 말엽까지 광주 소재 남녀 중, 고등학교에서 여러 해 국어와 영어를 가르쳤다. 그 사이 한국 전란의 포성이 멎은 무렵인 1955년에 「동백(冬柏)꽃」「봄비」 등으로 《현대문학》에 미당의 추천을 받아

시단(詩壇)에 올랐다. 1956년에는 전라남도 문화(문학)상, 1957년에는 《현대문학》 신인상을 수상하며 활발한 시작활동으로 각광을 받았다.

1970년대부터는 이수복이 중등학교 국어과 담당 교사로서 광주일고, 순천고, 전남고, 주암고교 등에서 교편을 잡으며 전근 중에도 시 쓰기를 계속했다. 그러나 이수복은 《현대문학》의 추천 시인으로 등단한 이래 30여 년 동안 아끼던 시를 비롯한 몇 편의 산문을 합해 150편 가까운 문학작품을 남기고 62세에 교직에서 작고하였다. 시인은 그날도 광주에서 새벽차로 멀리 승주군의 주암고교까지 출근하여 신학기의 3교시 수업 중에 순직했으니 교육과 시 쓰기에 헌신한 것이다. 등단한 이래 32년의 문단 활동기간을 감안하면 퍽 과작인 그만큼 그의 작품은 정갈하고 정성들여서 빚어낸 주옥으로 빛난다.

이수복 시인은 생전에 손수 34편을 추려내서 마련한 처녀시집 『봄비』를 현대문학사에서 1968년에 상재했다. 그 후 한국문학의 재발견이라는 명분으로 낸 현대문학사의 작고문인 선집에는 첫 시집 발표분에다 유고 시 수편을 추가하여 2009년에 『이수복전집』이라는 이름으로 출판했다. 그런데 바로 그 이듬해에는 첫시집 발행 40년, 시인 작고 사반세기 만에 광주광역시 문인협회에서 '이수복 전집' 『봄비와 낮달』을 2010년에 출간했다. 이 '이수복 전집'에는 유일했던 시집 『봄비』에 싣지 않았던 시 작품 81편과 일부 후속 발표작이나 이후 창작 노트에 손수 육필로 기록해 놓은 미발표 시 22편까지 수록되었다. 또한, 이전의 시집 『봄비』에 실린 34편의 시는 물론 그동안 발표된 단편소설과 수필 등 산문 9편까지 추가해서 모두 146편의 작품들이 망라되었다. 따라서 이글에서는 이 시인의 전집 『봄비와 낮달』을 텍스트로 하여 이수복 시세계의 총체적인 접근으로 간추려본다.

이수복 시인을 회상하면, 1960년 학생혁명이 일어난 그해 여름 한낮에 논자가 광주 천변의 방림동 단층집 한옥의 작은 방에서 뵙던 선생의 자태로 선연해 온다. 편집자로서 동향의 재경 학우회에서 창간하는 학보(學報)의 권두시 원고를 청탁하러 들렀던 터였다. 사모님이 내어 온 복숭아와 참외 등의 풋과일을 함께 들면서 처음 만난 문학청년에게 건넨 시인의 조용한 말씨와 준수한 얼굴의 안경 너머 그윽한 눈빛이 마냥 정겨웠다. 그즈음엔 일상에 쫓겨 자주 못가지만 함평 고을은 도심생활 틈틈이 마냥 그리워지는 탯자리라고. 한반도 서남해안에 자리 잡은 전남 함평읍에서 주포 쪽으로 넘어가는 잣곡재 건너 산음마을 태생인 시인은 가족을 부양하는 가장으로서 고향을 떠나서 도시를 떠돌며 사는 현대사회의 유목민(노마드) 모습이었다.

서정성과 한의 세계

시 작품들을 탐독해 보면, 이수복의 시문학적인 원형질 가운데 가장 두드러진 요소는 우선 우리의 정서 밑바탕에 뿌리를 내린 정한(情恨)에 겨운 순수서정이다. 특히 이수복의 초기 시 작품에 해당하는 시편들에서는 그것이 사물에 대한 관조에서 으레 정한 깊은 호흡으로 고독과 슬픔을 노래하고 있다. 「동백꽃」은 《문예》 1954년 3월호에 발표하여 문단에 선을 보인 이 시인의 초회 추천작이다.

冬柏꽃은
훗시집 간 순아 누님이
매양 보며 울던 꽃

눈 녹은
양지쪽에 피어
집에 온 누님을 울리던 꽃.

홍치마에 지던
하늘 비친 눈물도
가녈피고 씁쓸하던 누님의 한숨도
오늘토록 나는 몰라……

울어야던 누님도 누님을 울리던 冬柏꽃도
나는 몰라…….

지금은 하이얀 촉루(髑髏)가 된
누님이 매양 보며 울던 꽃
빨간 동백꽃. -「동백꽃」 전문

여기에서 빨간 동백꽃은 훗시집 간 누님을 울리다 죽게 한 슬픔과 한의 객관적 상징 같은 표상이 되고 있다. 집에 온 그 누님을 늘 눈물 흘리게 하고 한숨짓게 한 이유를 시적 화자인 시인은 아직도 모른다며 그 아픔의 의미를 더 진하게 승화시키고 있다. 이 시인을 문단에 추천해준 서정주의 「국화 옆에서」에 등장한 '이제는 돌아와 거울 앞에 선 내 누님'과 달리 죽어서 더 슬픈 여인상이다.

이 시인의 작품에 담긴 깊은 고독과 슬픔들은 사람의 눈물과 함께 식물로 표상하거나 산새의 울음 등으로 나타난다. 이런 슬픔의 표현은 다음처럼 김영랑이 「모란이 피기까지는」에서 보인 시인 자신의 직정적인 영탄조와도 차별화되고 있다. - /슬프던 눈/눈물 빛나고/ 슬프던 밤/목요일(木曜日)의/화사한 모란꽃 그늘./ - 「모란 송(頌)(2)」 전반부,

/아내 두고, 나는/ 잊고 있는/ 독신자/ 子息두고, 나는……/

- 「모란 송(頌)(2)」 후반부.

또한, 이수복은 동네 사람이 죽어서 장례를 치를 꽃상여를 엮는 한밤의 슬픈 정경을 산골짜기의 쑥국새 울음으로 치환하여 구슬픈 정감을 배가시키고 있다.

인경을 걸어매고 슬픔에 영롱한 야삼경(夜三更)
골짜기에서는 쑤꾸기가 울어
베옷입고 숨어 울어.

두메마을 뉘 집 문전에는
내어걸린 초롱불빛이
흐부여히 물살을 일고

화툿불이 날아올라 눈물어린 별에 젖어 사위는 마당
골짜기에서는 쑤꾸기가 울어
애처로이 숨어 울어. - 「꽃 상여 엮는 밤」 앞부분

그런가 하면, 다음 같은 경우는 위의 마음 깊은 설움들과는 상이하다. 시인 자신의 마음에서 우러난 슬픔에서가 아닌 그것은 창밖에 보이는 태풍 속의 사물들에서 느끼는 센티의 감상만을 드러낸 것이다. 시인의 내면적인 아픔이 아

니라 외면적인 오열의 연상으로 작용한다.

/태풍(颱風)부는 날은/ 뜨락에서 수목(樹木)들이/ 손 흔들며 울고//떠나가는/ 고물(船尾)에서/ 손 흔들며 울고//구름이 파고드는/하늘도 울고/ 땅도 울고./ -「창(窓)」 전반부.

두드러진 생태적 이미지

이수복 시문학의 다음 원형질은 한 서린 서정적 미감에 이어서 남달리 두드러지게 여러 식물과 동물을 활용해서 드러낸 생태적 이미지이다. 이 동식물들은 그의 시 작품 가운데 우리가 일상의 주변에서 자주 가까이 만나서 서로가 친화적 삶의 이웃으로서 지내고 바라보며 느끼는 상생관계를 지닌다.「외로운 시간」에서 가을 단풍과 겨울의 눈을 보내고 외로운 시적 화자인 시인은 산국화와 대화하는 것이다. 그러기에 그 생물들은 거창한 산림 속의 독초나 산악의 사나운 짐승이기보다 오히려 여리면서 조그맣고 앙증한 꽃이거나 귀여운 벌레 아니면 새들이기 마련이다.

여러모로 녹색 친환경 성향의 식물적 이미지를 띤 작품들로는 제목부터 그대로 단 '石榴' '모란頌' '葡萄' '꽃씨' '冬柏꽃' '黃菊微吟'이 눈에 띈다. 어쩌면 이들 식물 이미지들은 그대로 작품의 소재나 주제 내지 객관적 상관물로 활용될 정도이다. 그리고 작품 내용에 활용된 예의 감 능금 산국화 백합꽃 해바라기 으능나무 목련나무 앵속 굴참나무 봉선화꽃 맨드라미 분꽃 진달래꽃 목련 보리밭 백합꽃 수선화 도라지꽃 촉채꽃 복숭아나무 은행나무 나목 범미나리 파초잎 등. 이 시인의 작품들 속은 실로 풀이나 나무며 열매에다 싱그러운 꽃나무로 가득한 세계이다.

여기에 대비되는 동물적 이미지를 띤 작품들로는 제목으로 활용된 '귀뚜라미(蟋蟀)' '잠자리(蜻蛉)', '황소사설'을 비롯해서 식물의 그것에 버금가는 이미지 분포를 이루고 있다. 이를테면, 나비 누에 기러기(서리하내) 까마귀 쑥꾹새 꿀벌 비둘기 풀벌레 뻐꾸기 두루미 불개미 꾀꼬리 참새 제비 종달새 학 등. 이수복의 시 세계에는 이런 대자연 속의 생물들인 식물과 동물이 우리 인간들과 더불어 하늘-땅-사람이 천지화육의 질서 속에서 서로 어울려 사는 상생관계를 이룬다.

이 비 내리면
내 마음 강나루 긴 언덕에
서러운 풀빛이 짙어오것다.

푸르른 보리밭 길
맑은 하늘에
종달새만 무어라고 지껄이것다.

이 비 그치면
시새워 벙글어 질 고운 꽃밭 속
처녀애들 짝하여 새로이 서고,

임 앞에 타오르는
향연(香煙)과 같이
땅에선 또 아지랑이 타오르것다. ─「봄비」 전문

각 연이 3행 4연의 기승전결로 이루어진 이 시편은 유장한 호흡에 따른 서정시로서의 짜임새를 보인다. 첫 연에서는 비로 인한 촉각적 이미지와 풀빛 짙은 색체이미지가 산뜻하다. 둘째 연은 보리밭이나 맑은 하늘의 시각이미지와 종달새로 청각이미지를 드러낸다. 이어서 셋째 연에서는 고운 꽃밭 속의 처녀애들로 다양한 시청각 이미지를 자아낸다. 그리고 끝 연에서는 먼저 간 임 앞에 타오를 향내 나는 연기처럼 후각적 이미지를 다양하게 활용하여 조화를 이룬다. 시적화자인 자아와 대상인 자연의 정령 같은 봄비로 인해서 하늘과 땅과 사람 서로가 삼위일체적인 친화구조를 이루고 있다.「동백꽃」의 슬픔을 정화한 채 보다 밝은 그리움과 희망을 담고 있어 돋보인다.

이 시인은 전통 서정으로 노래한「동백꽃」「봄비」등으로 현대문학신인상과 전라남도문화상을 수상하였다. 특히 널리 알려진「봄비」는 1970년대와 1980년대에 고교 국어와 문학교과서에 수록되어 청소년들에게 명편(名篇)으로 널리 읽힌 바 있다. 그리고 이 시편은 1994년에 문인들의 뜻을 모아 생시에 선생이 자주 거닐던 광주 사직공원 안에다 아담하게 세운 시비(詩碑)에 새겨져 있다. 1968년에 현대문학사에서 상재해 낸 이수복선생의 시집 표제작 그대로인『봄비』인 것이다.

한편 2003년 오월 초순에는 바로 시인의 고향인 함평 천지 나비 축제장 부근의 수변공원에 이수복의 기념 시비와 시인의 좌상(坐像)을 주로한 조형물이 제막되었다. 시「봄비」를 새긴 시비(詩碑) 바로 옆 자리에는 생시인 듯 인자한 자태로 오롯이 앉아 고향의 산천을 지켜보는 모습인 이수복 시인이 내방객들을 맞이한다. 주위 들판에 싱그럽게 움터 오른 초록빛 초목들이 시인과 더불어 자연의 전령사 같은 봄비를 부르며 천지화육(天地化育)의 실체들로 어우러지고 있다.

그리고 시인이 작고하기 전에 발표한「메아리 3」(《현대문학》 1981년 1월호)은 목마른 향수를 달래고 남는다. 그야말로 푸른 하늘 밑의 기러기며 초가의 무르익은 과일이랑 풍년을 이룬 들판이 사람들과 조화를 이루고 있다. "…추억의 초가지붕에서는/ 서리하내 다녀간/ 이튿날 한나절을/ 박이/ 품안처럼 무한 둥글고.…"- 빨갛게 익은 석류랑 황금물결 치는 들 마을, 기러기 하늘 밑의 초가지붕 박들은 시골의 고향 이미지와 그리움 그대로 음미할 수 있을 것 같다. 여기에는 「故鄕의 하늘 밑에서」의 빨간 감과 석류, 까마귀 우짖고 시냇물 흐르는 황토 땅 산천이 선연하게 그려지고 있다. 시인은 먼 타향을 떠돌다가 수구초심으로 고향을 찾아오는 망향의 정을 잊지 못하는 것이다.

빠개진 석류랑
실가지 가지마다 쏟아질 듯이 망울지는 빨간 감
빨간 감이 머금는 푸른 하늘 밑이

긴 유랑 끝에 돌아와 서는 내 마음에는
왜 이다지 기쁘냐.

하늘 비치며 하늘 밑으로 흘러나가는 시냇물도
해지면 낙엽처럼 훗하게 까마귀나 넘나들 뿐
깊은 명상속에 예대로 고요한 산 얼굴도

긴 유랑 끝에 돌아와 서는 내 마음에는
왜 이다지 기쁘냐.

저 하늘 아래

흙 이겨 흙담치고
나무 깎아 초집 짓고
석류 랑 감을 심는 황토 땅이

긴 유량 끝에 돌아와 서는 내 마음에는
왜 이다지 기쁘냐. -「고향의 하늘 밑에서」 전문

1960년에 발표한 이 시편에는 시인 태생의 원형공간인 시골 정경이 한 편의 수채화마냥 아늑하고 선명하게 구구절절 가슴을 울리는 정조(情調)로 구상화되어 있다. 붉은 석류며 감이 익는 하늘 밑 고향 까마귀 넘나들고 기산영수(箕山潁水)처럼 맑게 흐르는 고을의 대지에 황토 담 치고 오순도순 사는 주민들 풍정이 살아 있다. 고향에 향한 수구초심의 사랑과 원형적 이미지를 삼위일체적인 천지인(天地人) 구조로 빚어낸 것이다.

특히 「고향의 하늘 밑에서」는 시집을 통틀어 「실솔(蟋蟀)」가운데 ㅡ"고향으로처럼 날아와지는…… 한 이파리 으능 잎사귀"ㅡ에서는 찾기 어려운 고향을 주로 한 작품이란 점에서 더 의미 짙게 다가온다. 시청각과 촉각 이미지를 배합하여 세 개의 연을 조화시킨 "긴 유랑 끝에 돌아와 서는 마음"에 견준 후렴 또한 일품이다. 그것은 매 연을 "그곳이 차마 꿈엔들 잊힐리야"라고 마무리하는 정지용「향수(鄕愁)」의 추상성보다 리얼하고 내밀한 마음을 담고 있어 감동을 더한다.

한자 시어와 남도 방언

이수복 시문학의 특성 가운데 문장적인 면에서는 남달리 한자 시어와 남도 방언 등이 많다. 이런 점은 언어예술인 시작품에선 매우 주요한 요건인 것이다. 우선 작품의 제목에서부터 일상에서는 흔히 쓰이지 않을 만큼 낯선 한자어를 활용하고 있다. 이를테면, 추천작부터 한자로 된 곤충 이름을 제목으로 삼은 예의 '「실솔(蟋蟀)」, 「청령(蜻蛉)」, 줄타기를 뜻하는 「승희(繩戲)」, 찰흙으로 만든 조형물을 활용한 「소상(塑像)」 등이 눈길을 끈다.

구체적인 시편들의 실제 내용에서도 우리에게 생소한 한자 시어들이 더 자주 발견된다. 초기 작품인 「실솔(蟋蟀)」 중의 귀뚜라미 우는 소리를 '즉즉(喞喞)'으로, "어느 촉루(髑髏) 우에 신기(蜃氣)하는 아미(蛾眉)와도" 대목에서는 죽은 사람의 해골 위에 피어오르는 미인의 눈썹을 연상시킨다. 그리고 이밖에 돌층계를 다룬 시편에서 가끔씩 '석계(石階)'로, 거울을 '체경(體鏡)'으로 표현하는 정도는 이해되지만 서로 떨어져 있는 거리를 상거(相距)로, 물체가 울려서 흔들림을 진감(震撼)으로 표현하고 있어 부자연스러운 구투로 느껴진다.

시인이 이렇게 시 제목부터 우리에게 익숙하게 쓰이는 '귀뚜라미'나 '줄타기' 대신에 어려운 한자 시어를 사용하는 건 상당부분에서 의도적이었다고 생각한다. 일상의 삶에 갇혀 지내는 일반 독자들에게 국어사용에서의 폭넓은 한자적인 이해를 권장하는 배려가 깔려있다. 그것은 물론 일제강점기를 살아온 구세대적 취향도 담겨있게 마련이지만 사실은 조국광복 이전에 일본에서 중등학교를 다니던 시인께서는 한자숙어에 익숙해진 면도 작용되었으리라고 본다. 덕분에 이 시인보다 후배로서 소학교 입학 때 해방을 맞은 우리 세대는 이런 한자 취향의 맛을 음미할 수 있었다. 생경했던 '실솔'이나 '촉루'의 의미를 알아 다소 뿌듯한 기쁨도 다가든다.

그러나 한편으론 낯선 '즉즉(喞喞)'의 발음이며 뜻은 물론이고 '연만連巒'이란 어휘가 연이어 있는 가파르고 작은 산봉우리임을 알기는 결코 쉽지 않았다. 여러 사전 밖에 커다란 한문자전(옥편)까지 섭렵해야 했다. 따라서 특별한 경우가 아니라면 시어를 이렇게 어렵게 쓰는 건 득보다 실이 더 많을 것 같다. 차라리 '즉즉(喞喞)' 대신에 귀뚜라미의 '귀뚤 귀뚜르'식 의성어로 풀어서 써야 좋지 않았을까? 일부의 나이든 식자층보다는 더 젊고 많은 독자층이 가깝고 손쉽게 공감하도록 현대적인 우리말로 된 시어를 활용하는 것이 훨씬 바람직하다. 그러기에 거의 같은 기간인 1950년대 중엽의 추천작 세 편 가운데서 상대적으로 자연스러운 시어를 활용한 「봄비」가 더 널리 읽혀지고 있는 것 같다.

한편, 우리 시문학에서 지나친 한자식 시어보다는 밀도감 있는 방언이 중요한데 이수복 시인 스스로 호남 사투리를 자주 써서 지방어 활용의 본을 보인다. 일찍이 중세 유럽의 로마시대에 단테도 의도적으로 프로방스의 로망스 지방어로 『신곡(神曲)』을 써서 성공한 나머지 민족문학의 르네상스적 전범을 이룬 역사도 뒷받침된다. 문어체인 라틴어보다는 구구절절 민족고유의 정감이 배인 지방사투리가 감동을 준다. 이 시인은 다음의 보기처럼 '장꽝(장독대)'이나 '없는듯기(사람이 없는 양)' 조용한 모란꽃 속의 봄 정취를 '무장(한 없이 더) 좋'다고 읊은 것이다. 자신의 문화적 보금자리인 남도사투리를 잘 활용해서 시의 매력을 살리고 있다.

질항아리를
장꽝에 옹기종기
빈항아리를
새댁은 닦아놓고 안방에 숨고
낯달마냥 <u>없는듯기</u>

안방에 숨고.

알 길 없어 무장 좋은
모란꽃 그늘…… -「모란 송(頌)」(1)에서

시와 산문 및 기독교 성향

시인 이수복의 문학을 보다 입체적으로 이해하려면 시문학의 변모와 산문 분야의 활동상을 참고함이 필요하다. 사실 이 시인은 1950년대 이후에는 초기의 꽃이나 설움의 세계에서 탈피하려는 모색 노력이 엿보인다. 문학의 새롭고 거듭난 발전을 위해서는 바람직한 접근이다. 드물게 모더니즘에 도전한 시인은 과감하게 「MOSAIC 작업(作業)」이나 「풍우다(風雨多)」에서 "풍우는 라일락의 팔을 끼고 열광(熱狂)인데/ 잠든 그의 낯으론 보던 일간지가 잎처럼 졌다."로 실험적 가능성을 보인다. 그런가 하면 이 시인이 한동안 시정의 인간적 삶 주위를 서성이는 모습을 보인다.

또한 이수복 시인은 1970년대 말엽에 이르러서 일상적인 내외면의 문제를 다룬 「낮달」 1.2.3.4를 연작으로 발표하고 있다. 밝은 밤의 달과 달리 빛을 잃은 낮달이나 손톱 끝의 하얀 달무늬를 작품화하는 것이다.

한여름 밤 꿈을 물들이던
봉선화꽃 꽃잎범벅이
9월의 약지와 새끼손가락 끄트리서 丹頂鶴으로 간다.
빌딩 숲길의 출근뻐스 안마저가 홀연

조용히 서서 가는 여인의

조용한 손톱 밑의 길이 바쁜 낮달로……—「낮달 3」에서

더불어 이 시인은 1960년 4·19 직후에 발표한 「4월 이후」에서 새로운 각성을 쓴다. —"곡 하나뿐인 목숨을 터쳐/ 푸르디푸른 목숨으로 바꾸어/ 미친한 나한테 자유를 준 …/ 저 거룩한 불길 앞에서/대열 앞에서." 더구나 한때는 「파도 2」에서 시인 자신이 "시를 안 쓰는 게/ 시를 지키는 일이 되겠단다."는 고뇌를 보여주기도 한다. 그럼에도 시인은 결코 시문학에서만은 열띤 현실에 빠져들거나 약하지 않고 의연한 자세를 지켜냈다. 이 시인의 시에서는 숱한 시대의 아픔이나 사회의 탁류에 휩쓸리지 않고 초기의 시적 선비 기품을 견지해 왔다. 어디까지나 초기의 꽃나무들과 곤충이며 새들과 애환을 나누는 순문학적인 자세를 지켜온 것이다.

뿐만 아니라, 여기에는 일부 기독교적 성향의 소재와 주제면의 상상력이 이 수복 문학의 한 자리를 차지하고 있음이 참고 된다. 이 시인은 평소 선교재산 산하의 중고교 교원으로 재직한 기독교신자이기에 더욱 그렇다. 다음과 같은 그의 시 「길」에서는 기도하는 신자를 만난다. "/……'나사로를 두고 온 시간 너머로 한 번만 더 돌려보내소서 돌려보내소서……셀라"

또한 「체경」에서는 시적 자아가 "무화과나무 밭으로/ 해질녘의/ 주의 음성이 찾으실 때,"의 격려를 받거나 칭찬받을 적의 마음을 적고 있다. 그리고 「아려 앓다 자다」에서는 함께 독실한 신자였던 남편이 먼저 가고 난 뒤 혼자 사는 미망인 처지를 통해서 메시지를 전한다. "대(大)전돗부인 아주머니는 결곡하여 여념이 없다/ 천국끝서 이따금씩/ 마른 막대기와 밀회하는 미몽(迷夢) 말고는……/ 금요일의 해질녘을 심방 돌고, 돌아와/"

이밖에 「유화례 선생頌」에서는 시인 자신이 여러 해 동안 근무해온 미션

계 학교에 일찍 태평양을 건너와서 봉직한 미국 선교사를 대상으로 쓴 시로서 눈길을 끈다.-"천애 고아들에게는 자애로운 어머니,/....../ 민족 수난기에는 등을 밝혀/ 믿음의 식구들을 위로 했고,/....../ 깨치게 하는 하느님의 딸이시다./"

산문인 단편소설 4편

그러나 이수복은 시문학 밖의 산문 쪽 소설에서는 대조적으로 현실사회를 치열하게 다루며 판이한 모습을 보인다. 미당 추천으로 시단에 오른 직후인 1956년부터 해마다 1편씩의 단편소설을 4년 동안《현대문학》에 발표하여 주목된다. 그 무렵의 소설 성향은 초기 시의 식물성과 더불어 서정적인 슬픔이나 나약한 울음에 매몰되는 것과는 정반대이다. 오히려 여러 소설작품에서는 산문세계답게 과감하게 세태에 대결하듯 고발하는 강단을 보인다. 평소 겸손하고 소극적인 성격과 글은 별개임을 증명하는 듯 이채롭다.

발표순으로 맨 처음인 단편소설「가물」은 해방 이후 남도 소읍의 가난한 서민들의 궁핍한 생활상과 다툼을 리얼하게 다룬다. 한 도랑의 이웃에 사는 두 집의 갈등과 싸움은 독담집 구산 영감쟁이 삽살개가 작고개집 홀며느리네 씨암탉을 물어 죽여 더 심해진다. 더구나 상습절도범으로 경찰서에서 조사받는 업동이네는 남편으로부터도 심한 욕을 먹는다. -"저 잡을 년 땜세 근 십년토록 병들어 누워 지내지 않는가. 도둑질은 저 발길 년이 허고서는 허물은 고년시 우리한데 떨어지게 하지 않었든가."

한국전쟁 전후 무렵의 한 남도지역을 무대로 삼은「두꺼비 허물」은 가난한 집 찻독에다 두꺼비 허물을 붙여두면 부자가 된다는 속설을 살린 제목부터 인상적이다. 예전 할아버지가 적잖은 벼슬을 지냈음을 내세운 태봉영감은 외아들이 죽고 나서 굶주림 때문에 자기 딸을 천한 사람한테 후살이로 보낼 수 없다고 버틴다. 그럼에도 젊은 나이에 홀로된 채 친정에서 어린 딸을 데리고 고생하는 정선이는 스스로 회갑이 다된 코빵빵이 최 의원을 받아들이는 정황이 실감 난다. 특히 이 소설에서는 한국 전란의 피해를 일체 드러내지 않았던 시 작품에서와는 달리 다음처럼 동족상잔의 절실한 피폐상을 써서 눈길을 끈다.

"죽은 태관이가 살았을 적만 해도 태봉영감네는 살기가 이토록 구차하지 않았던 것이었다. 태관은 이골 경찰서 유격대원으로 다니댔는데 6. 25 후퇴 시에 낙오되어 칩입해 온 공산당한테 붙잡혀 학살당하고 만 것이었다."

「착륙기」는 시인 자신의 고향 태생인 순명이가 일본에서 고학하던 중에 강제로 학병에 끌려가 복무 중에 탈영해서 모험을 무릅쓰고 귀국한 이야기이다. 못살게 구는 일본 병장을 위안부집 출입 등으로 환심을 사고 막사 뒤로 유인한 뒤 해치우고 귀국선으로 돌아온 이야기가 실감 난다. 일본 밀대인 소학교 친구 나발대와의 갈등과 그들 부친간의 대립상도 소설구조를 갖추고 있다.

끝으로, 제목부터 위아래 치아가 서로 어긋나고 버그러진 상태를 뜻하는 소설 「저어(齟齬)」는 기독교계 학교 내면의 어두운 문제를 제시하여 주목된다. K시 소재 미션계의 일부 학교 측의 횡포 등을 적나라하게 고발하면서 학생과장 자리를 놓고 벌이는 한상기 과장의 대처와 오금옥의 고자질 등도 흥미롭다.

에필로그

위에서 우리는 남도에 살면서 단출하되 선명한 향토시를 써온 이수복 시인의 문학세계를 살펴보았다. 이수복 시인은 1950년대에 「동백꽃」「석류」「봄비」 등에서처럼 꽃이나 나무며 곤충들에 걸친 생태적 이미지를 통한 전통적 한의 세계를 절절한 사랑으로 노래하였다. 사회적 혼란기 당시이던 1960년대 한때 수준이나 가능성 면에서 산문에도 긍정적인 요소를 지녔던 이수복은 단편을 몇 편 선보인 뒤로는 시의 본향으로 귀의하였다. 그리고 예의 「4월 이후」 등, 1970년대 후에는 「낮달」 연작들에서보다 일상적인 삶의 내외연적인 문제를 관조적으로 바라보곤 하였다. 이수복 시인은 결국 자신의 문학을 초창기의 꽃이나 서정적 호흡에 정한 짙은 설움의 시 미학에다 더욱 내외면의 조화를 지향한 향토성과 기다림의 미학세계로 구축해 놓았다.

4. 한국문학의 폭 넓히기와 위상 높이기

문효치의 시문학 세계

문효치(文孝治) 시인의 시선집 『대왕암 일출』(2014)에 실린 주옥편들을 통해서 총괄적으로 살펴보는 우리의 만남은 뜻깊다. 1966년에 《서울신문》과 《한국일보》 보의 신춘문예에서 동시 당선되어 등단한 이래 반세기 동안 꾸준히 빚어서 점철해온 문효치 시어들의 행렬. 열권을 훌쩍 넘는 시집과 선시집만도 다섯 권째인 문효치의 시문학 세계를 여러분과 더불어 논의해본다. '글(문장 스타일)은 곧 사람'이라는 뷔퐁의 지론처럼 여기에서는 텍스트와 시인의 자전적 삶을 함께 접근해 보는 것이다. 이미 문단 중진일 연륜임에도 마냥 싱그럽고 알차게 빚는 그 시문학 작품의 요체는 무엇일까.

문단 반세기의 긴 여정

문효치 시문학의 키워드 같은 특성은 서너 가지로 살펴진다. 여기에는 시기별, 제재 및 주제나 이미지 활용 등의 기법적인 변모가 발전적으로 반영되어 있다. 그리고 동시대 여느 시인들과 상이한 세계가 적지 않게 문학사적인 특장점으로 두드러진 면도 발견된다. 그 하나는, 이번 시선집의 차례 제1부에 실린 대로 근래 문효치 시인이 남달리 소재면에서 곤충이나 풀들에 걸친 글감의 새로운 틈새를 파고든 성과로서 시문학의 터전을 넓혀놓았다는 사실을 들 수 있다. 또한, 제4부의 시편들 경우처럼 제재 면에서 이미 문화적인 무령왕릉의 유물을 통해서 우리문학의 시공간적인 접근영역을 넓혔다는 점이다. 이런 사실들은 그대로 시인의 업적 평가 항목이므로 그 발자취를 시대순으로 살펴본다.

문효치 시인도 등단 초기에는 제2부에서처럼 미당의 그것을 연상케 하는 전통적인 서정과 한 서린 세계를 이루고 있었다. 데뷔작의 하나인「바람 앞에서」부분처럼 "/잎 트는 산가(山家), 옹달샘 퍼내가는 바람아/……/너를 기다려 어두움에 서겠노라./ 어디선가 맴도는 색바람의 울음아./"등과 한의 표상인「두견이」등이 그렇다. 더구나 이 무렵의「가을 노래」「꽃」「새」,「바람」「초승달 같이」등에는 아무래도 어둠의 그림자가 짙게 드리워져 있다.

쫓겨난 새가 울고 있다. 엄동(嚴冬)의 하늘 아래서 자유가 아닌 가사(假死). 포수(砲手)의 살의가 심장을 꿰뚫지 않아도 스스로 죽어가고 있다. 두 눈의 광채 속으로 피어나던 양양(洋洋)한 지평

—「새 1」에서.

우리의 사랑은 가을밤을 숨 몰아쉬고 칠흙(漆黑)의 거리로 가버렸네. 오라, 길 잃은 자들이여,

—「가을노래 1」에서.

울음에 겨운 서정적 자아에는 끔찍한 죽음과 이별 등의 절망적 상실이 가

득해 있다. 그리고 「바람 6」 등에서는 불어오는 바람 속의 환상으로 인한 민족사적인 통한의 패배자 의식에 몸서리를 친다. 더욱이 「병중(病中)」에 이르러서는 시인 스스로 감당하기 힘겨운 화인(火印)처럼 섬뜩한 타의적 죽음의 심적 외상(外傷)을 앓고 있다.

견고한 쇠창 밖/ 내 어릴 적 꿈을 길어 올리는 나무에/ 어느 철없는 소년이 놓친/ 가오리연의 찢어진 살점은/ 전쟁과 전쟁 사이에서/ 원통히 압살(壓殺)당한/ 젊은 아버지의 흐느끼는 혼령이다./ ㅡ「혼령」에서.

그러면서도 이 무렵 작품의 밑바닥에는 이전 고전들의 설움과 한스러움에서 벗어나려는 극복 의지가 깔려있다. 신라 성덕대왕의 신종이라는 봉덕사의 종에 산 채로 시주되었다는 전설을 담은 「에밀레종」을 통해서 시인은 희생된 신라 동자의 한과 부활의 메시지를 전한다.

이렇게 고독과 소외 내지 패배의 어두움 속에 침잠해 있던 한편으로 시인은 그 굴레로부터 탈피하려는 몸짓을 보이기도 한다. 오랫동안 사회의 일상과 고뇌에 찬 삶속에서 파김치된 자신의 심신을 추스르려는 노력인 것이다. 시인은 한동안 까맣게 잊어왔던 원초적 사랑의 존재에 다가가며 한껏 감미롭고 밝은 세계를 지향해 보인다. 제3부에 모여진 일련의 「연기 속에 서서」 「사랑이여 어디든 가서」 「연서(戀書)」 「사랑법1」 등이 좋은 보기이다.

사랑아,/ 참, 오랫동안 너를 잊었었구나.//처마 끄슬린 都會/또는 포장친 村邑의 장거리에서/ 바쁘고 피곤하기만 한//無名의 배우처럼/ 슬플 줄도 기쁠 줄도 몰랐었구나./

ㅡ「연기 속에 서서」 중.

말로는 하지 말고/잘 익은 감처럼/온몸으로 물들어 드러내 보이는//진한 감동으로/가슴속에 들어와 궁전을 짓고/그렇게 들어와 계시면 되는 것./

—「사랑법1」 전문

무령왕릉 재현을 통한 시 미학

특기할 점은 1970년대 초에 공주에서 발견된 무령왕릉의 발굴을 계기로 문효치 시문학이 큰 전환을 가져왔다는 사실이다. 왕과 왕비 무덤이 함께 드러난 터에 경이로운 천삼백여 년 전 문화의 보물로 부활한 부장품들을 접한 시인은 실로 거듭날 만큼 새로워졌다. 손수 수십 년토록 주된 시 창작의 과업으로 임해온 일만에 그치지 않는다. 역사적 타임캡슐로 다가온 문화재를 살아 움직이는 대상으로 재현시켜 대화하고 새로운 의미를 부여한다. 천삼백여 성상 동안 묻혀온 문화 유물 실체에다 시공간을 넘나드는 시인의 상상력으로 부활시키듯 형상화하고 있다. 이런 기조는 그의 중기 이후 글쓰기에도 계속되고 있다. 이전의 사물에 대해서는 으레 평면적 감성으로 처리하던 경우들과는 차별화된 시 작업인 것이다.

왕이 신던 청동의 구리로 장식된 신발을 바라보는 「무령왕의 청동식이(靑銅飾履)」의 서두가 참고 된다. 시인은 신탁을 수행하듯 천 년 넘도록 잠자던 왕과 왕후 및 신하들을 깨우고 문화재에 혼을 불어넣어 지켜본다.

하늘이 주신 목숨을 다 살으시고, 하나도 빼지 않고 구석구석 다 살으시고, 곱슬거리는 白髮을 날리며, 달이라도 누렇게 솟고 파란 바람도 불고하는 참 재미도 많은 날, 이윽고 옷 갈아입으시고 王后며 臣下들 다 놓아두고, 혼자 길을 떨치고 나서서, 꾸불꾸불한

막대기 하나 골라 짚고, 아, 참말, 미끄러운 저승길로 가실 때 이 신을 신으시다.

또한 「무령왕의 목관(木棺)」 전문에서도 역시 하나의 정물이 아니라 백성들 울음소리와 바닷바람 냄새 맡으며 저승의 바다를 배처럼 오가는 관을 재현시키고 있다. 현대적인 영상 기술로는 반영할 수 없는 짬짜름한 바람 냄새도 선연하게 풍겨든다.

그렇지, 님을 실어 저승으로 저어가던 한 척隻의 배가 세월의 골깊은 앙금에 익어 지금 여기에 머무르다. 이별을 서러워하던 혈육血肉의 눈물이 아직도 마르지 않은 채 쉬임없이 들려오는 창생蒼生의 울음소리, 짭짜름한 저승의 바람 냄새가 잡혀 와, 그렇지, 우리가 또 빈손으로 타고서 아스름한 바다를 가르며 저어가야 될 한 척隻의 배가 여기에 왔지.

이런 무령왕릉의 유물들을 통한 일련의 시들은 발굴 당시의 신비한 문화적 충격과 더불어 고금의 시간을 연결하며 오래도록 문효치 시문학의 중추를 이루고 있다. 중기에 해당하는 기간의 시집을 두고라도 두 번째 시집부터 이어져 나온 바 있다. 『무령왕의 나무새』(1983), 『백제의 달은 강물에 내려 출렁거리고』 (1988), 『백제 가는 길』 (1991) 등이 그것이다. 뿐만 아니라 그의 시선집 『백제시집』(2004), 시집『계백의 칼』(2008), 시집『왕인의 수염』(2010)에 이어진다. 문효치 시인은 서정주 시인의 신라 시에 이어서 백제 시를 새로운 영지로 활용하여 한국 시문학의 역사적 시공간을 넓히고 있다.

그런 가운데 문 시인은 한편으로 1990년대에 시집『바다의 문』(1993)의 연작이나 시집『선유도를 바라보며』(1997) 등에서는 한결 달관된 관조세계를 드러낸다. 바다를 원형적인 대자연의 섭리에 따른 여성적 관능을 품은 천지화육의 대상으로 인식하는 현상학적 접근이 수긍된다. 한 여름철 바닷가 한 구석에서 나비가 장미꽃에 날아들어 교접하는 생태를 뜨겁게 그려낸「용유도(龍遊島) 장미」장면도 흥겹다.

깊숙한 씨방에서 아우성으로 몰려나오는 향기의 출렁임, 나비는 가벼운 몸을 출렁임의 탄력 위에 띄운다. 바다가 환호하며 파도를 부스러뜨려 꽃잎 위에 뿌린다. 닻을 올리며 섬이 뜬다. 어둠의 덩어리를 빠개어내며 섬이 달린다

그런가 하면,「지리산 시-메아리」에서는 보기에서처럼 산울림 현상을 들어서 대자연과 인간이 교감하는 경지로 다루고 있다.

/-세상이란 덧없는 것, 잊어라 잊어,/ 때로는 안개가 와서 머리를 쓸어 주고/-하늘 아래 슬픔이 너 뿐이더냐, 참아라 참아,/ 때로는 바람이 와서 어깨를 두드려 주지만/
/산은 울고만 있었다./ ―『메아리』에서.

자그만 생명들에 향한 시학

후기에 속하는 2000년대 이후 문효치 시인의 작품 성향으로는 남달리 자그만 생명과의 대화가 두드러진다. 물론 이 기간에 펴낸 시집『불박이자나방』(2013), 시선집『각시붓꽃』(2015), 시집『모데기풀』(2016)도 참고 되고 남는다. 여기에 대상으로 삼은 텍스트인 시선집『대왕암 일출』제1부에 수록된 시편들처럼 으레 하찮게 여기는 들풀이나 곤충에까지 관심을 기울이며 그들과 교감해서 시로 빚는 경우이다. 이런 시인의 창작 태도는 우리 문단에선 전에 보

기 드문 소득이요. 한국문학 영역의 틈새를 넓힌 성과로도 평가할 수 있다. 무엇보다 거꾸로여덟팔나비, 미운사슴벌레, 알락귀뚜라미, 개불알꽃, 별박이자나방, 멧팔랑나비라는 등속의 이름부터 생소하여 관심을 끈다. 아기자기한 그 모양이며 생태에도 적지 않은 정보를 담고 있다.

「알락귀뚜라미」의 경우를 참고해 본다. 동심을 자아내는 별똥별과 은하에 이어진 우주공간 설정부터 신선하다. 또 각 연과 행의 시청각 내지 촉각이미지 활용이 다양하고 아기자기하여 좋다. 먼 옛날 삼국시대 귀뚜라미나 닭이며 부엉이가 운다는 상상과 시공간의 겨레 통일적인 소통 발상은 일품이다. 거기에 금상첨화 격으로 동심에 겨운 환경의식도 곁들여져서 친근하게 다가온다.

별똥별이 우리의 평상 위로
비처럼 내리던 때가 있었다

은하의 물결도
우리 모두 적시며 옷 속으로 흐르고
텃밭의 옥수수잎은 흥건히 젖은 채
미역처럼 너울거리고 있었다

이럴 땐 백제의 귀뚜라미들이
평상 밑에서 일제히 울어댔다

어디선가 서역의 청색바람이 불어왔다
삼경이 이울 때
고구려의 닭이 울었다

신라의 부엉이도 같이 울었다

알락귀뚜라미 귀뚜라미 라미 미미미미……

저 세상으로부터 옮겨 오는 소리

—「알락귀뚜라미」 전문.

또「개똥벌레」에는 똥 위에 앉아 사는 파리나 피를 빨아 먹는 모기들에 빗댄 항변에 유머까지 담겨있어서 웃음을 자아낸다. 곤충의 편에서 인간계에 항의하며 풍자로 대변하는 시인의 시선이 따뜻하여 호응도를 높인다. 환경 문제에까지도 와 닿는다.

/그놈들은 이름 덕분에 자손만대 번창하는데/ '개똥'이라니, 이름 한번 더럽다/

/이제 자손이 귀해/ 대가 끊기고 집안이 망할 지경이다/

/세상에 허울만 좋아서/ 팔자 펴는 놈들이 참 많다/

뿐만 아니라 시인이 어릴 적에 눈앞에서 헤엄치고 있는 개울 속의 송사리를 잡으려 다니다가 지쳐 'KO패'하고 말았던 체험을 쓴「송사리」또한 그렇다. "송사리가 너 잡을라"는 말을 마다하고 철부지 노릇을 했던 사실에 앞서서 공해 없던 시골 환경과 하찮게 여기는 생물을 배려하는 마음이 값진 것이다.

위의 곤충들 못지않게 만만하게 여긴 풀에 손가락을 벤 체험을 쓴「방동사니」역시 재미 있다. 동음이의적인 언어 활용의 묘미에서만이 아니다. -"/그까이꺼, 풀 풀 하면서 업신여겼던 풀, 그 풀에 나는 그만 풀이 죽어 고개 떨궈 울면서 붉은 피를 닦아내고 있었다./" 그것은 위의 송사리와 함께 연약한 사물이 억세고 굳센 것을 이긴다는 노자 도덕경의 지혜를 떠올릴만하다. 그리고 행길가의 시멘트 계단 틈새에 영양실조에다 연약한 풀 한 포기의 처지를 든 「풀에게」는 생명의 존엄성을 함께 생각하게 하는 작품이다.

문 시인은 결코 거창한 사회의 이념이나 엄청난 경제적 물량 및 권력 같은 거대담론을 외면한다. 그 대신에 통념과 달리 보다 자그맣고 주위에 지천하게 널린 채로 살고 있는 풀잎이나 꽃 아니면 곤충같은 미시적 존재물의 세계에 따스한 정을 보내는 것이다. 이런 점에서 문효치의 시 세계는 여러모로 노자가 도의 지향 가치로 내세우는 물과 어둠이며 골짜기 같은 성향이 없지 않다.

시의 회화성과 응축미

언어예술인 시문학에서의 시어나 문장묘사 면에서도 문효치 시인의 기량은 대단한 흡인력을 지닌다. 「백제 시」에서는 일본에 건네진 한반도의 가야금 격인 구다라고도(百濟琴)의 줄(현) 위에서 떨고 있는 한 마리 새를 통해서 한 서린 백제여인의 치마폭이며 모국의 정취를 맛본다. -울안에 서 있는 감나무에/붉은 감도 익고 있었다//장광의 장항아리/메주가 삭아 구린내를 풍기고/저녁 연기도 잠시 보였다//음계의 허름한 계단으로/ 현해탄의 물결이 올라왔다./ 이 시편은 시청각과 촉각, 후각을 몸에 스치도록 리얼하게 구현한 시의 퓨전적인 회화화와 음악화를 이루고 있다.

또한, 중기 무렵에 두드러진 그의 전통 서정성과 모더니즘적 이미지를 입체적으로 아우른 면이 인상적이다. 「각시붓꽃」 경우는 식물의 현상적인 이미지를 수채화 이상으로 의인화해서 육체적인 관능의 욕망과 자연교감으로 빚은 체취 물씬한 시 작품이다. 동시에 허버트 리드의 견해처럼 사물의 인상을 최대로 응축한 시 미학의 전범을 보인다. 전편 3연 7행으로 이루어진 절제와 짜임새가 돋보이는 것이다.

/불면의 밤/ 뼛속으로는/ 뜨신 달이 들어오고//여기 체액을 섞어/ 허공에 환장할 그림을 그리는 것//유난히 암내도 많은/ 남의 각시/ -「각시붓꽃」 전문.

그런가 하면, 「휴전」에서는 남북 대치로 경계 지은 채 철조망 쳐진 전선을 꾀꼬리의 심장이나 꽃들로 표출하여 시문학의 밀도감을 높인다. 예의 상식적인 사람의 구호나 이념적 접근을 접은 나머지 한갓지고 내밀한 식물과 새의 부자유를 통해 분단의 긴장을 전하는 것이다. 무르익는 유월의 비무장지대 숲에 사는 닭의장풀과 꾀꼬리가 녹슨 철조망에 위험스럽게 사는 모순된 실상을 시의 후반에서 고발한다. 더욱이 끝구절의 이미지 치환 기법은 눈길을 끈다. 보이지 않는 관념적 대상인 세월을 낡은 절의 둔탁한 종소리 같은 가시적 얼굴로 표현한 소리의 조각화를 이루어서이다.

/철조망의 가시,/ 언제나 심장은 찔려 피터지고……//고운 해 속으로 붉게 물들어가는/ 그 새의 등이 구부정하게 휜다//고찰의 타종처럼 둔탁한 얼굴의/ 세월이 무섭다./ -「휴전」에서.

야뉴스적인 표상의 새

특히 문효치 시 작품들에 자주 등장하는 새가 표상하는 바는 매우 유의미하다. 그것은 일찍이 T. S. 엘리어트가 지칭한 객관적 상관물 이상의 상징적 기호로 기능하는 실체이기 때문이다. 어쩌면 이 새는 시인 자신의 분신적인 존재로서 때로는 의식의 대행 주체이고 더러는 죽음을 담보한 영혼이기도 하다. 그런 면에서 문 시인이 지닌 새의 성격은 이산(김광섭)의 비둘기나 미당 시 속의 소쩍새는 물론 기독교적인 다형 시에서의 까마귀들과도 상이하다.

문 시인 작품상에 보통명사로 활용된 새는 으레 야뉴스의 모습으로 변모되어 나타나곤 한다. 위에서 살펴본 「새 1」에서는 쫓겨난 새가 엄동의 하늘 밑에서 기진한 채 죽음의 문턱에 놓여 있었다. 그러나 「회상의 4월」에서는 시적 자아로서, 뜨겁게 산화해 간 영령들을 상기하며 욕망에 넘친 듯 외친다. -"나는/ 날아오르는 새이고 싶다. /울부짖는 새이고 싶다." 헌데 '백제 시편 5'의 「새」에선 이제 막 젊음이 끝나려 할 때 돌연히 날아온 새는 시적 자아에게 죽음을 함께할 동지처럼 위무하듯 말한다. -"님이여, 죽음이란 이렇게 황홀한 것인가요. 만날 수 없는 것, 누릴 수 없는 것을 만나서 누릴 수 있게 해주는 것인가요."하며 부활적인 죽음의 세계를 찬미한다. 이런 생각은 이미 삶과 죽음이란 이승과 저승을 수시로 오르내리며 부활하는 윤회로 다룬 그의 초기시 「삶」과도 상통한다.

그래서 문효치 시인은 「저녁놀」에서도 밤하늘에 황혼을 수놓고 사라지는 새떼들마저 소멸과 고행으로 여기지 않고 내일을 예비하는 아름다운 현상으로 생각하는 혜안을 보인다. - "새떼, 새까만 새떼는/ 하늘로 날아올라/ 주홍빛 물감으로 채색을 하며/ 허무의 저녁을 태우는/ 노을이 된다./"

그리고 저녁놀에 상응하는 일출의 의미는 역사성을 아우르며 더 짙은 자연과 인간 합일의 현상으로 다가온다. 경주시 교외에 자리한 채 문무대왕의 호국의지를 지닌 감은사 터 앞의 울산 대왕암 부근의 새떼 날아오르는 일출 정경이 한결 눈부시다. 이런 세계를 담아낸 「대왕암 일출」은 우리 함께 메리 크리스마스처럼 경건하고 간절한 마음으로 기원한 시편이다. 하루나 한 해를 여는 데서 얻는 새로운 탄생의 보람에다 소망어린 축복을 담보하고 있다.

/새롭게 태어날/ 추억과 사랑을 위해/ 허파의 한가운데쯤/ 제단을 쌓았다//막 솟아오르는 해/ 내 제단에 입히고/ 어깨에서 잠자던/ 새들 새들 새들/ 일제히 깨어나/ 비상을 한다//둥둥둥둥/ 바다는 북을 친다./ -「대왕암 일출」 전문.

위에서 문효치 문학의 반세기에 이르는 시문학 세계와 그 형식 및 의식에 걸친 시 조감도를 종횡으로 두루 살펴보았다. 태고로부터 이어진 채 삼국시대의 숨결에서 한반도와 일본을 거쳐 오늘의 세계와 우주로 펼쳐나간 그의 시야나 주변의 곤충이며 풀들에 닿는 시의 영지 확장 노력은 높이 살 일이다. 아울러 이에 발맞춘 문단 안팎에 걸친 한국문학 위상 높이기 작업은 앞으로 우리 문인들과 더불어 공동의 과제로서 꾸준하게 펼쳐갈 것으로 기대한다.

5. 수난적 삶과 향수의 서정 미학

이삼헌 첫 시집을 손에 들고

오랜 문청과의 새로운 만남

이삼헌(李三憲) 시인과 논자는 1950년대 말엽에 한강변 흑석동에 자리한 중앙대 캠퍼스에서 꿈과 고뇌를 함께한 대학 동창이다. 그러기에 이 시인의 열정과 재학 당시 대학신문에 연재된 이 시인의 소설 입상작이며《동아일보》학생란 등에 자주 실린 시 작품들을 지켜보았다. 더욱이 당시 문예지《현대문학》과 쌍벽을 이룬《자유문학》의 전국대학생 작품 콘테스트에 단연 으뜸으로 당선된「전주電柱」를 읽은 감회도 새롭다. 특히 1962년의《경향신문》신문문예에서 읽은「아직도 거기에」의 인상은 더 또렷하게 각인되어 있다.

그렇다. 평택의 농촌 태생답게 순둥이인 이삼헌은 종심(從心)의 나이테를 넘도록 시문학을 신앙처럼 여겨온 진국 시인이다. 그러기에 문단 활동을 허가받고도 문단 주변을 서성이면서 남몰래 그리운 시를 쓰고 익히면서 살아왔다. 문학청년 시절에 서울의 대학가를 누비면서 시 창작에 임했던 열정을 지금껏 심장 가운데 지녀왔다. 이제 그 뜨거운 마그마에 오랜 세월 동안 빚어온 이전의 시작품들과 신작들을 남몰래 담금질하고 뜸 들여서 선보이는 게 바로 이 사화집이다. 남들은 은퇴했을 즈음에야 신진처럼 나선 진국 시인의 존재가 가상하기 그지없다.

『의정부행 막차를 타고』는 바로 이삼헌 시인의 첫 시집이다. 이러구러 나이테 77을 헤아리는 이 사백의 기념된 통과의례에 맞춰졌다. 마침 2015년은 광복과 분단이 이루어진 70주년이니 그 의미도 새롭다. 어쩌면 장한 일에다 국내외에 걸쳐서 진기록이 됨직한 사화집 출간을 두 팔 들어서 축하하면서 참고적인 독후감을 실어본다. 드디어 내면 깊이에서 숙성시켜온 포도주 잔치인 양 반세기 만에 선보이는 시집 향연을 통해서 우리 독자들과의 진지한 만남을 주선하기 위해서이다.

원초적인 동심과 향수

이삼헌 시문학의 키워드는, 우선 전통적인 주제이면서 여러 작품의 공간이 동심 깃든 고향과 향수라는 점이다. 험한 바다의 파도를 이겨내는 고래의 그것보다 어머니 양수 가득한 뱃속처럼이나 아늑한 요나의 내면공간인 고향은 우리의 원초적인 보금자리이다. 사화집 『의정부행 막차를 타고』 가운데 첫 묶음인 '고향으로 가는 길목에 서면'의 10여 시편에는 어릴 적에 시골집에서 자라던 인간의 원초적인 향수들이 생래적인 시심(詩心)일 만큼 켜켜이 담겨 있다.

고향으로 가는 길목에 서면
큰 기침으로 마을 다스리던
아버지의 덜 깨신 잠이

하얀 낮달로 걸려있고

바람으로 풍금을 타는

어머님이 날 부르신다 —「고향으로 가는 길목에 서면」에서.

고향에서는 늘 자식을 사랑하는 부모님이 반기고 마냥 따스한 우리 집이 기다린다.어쩌면 향수의 모태인 그곳은 여러 날 먼 사막을 건너오느라 목마른 대상에게 더 없는 오아시스랄까. 시인은 저마다 고향을 떠나서 산업사회의 유목민마냥 떠돌다가 도회 생활에 파김치 된 현대인의 심신을 귀향과 향수로써 달래고 있다. 순수한 어릴 적 삶의 추억과 동심을 이삼헌 시인은 작품 속에다 휴식과 힐링의 귀소공간(歸巢空間)으로 활용하여 효과적이다.

「유년의 뜰 우리 집」에서는 어릴 적 체험공간인 고향을 정지용의「향수」못지않게 봄-여름-가을-겨울의 네 계절 정경의 수채화로 제시하고 다섯째 연에서 마무리해 보인다. /버들가지 꺾어 호드기 불면/ 홍매화 울타리 밑으로/ 아지랑이 아른아른 타오르는/ 봄이 제일 먼저 찾아오는 우리 집/ (첫 연 -봄-)… /바람 소리 따라 햇빛 속으로 들어가면/ 언제나 푸른 바다 아산만 물결치는/ 평택군 포승면 방림리 147번지/ 동화 속의 나라 우리 집/ (끝 연 -마무리로 아우름)

시인은 또한 그 시절에 호드기 불고 놀던 꽃동네가 미나리 방죽이나 우물길마저 도시화된 요즘의 고향에서 사라진 소꿉친구(순이)를 찾으며 안타까운 실향감에 젖는다.

미나리꽝 둑 따라

큰집 형아 버드나무 꺾어 만든

호드기 불면

앞, 뒷산 진달래 산수유 흐드러지게 피고
온 마을 꽃 내음 진동하는데
순이는 어디로 갔나
미나리꽝은 모래로 메이고
어머님 물 긷던 우물길도 아스팔트로 덮여
지분 냄새 풍기는 도시 여자 드나들어도
호드기 소리 타고 내리는
그녀가 보고 싶구나 ―「호드기 불며」에서.

오래도록 서울 안팎에서 생활하는 시인은 늘 수구초심(首丘初心)의 마음을 지닌다. 「가을 서정」에서- "답답할 때면/ 고향의 툇마루에 가 앉는다. 솔바람 소리 덧문을 열고/ 아산만 밀물이/" 등으로 밀려오는 고향을 그린다. 거기에서 손주 앞으로 걸어오시는 할머님을 만나고, 아버님의 큰 기침소리를 듣곤 하는 것이다. 그리고 때로는 「한둘재 누이네 가자」에서처럼 어릴 때 유난히 어린 동생을 챙겨주다 이웃 동네로 시집간 누님집도 찾아 나선다. -"… 남양만 파란 바다/ 발아래 밟고//살구꽃 흐드러지게 울타리 친/ 외딴집 돌아/ 한둘재 누이네 가자/…." -「가을 서정」에서

분단 비극과 민족 수난의 서사

이삼헌 시문학의 다음 특성으로는 드물게 조국 분단의 아픔 뿐 아니라 영혼을 부를 만큼 한 서린 배달겨레의 역사적 수난을 서사적으로 다뤘다는 점이다. 이런 두 가지 요소는 눈앞의 개인적 아픔인 동시에 어제와 오늘을 넘어

서 미래의 세계에도 미치는 민족적 수난의 과제로서 눈길을 끈다. 그만큼 역사의식과 현실관 등에서 여느 시인과 변별되는 이삼헌 시문학의 깊이와 폭을 드러내는 특장점이다.

먼저 현안으로 떠오른 분단 비극문제는 이 시집의 둘째 묶음인 '향로봉의 가전리 습지에서' 시편들에서 나타난다. 예의 「아직도 거기에」는 요즘도 전쟁의 기류가 가시지 않은 휴전선 철책선의 현장에서 경계근무를 선 장병이 적진의 참호 속에서 지켜보는 병사와 마음의 대화를 나누는 것이다. 시인이 최전방에서 복무한 실제 체험을 작품으로 구현시킨 소산물로서 결코 요즘 당선작에 못지않은 등단작이다. 아래의 인용 부분은 모두 아홉 연 가운데서 남북한 젊은 이들을 통한 분단 대결의 모순을 리얼하게 표출하고 있다.

/나는 보고 있었다./ 포성이 나르는 고지 사이/ 너의 청순한 눈동자/ 봄의 연색 푸르름이 / 잠긴 눈동자를. -(첫 연)

/네 고향은/ 수양이 우거지는 대동 강변/ 외딴 오막집/ 네 가슴엔/ 영원의 고향/ 고향의 늘 켜진 램프, 램프 곁을/ 나르는 님프,/ -(네째 연)

/장미원은, / 뻗어가고 있었다./ 눈동자와 전쟁과/ 숨결과 밤을 따라서/ 너는 세계를 향하여/ 눈뜨고 있다.//타오르고 있다. 타오르고 있다./ 네 눈동자./

—「아직도 거기에」(마무리 부분)에서.

「아직도 거기에」 성향의 남북 대치 상황을 구현한 시편도 다양하게 나타난다. 1960년대 당시 휴전선 인근의 최전방인 민통선이나 비무장지역을 일기 형식으로 쓴 「향로봉, 고요하다」에는 사람 대신에 너구리, 고라니, 꿩들의 세상임을 드러낸다. 또한 「가전리 습지에서」는 빨간 지뢰 팻말 안에서 자유롭게 사는 수달, 하늘다람쥐며 맑은 물속의 금강무치 등과 가시철조망 헤집고 오른

쥐방울 덩굴, 호랑버들을 통해 분단의 아픔과 반전의식(反戰意識)을 제시한다.

그런가 하면, 「베꼬니아꽃」에서는 "향로봉 아래/ 내린천 따라/ 탄약고 안에서" 피보다 진하게 안겨오는 야생화를 만나는 것이다. 특히 「살구나무 골」에서는 포성이 멎은 지 반세기가 넘도록 동네 사람들은 돌아오지 않은 채 검은 구들 옆에 하얀 꽃만 흐드러진 전쟁 중의 폐촌 마을 정경을 그려 보이고 있다. -"포성이 멎은 지 반세기, 고지 위에 올라서면 함성으로 밀려오는 이 침묵의 아우성은 끝내 터지지 못하고 무더기 무더기로 푸른 잡초 동산을 이루었다. 순이네와 삼봉이네는 돌아오지 못하는 고향을 두고 어느 항구에서 석상이 되었을 테고…."

또한 「삼포리의 겨울 바다」에서는 인적이 끊긴 채 외롭게 추위를 견디는 자연의 비경을 보여준다. 차라리 인간들의 광적인 총부리 폭력에서 해방되어 혼자의 평화를 맘껏 즐기는 것일까. -"/사계절 언제나/ 설악이 내려와/ 포효하는 바다/ 철책선 맞닿는/ 삼포리에는/ 한여름의 영화를 털어 낸/ 설악이 내려와 목욕을 하고/ 지평선 저 너머에서/ 용암이 너울을 타고/ 다가오면서 뜨겁게 용트림한다/ /하얀 눈이 내려앉을 수도 없어/ 더 많이 슬픈 밤바다/" 그것은 「겨울 아야진 포구」보다 고독하고 때 묻지 않아서 좋은 공간이다.

이런 시편들에 비해서 「개마고원에 내리는 눈」은 한국전쟁 당시의 장진호 전투를 다루어 상대적으로 훨씬 구체적인 인물들과 역동성을 보인다.

그리고 1959년 전국대학생 자작시 낭송 1등 당선작으로 그해 《자유문학》 신년호를 장식한 「전주(電柱)」가 대조되어 눈길을 끈다. 14개의 연으로 긴 호흡을 지닌 전편에는 당시 문학 지망생이던 이삼헌 청년의 동서양 문화와 육대주를 이을 만큼 패기 넘치는 모색과 선명한 전주 이미지를 드러내고 있다.

-"상한(上限)과 상한(上限)으로 허공을 가르며/ 길게 뻗어가는/ 핏줄 타고/ 각각으로

다가드는 위기의 뉴스// 동맥 한 줄은/ 완충지대에서/ 멈추어 지고/ 태평양 바람을 타고/ 25시에 멎는 정맥.//지하로 연한 심장으로/ 세월만이 까맣게 재 되어 가고/ 허공에 뿌려지는 제우스의 간덩이/ 주피터의 해골이/ 구름 대신 떠가고 있었습니다."

－「전주」 중에서.

위와 같은 초기 시의 다수를 이루던 휴전선 취재 시편들에 이어서 이삼헌의 중기 시문학에 보다 짙게 드러나는 키워드는 우리가 조상 적부터 당해온 민족사적 수난이다. 시집의 셋째 묶음인 '서러운 아산만' 계열에 해당하는데 여느 시인들에 비해서 현 지역 중심의 서사적인 내용을 이룬다. 어릴 적부터 수난의 현장을 시인 자신이 목격하거나 할머니 등으로부터 귀담아들은 이야기들을 역사적 상상력으로 재구성한 것이다. 그런데 이런 수난의 산 자료들을 구체적인 인물과 장소 및 역사적 사건을 현실의 문제로 연결해 놓고 있어 돋보인다.

시 「우리 어머니」는 삼거리 소나무 밑에 숨 거둔 채 앉아계시는 어머니상을 통해서 민족사적 수난을 표상한다. 병자호란 때 무악재 넘어 북으로 간 할아버지 넋을 기리고 6. 25전쟁 나던 때도 인민군에 쫓겨 오는 둘째를 몸으로 막다 총탄이 가슴을 스쳐 신선이 된 채 승천하지 않고 있는 화신인 것이다.

또한 「소청다리 게 가며는」에서는 시인 자신이 어릴 적에 그곳 아산만에서 당한 6. 25 전쟁으로 인한 마음의 상처를 적고 있다.

솔바람 타고 평택 뜰에 내려온

13살 소년의 푸른 꿈은

탱크에 깔려 다시는 살아나지 못했고

내가 사랑하던 고운 순이는

낮달로 승천한 채 아직도 하늘에 산다. －「소청다리 게 가며는」에서.

더욱이 「인민재판」에 이르러서는 소년의 눈으로 동족 참살의 목격담으로 이데올로기적인 폭력을 고발한다. 징이 울린 이장 집 뒷마당에서 자행된 참극은 인간의 속성마저 회의하게 된다. 포승줄에 묶인 구장 아저씨며 방앗간집 큰 아저씨 밖에 피란 못 간 채 철사에 묶여 나온 순경 아저씨. 그들을 "죽여라"는 외침과 함께 날아든 돌멩이며 곡괭이 자루 말고도 죽창에 묻어나온 붉은 피는 좀처럼 지워지지 않는다.

또 시인의 고향 인근의 아산만 바닷가 봇둑 위를 가로지른 그곳을 다룬 「방아다리 게」에서 역시 이전으로 소급해서 쓰라린 민족 수난을 되새긴다. '게'란 '거기'라는 뜻을 지닌 방언으로서 그만큼 해당 지방의 주민들에게 익숙해진 향토사적 처소임은 물론이다. 예전부터 왜구가 밀려와 노략질하던 그곳은 한때 화적떼들을 맨주먹으로 물리쳐서 마을을 지킨 증조할아버지 무용담이며 기미년 그해 날뛰던 왜경들이 벼락 맞아 죽었다는 고향의 이야기들을 품은 상징적인 수난의 공간인 것이다.

「남은쟁이 풀」에서 역시 시인은 "지금도 마음 시린 날이면 남은쟁이 풀을 찾아 서해안 남양만 갯벌에" 간다며 진중하게 읊고 있다. 그냥 흘러버릴 주변의 사물에 대해서도 시인은 오랜 수난적 삶의 끈에다 이어놓는 것이다. -"/6.25 전쟁이 나던 그해부터 / 우리 일곱 식구는 남은쟁이 풀을 뜯어먹고/삼년을 버텼습니다./---/그런데 남은쟁이 풀은 /거슬러 천년, 몽고 침략 30년 그때부터/ 서해안 남양만 갯벌에서/ 푸릇푸릇 솟아오르며/ 우리를 지탱시켜줬습니다./

그런가 하면, 「조세이탄광 수몰기념비」에서는 일제강점기에 나라 밖으로 끌려 나간 채 당한 우리 백성의 모진 수난을 들고 있다. 1942년 2월에 일본 야마구찌 현의 바닷가 해저탄광에 강제 징용되어 혹사당하던 조선인 광부 136명이 수몰사고로 희생된 경우를 되살려 놓고 있다.

이삼헌 시인은 위에서처럼 고향 가까운 지역마저 곧잘 의미 짙은 서사로서 재구성해 보인다. 그러기에 「서러운 아산만」에서 역시 조기잡이 나가서 돌아오지 않는 자신의 증조할아버지를 들어서 민족사의 수난으로 제시한다.

오늘처럼 비가 오는 날이면/ 경기 땅 남양만 당황포로 가는 길목에는/ 왜구들의 분탕질로 목 잘린 주검들이 떠다니고/ 충청 땅 당 거리에는 되놈들이 뿌리고 간/ 역한 양파 냄새 때문에 당나라는 아직도 멀고멀다/ 증조할아버지의 그 윗대 할아버지들이/ 바닷가 남은쟁이 풀 뜯어먹으며/ 7년 전쟁을 이겨낸 아산만 갯고랑 넓은 뻘을 파헤쳐/ 무역선이 오가고/ 산소 뻘 뜯어내어 함대들 드나들어도/ 갈매기 울음 하늘 끝 슬프다/

-「서로운 아산만」에서.

「적성에서」 경우에서도 눈앞의 임진강을 타임머신의 수난공간으로 입체화하는 데 남다른 접근 노력을 보인다. 임진강 유역은 삼국시대부터 격전장인데 이어 몽골침략, 임진왜란을 겪었고 6. 25전쟁 땐 영국군 1개 연대가 중공군의 인해 전술에 괴멸된 현장임을 상기시킨다. 으레 임진강 유역의 정경에 취한 나머지 사물의 평면적인 외면만을 그려내는 여느 시인들과 변별되는 특성이다.

이렇게 이삼헌 시인은 좀처럼 일상 주변의 사물을 피상적인 대상으로 내쳐버리지 않는다. 해당된 각 지역의 역사적 현장에 얽힌 사연들을 통해서 피어린 민족수난사를 되새기며 겨레의 혼을 불러일으킨다. 서해대교 근처의 「외집매」 간이정류장을 지나면서도 시인은 그곳 주막거리를 거쳐 간 동학군이며 징병이나 의용군으로 끌려간 사람들을 잊지 못하고 있다. 그리고 서울 시내의 홍제천변을 거닐 경우, 시인은 「신 환향녀가(還鄕女歌)」에서처럼 인조 때 오랑캐 땅인 심양에 치욕적으로 끌려갔다가 돌아온 77명의 아녀자들이 당했던 역사적 수난을 되새기는 것이다.

특히 이삼헌 시인이 현실의 시적 대상을 작품화하는 데서는 상상력을 통해서 시간과 공간의 활용을 원활하게 하는 입체적 글쓰기로써 선구적인 특장점을 보여준다. 시인은 단조로운 물리적 시간보다 적어도 한스 마이어호프식의 경험적 상상의 시간 위에 역사적 사물이나 살아 움직이는 인물들을 전경화해서 대면하는 것이다. 그러기에 「서러운 아산만」에서처럼 시인의 눈앞에는 옛날 왜구들에게 목 잘린 주검들이 물 위에 떠다니고, 「하얀 달」에서도 승천했던 함경도 아바이 할머니가 밤에 하늘에서 내려온 모습을 만나곤 한다.

휴머니스트적인 삶의 서정

이삼헌 시문학의 키워드로 파악되는 나머지 특성으로서는 역시 따스하고 휴머니스트다운 서민적 자태를 지닌 자유시풍의 서정 시인이란 점이다. 본디 시골에서 태어나 자라고 상경하여 도시의 유목민처럼 성실하게 사는 인품과도 일치하는 사실이다. 이런 속성을 담아낸 네 번째 묶음 작품들은 비교적 후기에 빚어진 산물이다. 여기 해당되는 시편들에는 무엇보다 곤고했던 서사적 삶의 애환들을 속속들이 서정 속에 담아내고 있다. 그 가운데서도 주옥편인 「의정부행 막차를 타고」, 「해바라기처럼」, 「호박꽃 연가」가 영근 3부작으로 두드러져 보인다.

서울의 고단한 하루 짐을
미처 내리지 못하고 열차는 길다.
총총히 막차에 몸을 싣고
내가 가진 건

근면과 끈기뿐

내일이면 또 첫차를 타야하는 것을

꼴찌로 사는 것이

그렇게 서러운 것만은 아니다.

비 멈추고

별이 쏟아진다.

오랜 세월 기다리는 아내여

오늘밤엔 그대 치마폭에

별을 쓸어 담아 길을 밝히세. ―「의정부행 막차를 타고」에서

전편 27행인 위의 시에는 서울 근교의 어려운 환경 속에서 성실하게 지내온 소시민의 삶 모습이 역력하게 드러나 있다. 1960년대 당시의 찢어진 의자에다 덜컹거리는 차창 옆에 기대앉아 조는 중년가장의 체취마저 물씬 풍겨온다. 더욱이 장한 것은 낙오자(루저)처럼 꼴찌로도 성실하게 사는 인식마저 감동적이다. 매일 첫차와 막차를 타야 하는 신세지만 사랑하는 가정이 있어 행복하게 여겨진다. 그날 밤엔 오랜 세월 기다려준 아내 치마폭에 사랑의 별을 쓸어 담아 살길을 밝혀보자는 심정이 눈물겨운 감동으로 와 닿는다.

또한「호박꽃 연가」에서도 눈물겨운 아내 사랑과 아늑한 가족애를 담은 자상한 서민 가족의 노래로서 울림을 함께한다. 여기서는 세속적인 노래에서마저 천하게 여기는 호박꽃에 대한 선입견을 오히려 신선하게 긍정적인 덕목의 객관적 상관물로 이미지화해서 빛난다. 화려한 빛깔과 짙은 향내를 뽐내는 장미꽃과 달리 투박하되 높은 언덕 위의 산동네에서 식구들과 함께하며 넉넉한 수확물로 도와주며 서민의 벗으로 친해진 호박꽃을 상징화한 것이다. 여기서는 동시에 뒤처진 채 장미 같은 귀부인들로부터 업신여김받는 호박꽃을 오랫

동안 가족을 지켜준 부인의 덕목으로 드러내서 흥미롭다. 드물게 종결어미인 "~한다네"의 적절한 활용도 설득력 있어 효과적이다.

/꽃이 아니라고도 하지만//북선동 산 9번지/ 산동네 가면/ 부끄러움에 노랗게 떠는 호박꽃이 우아하게 핀다네/……/호롱불 들고 마중 나오던/ 비탈진 골목길 달리며/ 첫째도 둘째도 여기서 컸다네/ 칼바람 장지문 흔들어도/ 나는 언제나 뒤처져 가는 사람/ 나 몰래 아내가 거둬 둔 호박씨는/ 다음 해면 용케도 모래 틈 비집고 고개를 든다네./ —「호박꽃 연가」에서.

또 하나 「해바라기처럼」을 통해서는 흔히 출세나 득세를 위한 족속의 속물근성으로 폄하해서 표상화한 해바라기에 대한 이미지를 새롭게 한다. 늘 사회의 그늘진 산동네 빈민층에게는 해바라기가 조금이라도 따스하고 밝은 희망을 주는 구원의 대상인 것이다. 그래서 그 척박한 공간의 부수어진 건물더미에서 고개를 내민 한 송이 해바라기 꽃은 소망의 상징이 된다. 시인은 "해바라기처럼 사는 산 9번지 마을" 이웃사람들의 딱한 사정을 그려낸다.

-"/가처분 신청으로 부수다 만 창살 너머로/ 해바라기가 한 송이 고개를 내민/ 그 집도 헐려나갔다// 내일이면 헐릴/ 열한 살 소녀 가장네도/ 홀씨가 되어 어디론가 날아가겠지/

/종로의 달동네에서 돈암동 지나/ 예까지 밀려온 사람들/" —「해바라기처럼」에서.

「의정부행 막차를 타고」에서는 시인 자신의 고단한 샐러리맨 처지를 적어 감동을 자아낸다. 그에 비해 「호박꽃 연가」에서는 가난했던 시절의 자기 가족 삶을 역시 객관적 상관물인 꽃의 이미지로써 상징적으로 노래하여 수긍된다. 그리고 「해바라기처럼」에서는 산동네에 사는 이웃 주민들의 곤궁한 삶의 처지를 애정 어린 시선으로 바라보고 있는 것이다. 따라서 위 세 시편들은 서민적 삶을 삼위일체적으로 노래한 하모니를 이룬다. 동시에 이 삼부작은 눈물겨운 서민의 삶과 아내 사랑이며 아늑한 가족애를 담은 자상한 서민 가정의 자태를 담은 원숙한 작품들로 떠오른다.

이삼헌의 시창작상의 자취를 연대순으로 살펴보면, 시 세계의 변모양상이 세 단계로 드러낸다. 우선 초기는 문단 진입을 꾀하던 휴전선 일대 관찰적인 예의 「아직도 거기에」 성향 시편들부터 시작한다. 그 다음에는 중기의 민족수난적인 서사를 다룬 「서러운 아산만」 접근 양상을 띤다. 그리고 후기에 들어서는 특히 이 자성적인 「의정부행 막차를 타고」 중심의 삼부작 시편 성향 외로 향수 짙은 일련의 시편들로 드러난다. 앞으로는 이제 어느 방향으로 나아갈 것인가는 두고 볼 과제로서 기대된다.

다원적인 접근 양상

위에서 이삼헌 시문학에 관해서 살폈지만, 지금까지의 작품 성향을 크게 구분해 볼 때의 윤곽일 뿐이다. 이삼헌 시인의 문학적 주제나 제재적 지향 방향과 기법적인 모색이나 실험은 다양하고 다채로워서 내다보기가 쉽지 않다. 그만큼 글쓰기의 발상과 시공간적 선택이며 시미학적 접근방법 면에서 다층적이고 다원적임을 실증한다. 참고로 그 밖의 기타 성향을 몇 가지만 언급해 둔다.

시 창작 방법면에서, 「유년의 뜰 우리 집」의 경우는 사계절의 자연 질서에 따른 치밀한 구도를 이룬 작품으로서의 전범을 보이듯 이삼헌 시인도 시 쓰기에서 적지 않은 기법을 활용한다. 물론 그 기본바탕은 누구보다 가슴 밑바닥의 심금을 울리는 서정을 중심으로 삼되 더 많이 서사로써도 시문학의 가능성을 널리 실험하듯 응용해 넓히는 것이다.

나아가서 감성적인 면에서 「치자 꽃 피는 순이네」를 눈여겨보면, 새삼스레 회춘하듯 싱그러운 분위기의 흥겨움을 만난다. 시인이 젊은 날에 겪은 첫 사랑의 달고 향긋함과 진솔한 이야기가 가슴 쓰린 아픔으로 아련하게 다가든다. 한껏 유연한 호흡으로 선연한 시각 이미지와 쟁쟁한 청각 이미지에다 콧속을 아리는 후각 이미지의 여울진 조화가 푸른 시절을 되살리는 듯 느껴진다.

제일 한강교 건너
사육신묘 앞 조선기와집 순이네
울안의 찔레꽃이 시들고
치자꽃이 고개를 들고 담을 넘으면
버스정류장 쪽으로 멀어져가는
또박또박 그녀의 하이힐 소리를 들으며
내 키보다 웃자란
사랑의 가지치기를 하기엔 너무나 멀리 있는 그녀
짙은 향으로 나를 어지럽게 하는 그 하얀 꽃술을
차마 울음으로도 깨물 수 없는
나는 해바라기 소년 －「치자꽃 피는 순이네」에서.

종교적인 면에서 살피면, 시인 자신은 평소 독실한 기독교인으로서 그 사상을 작품에 용해시킨 채 이웃 종교도 문화로 친화감 있게 수용하는 자세 또한 이삼헌 시인다운 덕목이란 사실이다. 기도하는 호흡으로 적은 「그분 계심에」, 「이 맑은 날」, 하루 일과가 열리는 광경을 쓴 「붐비는 아침」, 빈곤한 이들의 소망을 지닌 「해바라기처럼」 등은 소박하고 자연스러워서 좋다. 다의적인 뜻을 띤 「두물머리」며 '구하여 주시옵소서'라는 의미를 담은 「호산나」밖에 한국 천주교의 정사박해를 다룬 「한 자루의 촛불로 타라」도 그렇다.

/낮은 곳으로 임하여/ 나를 불러 손잡아 주시고/ 작은 기쁨에도/ 축복하는 마음/ 가슴에 가득 담아 주옵소서//그분 계심에/ 나 항상 목마름에 갈구하기를/ 사랑 문 열고 들어서면/ 바람을 불러 비를 내려주시고/ 내가 그대에게 들어가/ 빛이 되더라도/ 낮은 곳으로 임하게 하소서/ -「그분 계심에」에서.

그러면서도 시인은 전통적인 우리의 불교문화도 수용하는 자세가 친근하게 다가온다. 「고려말 팔만대장경」, 「겨울 도선사」, 「풍경」, 「칠갑산 비로나자불 좌상」, 「천축산 녹음」밖에 인도의 힌두교적인 화장터를 찾은 「마니카르니카 가트」도 접근하고 있어 상보적으로 이해된다.

이 시인은 한편으로 환경면에도 관심을 드러내고 있음을 본다. 도시 개발로 인해서 오염이 심해진 서울 도심의 환경 개선 사안을 다룬 「중랑천」만이 아니다. 「길 잃은 갈매기」에서는 검은 석유원유에 기름투성이가 된 새를 들어서 보다 심각한 환경오염 실태를 고발하여 경종을 울린다.

/'냐이오, 냐이오'/ 푸른 바다 너무 멀리 왔네, 괭이 갈매기/ 한강 하구 지나 너무 멀리 왔네/ 죽지에 고개를 묻고 슬피 울어도/ 길이 보이지 않아 돌아갈 길이 없네/ 부리에는 검은 기름, 찢긴 다리 절룩이며/ 앉지도 서지도 못하고/ 길 잘못 들어 슬피 우네/" -「길 잃은 갈매기」에서.

이밖에 현실참여면도 참고된다. 시인이 현안의 세월호 참사에 관해서 쓴「그 4월에 그물망을 쳐놔도 걸리지 않는 맑은 바람을 보았는가」에서도 의연한 접근방법이 돋보인다. 세속적인 항변이나 값싼 동정보다는 한반도의 천년 서해와 삼국시대-조선왕조-임진란까지 역사적인 발상을 곁들이는 것이다. 시인 스스로 사고현장을 찾아서 조의를 표하되 애이불상(哀而不傷)의 금도로써 격렬비도와 맹골수도 해역을 떠도는 영혼을 위로한다. 나가서 일종의 포스트모던적인 성격을 띤「하이퍼공화국」경우는 지나친 요즘 젊은이들의 전자게임으로 인한 공해 유발과 비정상적인 세태를 풍자적으로 비판하고 있음을 본다.

여기에 첨가해 둘 이 시인의 문학적 특성 하나는 더러는 다의성을 지닌 작품으로 복합적인 효과를 거두는 경우이다. 본래 언어예술적 요소가 짙은 시문학에서는 특히 작품이 내포적 의미의 모호성 짙은 다의성(임비규티)이 예술적 속성이기에 중요하다. 보기로 든「두물머리」는 경기도 양평에 자리한 양수리가 말 그대로 남한강과 북한강이 한 데 만나는 지점이기에 시 작품의 주제 해석이 수용미학적 관점에서 다양하기 마련이다. 그 주제는 부부싸움이라도 한 남녀의 화합일 수도 있겠고 남북한의 화해를 통한 통일염원을 상징한 것일 수 있다. 더 나가서는 자연 섭리적인 위안이나 혹은 기독교적인 메시지로도 여길 수 있다.

/마음 시린 날이면. 양수리. 두물머리로 가 보게/

/북한강과 남한강이 만나서/ 몸을 섞어서 하나로 태어나는 곳/ 물안개 자욱이 산을 휘감고/ 아침 해가 느티나무를 물속으로/ 밀어 넣으면. 그리운 사람/ 고인돌 밟고 걸러올 걸세/ ―「두물머리」에서.

끝으로 이삼헌의 해외 기행시들에 두드러진 역사의식도 참고해 둘 사항이다. 시집의 다섯째 묶음에 실린 시 내용에는 현지의 풍물보다 우리 역사관계에 중점을 둔 시선이 눈길을 끈다. 「만주여 발해여」에서는 도문에서 단동까지 뗏목을 타고 두만강과 압록강을 살피며 백제-신라-고려-조선에 이르도록 잃어버린 우리 땅 의식이 강렬하게 드러난다. 또 「백두산 가는 길」의 경우, 연길에서 이도 백도로 향하는 길에서도 광개토왕 말채찍이 역력했던 발해와 고구려 옛 땅을 아쉬워하는 것이다.

상대적인 「대마도기행」에서도 시인은 최익현 선생의 조선의 흙을 상기하며 '대마도는 우리 땅'임을 되새겨 공감을 준다. 세종대왕 때 이종무 장군이 정벌하여 조공까지 받아왔던 곳이니 독도와 대마도를 일본에 맞바꾸자고 주장하면 어떨까. 이 시인은 남달리 짙은 역사의식을 불러일으켜 건강하게 두드러져 보인다.

이 밖에도 이삼헌 시 곳곳에 자주 등장하는 퍼스나로서의 어머니상이나 일찍 세상을 떠서 낮달이 된 영혼의 심상 등은 앞으로 더 추구해 볼 과제로 남는다. 고향의 다리 게에서 죽어 하얀 달이 된 누이나 증조할아버님 등만이 아니다. 북에서 남편 잃고 남으로 피란 온 후 식량 구하러 나간 순동이를 위해 아랫목에 따스운 밥그릇 놓고 기다리다 간 「하얀 달」 속의 함경도 아바이 할머님 등이 떠오른다.

새로운 기대지평

위에서 우리는 이삼헌의 인간적 삶을 비롯해서 문학에 대한 열정과 만남에 이어 시문학의 키워드적인 세계를 서너 개로 간추려서 살펴보았다. 일상의 도회적 삶에서 생채기 진 심신을 추슬러 인간 회복을 기하는 고향 찾기와 향수 지향. 그리고 휴전선 주변을 통한 남북분단 현실과 조상 전래의 역사적인 수난의 서사적 접근. 또한, 일상적 삶속의 서정성과 열린 기독교적 자세 및 시공간 이미지의 다원적인 활용 등을 들었다. 이들 가운데 민족사적 수난의 현재적 인식이나 상상적 수용은 기성문단에서 볼 수 없는 경지의 모색 성과이다.

생각하면, 사실 이삼헌 사백은 신춘문예를 통해서 시단에 발을 내딛은 지 반세기를 훌쩍 넘어선 연륜을 헤아린다. 하지만 스스로 은둔하다가 이제라도 특별하게 소중한 사화집을 펴내는 이 시인께 거듭 축하의 마음을 전한다. 그것은 구슬이 서 말이라도 꿰어야 보배라는 의미에서만이 아니다. 어쩌다 문청다운 희수(喜壽)의 나이테에 이르러서야 처음 내는 시집인 만큼 시창작의 끈을 놓지 않고 이어온 그동안의 성실한 삶 무늬까지 알알이 수놓듯 점철된 성과물이기 때문이다. 단박「유년의 뜰 우리 집」「의정부행 막차를 타고」「치자 꽃 피는 순이네」「두물머리」「호박꽃 연가」쯤은 우리네 애송시로 삼았으면 싶다.

아무쪼록 다음부터는 그런 막차가 아니라 언제든 적당한 차편을 골라 타고 맘껏 달리기 바란다. 되도록 경원선을 거쳐 대륙으로 횡단해 나가거나 때로는 배와 비행기 편으로 세계와 우주를 향하는 내용의 새 시집을 펴내도록 건승하길 빈다. 아울러 독자 여러분께서도 모처럼 선보인 이삼헌 시인과 더불어 대화하며 새로운 세계로 속 깊은 시문학의 여행을 함께하길 바란다.

6. 새로운 전통 시 미학의 구현
김창완의 선시집 『靑雨詩選』을 읽으며

글머리에

이번에 모처럼 계간문예문학상 수상 작품집으로 펴내는 김창완 시인의 선시집 『청우시선(靑雨詩選)』을 맞이하는 감회가 새롭다. 마침 신록과 더불어 푸른 죽순의 계절에 금빛 까마귀(金烏)라는 시인의 아호 못지않게 시골 대나무 숲에 내리는 비(靑雨)라는 의미와 시집 표제 이미지의 싱그러움 때문일까. 지금까지 김창완 시인이 상재한 다섯 권의 시집에서 스스로 골라낸 시편들과 최근에 빚은 신작을 더해서 120편으로 엮은 첫 번째 선시집(選詩集)은 한결 산뜻하다. 더욱이 신진과 중견이 함께 겨루는 심사의 투명성과 객관성을 위해 일체 작품 응모자의 정보를 극비로 한 신작 공모에 모험을 무릅쓰고 응모해서 당선한 접근자세 또한 신선해서 좋다.

김창완(金昌完)은 1973년 《서울신문》 신춘문예에 당선된 「개화(開花)」 이래 반세기 가까운 시력(詩歷)을 지닌 중견 이상의 현역시인이다. 일찍이 유신체제에 갇힌 사회에서 민주화와 민중의식을 담은 《반시(反詩)》 동인으로 활동하며 꾸준한 글쓰기를 계속해온 그는 첫 시집 『인동일기(忍冬日記)』 이후 최근작까지 거듭난 시의 발전을 모색해 왔다. 그의 시편들에는 구구절절한 작품 속에 강산이 서너 번 남짓 인고의 계절을 건너오면서 스스로 걸어온 치열한 창작과정이 드러나 있다. 김창완 시인은 적어도 각박한 사회 환경 속에서 성실하게 살아온 만치 그의 시에는 진솔한 삶의 일상이 알알이 점철되어 있는 것이다.

김창완 시문학의 이정표

데뷔작인 「개화」에는 좁은 섬에 칩거한 채 목선에서 일하는 노동자를 보면서 고독한 자아가 일렁이는 바다를 통해서 세계를 향한 젊은 시인의 욕구를 노래했다. 그러고는 『인동일기忍冬日記』(1978), 『오늘 우리 살았다 말하자』(1984) 등의 시집에서는 산업화시대에 도시의 변두리로 몰려나와서 돌멩이처럼 삽으로 사는 날품팔이와 노역에 시달리는 민중의 아픔과 숱한 민주화의 홍역을 표출했다. 「누이야」「잠들지 않는 사나이」「겨울이 가려나 봐요」 등에서 그것은 선연하다.

그러다가 왜곡된 대중문화 속에 내면화의 자아에 침잠해 든 2000년대 사회에 들어서는 새롭게 신세대에 대응하되 차별화된 서정으로 임하고 있다. 다소 감미로운 연가적 서정성을 곁들인 시집 『나는 너에게 별 하나 주고 싶다』(2000)에서의 「인연의 별」 등을 넘어선다. 곧이어 윤동주문학상을 수상한 『금빛 바다』(2011)에선 「내 거기 있으마」「꽃잎이 입을 열어」 등의 자연친화적인 테마에 이어서 현대풍의 시조까지 포함한 『봄이니까』(2015) 등으로 그 천착의 도를 더해 왔다.

특히 이번의 제2회 계간문예문학상에 당선된 다섯 시편의 경우는 앞으로 행해질 김창완 시세계의 풍향계를 드러낸 샘플처럼 두드러진 성향으로서 주목된다. 이 작품들에는 전통적인 정서와 심도 깊은 기법들이 인생의 달관과 시적 상상력에 의한 관조의 내면적 시선과 함께 선명하게 돋보인다. 그것은 다음과 같은 작품의 보기에서처럼 그 고전적인 제목들이며 한자로 이루어진 명사부터 눈에 띄어 인상적이다. 얼핏 보아 작품 제목은 산문 같지만 정작 형식은 리듬 깃든 새 모색을 선보인 시 창작품들이다.

무엇보다 이 시편(詩篇)들은 예의 1970년대나 '80년대의 리얼한 현실 문제를 다룬 김창완의 시 작품들에 비하면 여러모로 상이한 점들이 두드러진다. 우선 전에 없이 난해성을 띠는 이 시편들은 민주화나 비리 등에 걸친 우리 사회문제가 아니라 개인의 가정을 대상으로 한 것이다. 뿐만 아니라 시의 대상인물 역시 사회의 패배자 군상과는 다르게 퍽 예술 취향적인 여성들을 고전적인 솜씨로 표현하고 있어 차별화된다. 따라서 예사로운 접근으로는 쉬 알아차리기가 어렵지만, 곰곰이 음미해 보면 그 진진한 맛이 우러나게 마련이다. 이 수상 작품들은 요즘 적지 않은 시인들이 손쉽게 쓴 인스턴트 시와는 달리 오랜 기간 숙성하고 정성을 들인 요리처럼 맛깔스러운 것이다.

그렇게 여러 번 궁리해도 어렵다면 해체론자들의 견해대로 필시 오독(誤讀)하기 십상이므로 바흐친의 다성론적인 견지에서 시인과 독자와의 대화노력도 곁들이는 게 긴요하다. 따라서 논자는 여기에서 엘리엇이나 알베레스의 견해처럼 시인과 독자 사이에서 매개자 겸 전달자적인 평론가 자격으로 이번의 신작(新作) 수상작품을 순서대로 음미하면서 풀이해가기로 한다. 지금까지는 여러 곳에 발표된 김창완의 시 작품들을 단편적으로만 대해 오던 동시대 동료 문인으로서 체계적으로 살피고 아울러 밀도감 있게 접근해 보는 일도 뜻깊다고 생각해서이다.

수상 시편들의 새로운 모색 가치

먼저 「검객 난영당전(蘭影堂傳)」은 화자인 가장(나)이 집안에서 춘란 내음을 풍기며 자주 보는 아낙네(아내나 어머니 또는 누이 아니면 가정부)의 칼을 든 전사인양 익숙한 요리솜씨를 재미있는 표현으로 기린 내용이다. 으레 새벽 일찍부터 여러 식구들을 위해 부엌에서 늘 요리에 종사하는 여성적 덕목에 대하여 품격을 갖춘 검객으로 존칭할 정도로 고마움을 나타낸 것이다. 난초그림자 같은 여성이라는 제목에는 존칭의 뜻 한 구석에 다소 꼬집는 감각도 깃들어 있어 재미를 더한다. 모두 일곱 연으로 된 내용 가운데 둘째 연과 셋째 연 및 마지막 연만 들어본다.

첫새벽 어스름 헤치고
천의(天衣) 자락 나부끼며 홀연히 나타나
몽유에서 아직 못 헤어난 우리 일상을
얏! 하는 기합 소리도 없이 요리하는 고수지

아침마다 단련하는 내공 깊은 검술 보라
채썰기
어슷썰기
깍둑썰기
돌려 깎기
가녀린 팔 자그마한 손이라고 얕보지 말기를

그리고 후반부에서는 난타 같은 도마 소리와 그 도마질에 상처가 자국 난

내력을 듣고 칼을 갈 듯 창가의 난을 닦는 아낙네의 존재를 가장은 잊지 못한다는 마무리인 것이다.

햇빛 달빛 별빛 잘 드는 창가에 난을 두고
검객이 칼을 갈듯
이파리 하나하나 정갈히 닦으며
작은 숨결에도 반응하는 자태를 흠모하고
허파꽈리 터지게 마시고픈 향내가 그리워
나는 난 그림자 곁을 떠나지 못하지
—「검객 난영당전(蘭影堂傳)」 부분에서

다음의 「소리꾼 조영당전(鳥影堂傳)」은 주부로서 알뜰하게 물건을 아껴 써서 살림 잘하자는 둥, 참새처럼이나 잔소리 많이 하는 아낙네들을 판소리의 명수로 에둘러 풍자한 내용이다. 표현마저 신명 나는 우리네 장단에 맞추어 흥을 자아내는 것이다. 모두 네 연 가운데 동네 새들이 먼동이 트기 전부터 동구 앞 나무에 모여앉아 종일토록 소리판을 벌인다는 첫 연과 "우리 소리꾼 조영당 거동 보소"라며 하루 종일 흥부 박 타는 대목부터 여러 소리 대목을 든 둘째 연은 접어둔다. 후반부의 두 연만 들어보아도 앞의 첫 연과 뒤의 끝 연에서 아낙네들은 참새 같은데 화자는 잘 익은 홍시마냥 무릎 고수된 화자의 비유가 흥미롭다.

때로는 노고지리처럼 노랑목으로
때로는 비둘기처럼 눅은목으로 눙치면서
앉아서 소변보소 화장지는 두 칸씩만…

우리 소리꾼 조영당 소리 중에선
뭐니 뭐니 해도 잔소리가 절창이라
누구 한 사람 추임새 넣는 이 없어도
지치지 아니하고 온종일 소리해

인제는 나도 귀명창에 무릎 고수 되어
우리 집 감나무에 날아온 새들과 함께
풋감이 홍시 되듯
떫은 소리 우려내고 다디단 소리로만
소리판 한 마당 벌일 수 있겠네
-「소리꾼 조영당전(鳥影堂傳)」 중에서

이미 「봄비 오는 날」 등에서도 "임방울 김소희 남도 창을 들어도/ 얼푸른 이 마음 녹지를 않네." 등으로 판소리에 관심을 보인 시인의 현대적 고전 활용이 기대를 모은다.

이어서 「대금 죽영당류(竹影堂流)」는 위의 집 아낙네들 칼질 솜씨나 판소리와 달리 심도 짙게 음악에 취한 경지를 다룬다. 대숲 바람 부는 달밤에 옛 신라적 향가에서의 제망매가를 연상하는 설움이나 만파식적(萬波息笛) 같은 대금소리를 통해서 한 깊은 마음의 대화를 읊은 것이다. 모두 네 개의 연으로 기승전결의 골격을 이룬 내용 가운데에는 집안에 메인 채 사는 아낙네 나름의 가득한 고독과 한 서린 고뇌가 사무치도록 다가든다. 그리고 대답 없이 대금을 부는 그 아낙네를 향해서 동병상련의 자세로 묻는 식으로 읊는 시인 자신과 독자들 가슴에 여울지듯 퍼지며 카타르시스 됨을 느낀다.

/바람이 흔든 대숲 파도 일며 밀려가/ 먼 바다 외딴 섬에 은둔한 해조음을/ 밤새워 뒤척이며 잠 못 들고 몸부림친/ 농음을 찾습니까?//종적조차 가뭇없는 만만파파식적 따라/끊길 듯 아스라이 이어지는 가락을/ 조각달 실패에 매일 밤 감고 감아/ 만월 밝혀 찾습니까?//월명 스님 달빛 밟고 누이 보러 가는 길에/이슬방울 굴리는 풀벌레 울음소리 /별들도 눈 반짝이며 숨죽이고 듣는 소리/애원성을 찾습니까?//쌍골죽 동강 내고 뼈마디에 구멍 뚫어/ 마지막 숨결까지 불어 넣는 입김으로/천 마리 종이학 날려 보내 찾습니다/ 허공에서 찾습니다/

—대금 죽영당류(竹影堂流) 전문

더욱이 대금을 통한 음악을 위해서 오늘의 서울쯤에다 옛 신라적 인물들과 달밤이며 바다 해조음까지 동원시키고 상상적인 시공간을 설정해서 가상현실인양 전경화(前景化)한 입체적 기법은 탁월하다. 여느 노력과 재능으로서는 좀처럼 도달하기 어려운 문학예술 세계의 꼭지점이랄까. 그 가운데 뼈마디에 구멍 뚫어 천 마리 학을 허공에 보내 찾는다는 마무리 부분은 절창일 만큼 빼어난다. 예술의 궁극적인 가치를 추구하는 높은 시 미학의 경지가 아닐 수 없는 것이다.

그런가 하면, 「화영당행장기(花影堂行狀記1)」이나 그 2는 앞 작품과 달리 자기 집을 벗어난 다음에 마을의 노파 자화상을 외양 중심으로 그려 보이고 있어서 경쾌하게 와 닿는다. '-봄바람 살랑이자'라는 부제를 단 그 1에서는 앞의 무거운 시 작품과 대조적으로 부담 없이 읽히는 것이다. 영화의 화면에 나타나는 인물의 움직임을 동영상으로 익숙하게 보여주는 형식이다.

첫 연에선 봄바람이 살랑거리자 흰머리가 부풀어 오른 화영당의 영상이 떠오른다. 그러고는 둘째 연에서 나물 캐러 나선 그녀가 셋째 연에서 검버섯 핀 자신을 알아차리게 하는 데서 마무리된다. - "/검버섯 핀 손으로 봄나물 캐다가/“얼레지도 광대나물도 꽃망울 터졌네”/ 두 볼에/저승꽃 핀 두 볼에/ 분홍노루귀꽃 피었네/”

—「화영당행장기1」에서.

끝으로 -‘우리 동네 어느 봄날’이라는 부제가 달린 「화영당행장기 2」 역시 젊은 시절의 과거와 노파가 된 현실을 희화화해서 흥미롭게 보여준다. 아무래도 심층적인 내면의 심경을 묘파한 앞의 세 시편에 비해서 외면풍경을 영상으로 보여주듯 묘사한 것이다. 그래서 결국은 내면 중심의 시와 외면 위주의 시가 적절하게 조화를 이룬 편이다. 이 작품에서는 세태변화에 따른 다문화가족의 혼인에 연결된 웃골 할매의 추억과 인생의 나이테에 따른 현실이 대조를 이루며 효과적으로 읽히고 있다. 모두 다섯 개의 연 가운데 1연, 4연, 5연만 차례로 들어본다.

끝부분에 비친 저승새의 대답이 일품이다.

혼수로 황사 몰고 몽골 색시 시집온 날/ 답례로 꽃가루 뿌옇게 날려 보내는 날/ (2, 3연 생략)/엊그제 몸을 푼 월남댁네 빨랫줄엔/ 울긋불긋 속옷들이 신명 나 막춤 추고//가마 타고 이 동네 들어서던 그날이/한바탕 봄꿈 같아 눈앞 흐린 웃골 할매/ 영감 무덤 찾아가 잔디 싹 쥐어뜯으며/ 어서 날 데려가소 혀 꼬부라진 어리광에 / 어디서 저승새가 대답한다/ 오호 그려 오고잡냐/ 호이 호이 호르르르 -「화영당행장기 2」에서.

에필로그

우리는 이상에서 일찍이 신춘문예로 등단해서 45년 동안 꾸준히 시 작업을 해온 김창완의 첫 선시집을 통해서 그의 시 세계를 살펴보았다. 그동안 김창완 시인 자신이 상재해서 출간해온 다섯 권의 시집 가운데 그 스스로 가려 뽑은 시들을 시집별 시대순으로 정리한 결정본이다. 그러므로 해당 시인의 주요 작품을 중심으로 시 세계를 총괄해서 보는데 유익한 책자이기도하다. 과연 김창완 시인은 누구이고 어떤 시문학의 깃발을 왜 들고 나와서 어떻게 얼마쯤 작용해 왔으며 얼마의 평가를 받으면서 앞으로 어느 방향으로 나갈 것인가?

특히 근래 객관적으로 엄격하게 시행하는 계간문예문학상에서 공모를 통해서 당선된 가운데 새로 쓴 역작 다섯 편을 중심으로 분석, 감상, 평가함과 동시에 기대지평을 제시해 보았다. 그 결과 김창완 시 문학의 중심 코드나 그 풍향계적인 지향성과 전망도 가늠해 볼 수 있을 것 같다. 특히 서구적인 모더니즘 취향의 시 작품들로 인해서 스스로 매몰된 채 허덕이는 요즘의 우리 시 문단에 전통적인 한국 시의 광맥을 찾아서 새롭게 지향해서 얻을 성과가 점쳐진다. 신인으로 등단한 이래 반시동인(反詩同人)으로서 민중시의 한 중심축으로서 역할해온 위치나 그 비중 못지않게 앞으로 활약이 더 기대를 모은다. 김창완이 여러 달 천착해서 이루어낸 수상작에 드러난 그의 밀도 짙은 시어 계발과 참신한 기법은 물론이요 보다 우리 것에 뿌리를 둔 숙성의 시 미학 추구는 바람직한 선택이 되고 남는다.

이런 점들을 발견한 것이 1970년대 이래, 같은 문단에서 활동해온 동료 문인으로서 모처럼 김창완의 시문학 세계를 선시집을 통해서 총체적으로 살펴본 보람으로 여겨진다. 아무쪼록 이 수상작에서 거둔 창의적인 모색의 성과나 지향이 앞으로 더욱 내실을 거둔 채 활성화되길 기대한다.

7. 그리움과 추억의 서정세계

정순영 시 읽기

근래 정순영(鄭珣永) 시인이 일곱 번째 사화집 『사랑』을 출간했다. 정 시인이 등단 이듬해 짙은 자줏빛 양장본으로 상재한 첫시집 『시는 꽃인가』를 받은지 40년 만에 논자가 받아보는 『사랑』의 감회는 새롭기 그지없다. 문청시절부터 한 캠퍼스에서 자주 만나던 푸른 꿈과 궁핍 속의 낭만들이 불혹의 세월 속에 부대끼며 서로 인생의 산마루 중턱을 지난 처지에서일까.

논자는 모처럼 정 시인의 이번 시집을 얻어 밑줄을 그으면서 즐겁게 통독하였다. 이전의 싱그럽고 풋풋하던 시적 감성은 그대로 살아 인생의 경륜을 실은 낙엽처럼 채색되어 있다. 그 대신에 시인은 사물을 한결 관조와 사색의 눈으로 살피면서 고뇌하는 모습을 드러낸다. 10년이면 강산도 변한다는데 첫 시집을 내던 때와는 숱한 세월의 강물이 흘렀던 것이다. 그 사이 대학교육 행정의 일선에서 수장 등으로 분주한 삶 속에서도 시문학의 끈을 놓지 않고 살아온 보람이다.

흔히 일상의 삶을 노래한 정순영 시인의 작품들은 결코 난해시가 아니라서 독자들과 대화하듯 친근하게 다가온다. 복잡한 사물의 정채있는 부분만을 감성적인 호흡의 결을 따른 언어의 명주실로 수채화처럼 그려낸 마음의 그림이다. 그러기에 어쩌면 정 시인의 시 작품들은 그대로 두고 읽는 이의 나름으로 감상함이 좋은 시편들이다. 꿈보다 해몽이란 말도 있듯 아무래도 이런 시집 평설이 오히려 정갈한 수채화에 무딘 붓으로 덧칠하는 일이 될는지도 모른다.

하지만 여기에서 논자가 정 시인의 제7시집에 실린 전편을 읽고 나서 논의함은 의미가 있을 것 같다. 우선 이전의 주요 작품도 몇 편 섞여 있는 이번 시집을 통독함으로써 40년 동안 행해져온 정 시인의 문학적 변모과정과 현주소를 살필 수 있다. 아울러 정순영 시인의 총체적인 작품 성향이나 작품의 중심 코드라 할 구체적인 특질과 과제 등을 추출해 낼 수 있는 것이다. 또한, 이 사화집을 통해서 평소 키 크고 속없다는 속담과 달리 우수 머금은 듯 고독하고 한결 다정하며 곡진한 시인의 내밀한 진면목을 만나 곧 깊은 인생의 대화를 갖기에 이른다.

시인의 뮤즈적 시 양상

이번 시집은 우리가 늘 궁극적인 테마로서 갈구해 마지않는『사랑』을 타이틀로 내세우고 있다. 가장 흔하고 쉽고도 어려운 이 표제를 은은한 색깔의 표지에 담은 채 모두 340쪽의 듬직한 분량을 이루고 있다. 더욱이 표지의 제목 아래 '명사 150인이 함께 읽는'이라는 글귀는 눈길을 끈다. 각 시편에다가 각계의 여러분이 손수 두어 편씩 자세히 읽고 감상한 바의 짧은 소감들을 첨부한 것이라서 두드러져 보인다. 우리 문단에서는 보기 드문 사례로서 앞으로 많이 활용되리라 싶다. 시인, 평론가, 작가 등의 문사(文士)들을 비롯해서 종교인, 정치인, 기업인, 화가, 의사, 간호사, 학자 등. 각계각층의 참여를 곁들인 시도가 참신해서 좋다.

정순영 시인은 여성스러운 이름 못지않게 따스한 마음과 섬세한 감성을 지니고 있다. 그래서 꽃이나 풀, 낙엽을 보고 눈물겨워 하며 곧잘 사랑을 구가하고 그리움과 추억 등을 뇌면서 사는가 싶다. 어쩌면 권세와 이권을 위해 다툼질하는 사회에선 동떨어진 순둥이인가. 그는 시편에서마저 간절한 메시지나 외침을 은유와 상징으로 에둘러 말하려 하지 않는다. 오히려 일반적인 시의 문법을 벗어나는 태도를 보이곤 한다. 가슴 시리고 애타는 아픔이나 목마른 사랑은 그냥 날 음식 같은 관념어 그대로 노래하고 하소연한다. 고독, 기도, 사랑, 세월, 영혼, 추억, 향수 등. 진솔하고 절실한 바람을 뼈저리도록 사무친 그것으로 독자들과 소통하며 감동을 함께 하는 것이다.

맨 앞에 표제어로 실린 작품의 경우부터 본보기가 되고 있다.

너는 꽃이라.
삶을 유혹하는 꽃이라.
새벽에 아린 가슴으로 눈을 뜨는
순수의 꽃이라.
햇빛을 받으면 불이 지펴져
활활 불타는 정열의 꽃이라.
사랑, 너는 꽃이라.
황혼에는
붉은 추억으로지지 않는 꽃이라.

―「사랑」 전문

전편 10행으로 이루어진 「사랑」은 객관적 상관물화한 꽃을 감성적인 호흡으로 그려낸 마음의 수채화이다. 향기롭게 불타는 사랑 같은 꽃의 현상을 새벽-낮-저녁으로 질서화해 놓은 한 폭의 문인화 같은 시편으로 다가온다. 여기에서 제목으로 관념화되었던 사랑은 향내와 열정을 지닌 사랑의 대상으로 실체화되고 있는 것이다. 흔히 사랑을 내포적인 언어로 암시해 주는 기법과는 상이한 접근법이다.

그런가 하면, 「목련꽃」 같은 경우는 거꾸로 여느 작가들이 으레 상징적인 꽃을 사랑의 표상으로 은유해서 내세우는 방법과 유사한 기법이다. 여기서는 사랑으로 가슴 터지는 듯 싶은 목련꽃을 통해서 가슴 아린 사랑을 그리고 있는 것이다.

> 아이고/ 목련꽃 터지네./ 사랑 가슴 아리면/ 처녀의 가슴이 터지네.//울음 머금은/ 붉은 진달래/ 덮어 안아 달래주며/ 환한 달빛아래/ 순결의 입술로/ 잠깐 거기 내 사랑 있소.//참으로 아름다운 슬픔이여/ 사랑의 결국/ 가슴 아린 추억이여./
>
> ―「목련꽃」 전문.

하지만 정순영 시인은 그의 시 대부분을 위의 「목련꽃」에서 보다는 앞의 「사랑」에서처럼 직접적인 관념어나 명사를 내걸고 절절하게 형상화하여 독자적인 시 세계를 구축해 놓고 있다. 그런 결과로 정 시인의 시 제목에는 관념어적인 용어가 많고 시 본문에도 구체적인 묘사보다 서술성의 시어가 적지 않게 엿보인다.

정순영의 일곱 번째인 이 시집은 모두 278편의 시편을 소재별로 나누어서 일곱 갈래로 묶어서 싣고 있다. 대표적인 시 제목에서 추린 그대로 편수가 고르지 않은 채 다음 같은 차례를 이룬다. '1. 사랑'은 식물적 이미지를 비롯한 연정과 자녀 사랑에 관한 47편, '2. 추억에 대하여'는 교우관계나 인생 및 사회변천상에 관한 30편이다. 그리고 '3. 세월'은 지나온 날의 갖가지 일이나 명상에 상관된 34편, '4. 따뜻한 눈물을 위하여'는 기독교적인 상상력과 신앙에 관한 32편을 모았다. 이어서 '5. 삶에 대하여'는 그동안 살아온 생활주변과 인생관 82편, '6. 귀거래사'는 귀향이나 향수에 관한 15편, 끝으로 '7. 떠도는 그리움'은 시공간을 넘어 마음에 어리는 정들을 다룬 38편이다.

위에서 보인 묶음에 드러난 사실처럼 낱낱의 시편들은 그 소재나 주제는 물론 호흡이며 표현 기법 면에서 다양하게 이루어져 있다. 대체로 데뷔 초기부터 두드러진 서정성이나 식물적 이미지 내지 따스한 휴머니즘적인 인정세계를 기틀로 하면서 일부의 변화를 모색한 모습이다. 사물의 대상이나 집필의 시차 및 분위기에 따라서 다름은 자연스런 일이다. 그리고 시단 활동 40년에 걸친 흐름의 과정 속에서 다소간에 시인 스스로 부단히 변모의 노력을 해온 결과이기도 하다.

다만 정 시인의 변하지 않은 시문학의 코드는 서정성임이 확인된다. 희랍 신화에서부터 인류에게 시와 음악의 여신으로 군림해온 뮤즈는 칠현금 악기의 장단에 맞추어 흥겹게 읊어져온 리리시즘으로서 서양의 전유물만이 아니다. 동양의 경우 역시 한시 등에서 음성, 음수, 음위율이 주를 이루어 시경(詩經)의 순진무구한 '思無邪'에 이른 것이다. 정 시인의 시문학에는 서투른 서구적 모더니즘과 상이한 전통적인 정서를 현대화한 서정세계가 그대로 잘 어울린다.

이번 시집에 드러난 정순영의 작품세계를 점검해보면 흥미롭기도 하다. 우선 다음 시에서는 위에서 만난 「사랑」「목련꽃」「누가」 등, 보다 생동하는 모습을 본다. 「봄맞이」의 "/꽃샘바람이 여태 남은 매서운 추위를 데리고 골목을 어슬렁거린다. / 이제 봄이 사립문에 들어섰나보다./" 또한 「봄맞이2」의 "/흥겨운 봄 처녀/ 꽃샘바람에 옷깃을 여미고/ 어서 오소서./" 여기에서는 장만영 시인이 「비」에서 마돈나처럼 등장시킨 순이의 경우처럼 봄을 자연의 정령인 봄 아가씨와 교감시키면서 싱그러움을 더한다.

그런가 하면, 아내나 손자들과 대화하는 단란함과 다르게 「아파트 숲」「서울 사람들」에서는 공해에 찌든 도심생활의 불편을 들고 있다. 나아가서 「어찌합니까」「춤」으로는 최근 팽목항에서 생긴 세월호의 아픔을 다룬다. 또 이순(耳順) 이후에는 사물을 바라보는 시인의 시선도 그윽하고 깊어진다. 「느림에 대하여」「물」「인생2」 등에서는 인생에 대한 관조가 두드러진다. 또 「술 마시는 까닭」「시내버스타기」「시력」「여생」 등에서는 성찰이, 「삶에 대하여」「망각」「황혼길」에서는 달관에 값할 내용들로 시선을 모은다. 그리고 릴케와 김현승을 연상케 하는 「가을의 기도」나 「간구」「기원」 등에서는 기독교적인 상상력을 활용하고 있다.

한편 형식면에서도 사물의 인상을 되도록 압축하는 시의 본령처럼 짧은시를 선보인다. 「시작법4」와 「비수(匕首)」는 그야말로 촌철살인 하는 단 한 줄과 석 줄의 언어로써 시 작품을 이룬다.

참으로 많은 할 말이 영글어 진주가 된다. —「시작법4」 전문

/햇볕이 그늘과 동행하듯이/ 사랑은 비수를 품고 /추억과 동행한다./

—「비수匕首」전문

그리움의 휴머니즘

그렇다면 과연 정순영 시 작품에서 자주 등장하는 시 제목이나 시어의 분포 및 사용하는 시어의 빈도수는 어떻게 드러나는가? 이런 문제도 정순영 시 문

학의 속성을 살피는데 중요한 요소가 된다. 이번 시집에 게재된 시 작품 모두를 검토해 본 논자는 다음 사실을 발견했다. 시어 중에서 사용 빈도수가 많은 대강의 순서는 참고가 된다.

(1) 그리움 (2) 추억 (3) 고향 (4) 고독 (5) 기도 (6) 사랑 (7) 나그네 (8) 꽃 (9) 새 (10) 삶 (11) 낙엽 (12) 세월 (13) 풀 (14) 바람 (15) 눈물 (16) 영혼 (17)달 (18) 비움 (19) 물음 (20) 향기.

그 가운데 「누가」 시편 경우는 위의 여러 시어를 노출시킨 채 혼합을 이루면서 종교적인 내용을 담고 있다. 이를테면, 시편 「누가」 경우에는 자주 쓰이는 고독, 기도, 영혼, 달, 그리움, 추억이 한 작품에 한꺼번에 함께 쓰이는 정도이다.

> 고독한 사람의 무릎 위에서/ 간절한 기도를 따라가면/ 영혼의 거룩한 길이 열린다./ /누가//창문 가득한 달의 가슴속으로/ 손 부비며 그리움을 따라가면/ 추억이 쌓인 오솔길을 만난다.//누가/ /고요의 열정 꼭대기로 타오르는/ 촛불의 심지에 나를 던지면/ 아픔에서 벗어나는 영혼을 본다./—「누가」 전문.

정순영 시인은 곧잘 시 창작에서 사물을 직관력으로 보고 느낀 간절한 마음을 그윽하고 단촐하게 엮어내는 언어의 미학을 구사한다. 이번 시집을 통틀어 시어로서 가장 많은 분포를 이룬 '그리움'에 해당하는 작품은 30여 편이 줄을 잇는다. 제목부터 「그리움」「겨울 그리움」「떠도는 그리움」을 비롯해서 실제 내용이 그리움이거나 또는 그 연장인 사랑에 이어 닿고 있다. 「가을꽃에게 묻다」「개망초 꽃」「고독에 대하여」「산에 들어서」「달맞이2」「나그네새」「아침 밥상」「보름달」「한 그루 나무가 되어」「안부」「텃밭」「향수」 등이다.

시인은 해가 떠서 지듯 그리움 역시 떠돈다는 이치를 달관하여 관조적으로 읊는다.

시를 통해 유한한 자기의 삶에서 스스로를 달래고 독자들을 위무하여 상호 치유하는 효과를 꾀한다. 이들 그리움은 결국 짙어지거나 잦아져서 사랑과 인간미 따스한 휴머니즘의 주제로 귀결되게 마련이기 때문이다.

/애틋한 사랑도/ 아침 이슬로 영롱하게 빛나다가/ 먼 그리움으로 떠나가리./ 저기 저/ 짙푸른 나뭇잎을 흔드는 부드러운 바람결도/ 누군가의/ 떠도는 그리움이리./

—「떠도는 그리움」에서.

그리고 시인은 어릴 적에 태어나서 자랐던 지리산 자락인 경남 하동군의 횡천면 옛 마을을 그리워한다. 청소년기 이래 고향을 떠나와서 서울과 부산 등지로 타관을 떠도는 향수가 짙게 배어난다.

/그리움 흠뻑 적시는/ 고향마을 옛집 어귀/ 손바닥만 한 국화꽃밭 이었다가

—「텃밭」에서

또「보름달」에서는 시인의 여느 작품과 달리 우주적 상상력을 발휘하여 그녀와 자아의 관계를 서사적으로 적어내서 눈길을 끈다. 보름달을 달에 이민 간 그녀의 지구를 그리워한 모습이라고 형상화한 접근이 흥미롭다.

그녀가 달나라로 이민 간 줄을 몰랐었다.
계사년 팔월 보름달을 보고 알았다.
맑은 만월을 보고
그녀인 줄 알았다.

고국인 지구가 그리워서
환하게 웃고 있었다.
금성과 토성의 화려한 춤사위가 어우러지고 있었다.
달나라의 그녀의 주소를 몰라 편지를 보낼 수는 없지만
해마다 팔월 보름이면
그녀의 환한 미소가 지구의 밤을 밝힐 것이다.
—「보름달」 전문.

추억으로 넘나드는 시공간

정순영 시에서 '그리움' 다음의 시어로 활용되는 '추억'도 많은 분포를 차지하고 있다. 제목부터 추억이란 시어를 단 작품도 적지 않을뿐더러 내용에 추억을 용해시킨 시편들이 줄을 잇는다. 「아름다운 추억을 위하여」「찻집의 추억」「추억에 대하여」「추억의 골짝에서」와 「가을비」「개보리빵이」「귀뚜라미」「시간」「오갈집」「애련(哀戀)」「강 언덕에 앉아」「목련꽃」「세상은 아름다운 곳이지요」 등이다. 여기에 해당되는 시편들 태반은 앞에 든 '그리움'과 '추억'을 단짝처럼 함께하고 있는 게 참고된다.

소설이나 수필에서의 과거 회상처럼 추억은 현실에서 지난날 잊지 못할 시절이나 특정한 공간을 되살려 올려 내는 연상 작용이다. 따라서 특히 상상력을 위주로 하는 추억 활용법은 배경 전환이 자유롭고 그 시간과 공간 영역을 다양하게 넓혀서 활용하는 기법으로 유용하다. 이런 면에서 자유자재로운 추억을 통해서 원활하게 접근하는 정순영의 시 창작은 그 시간이나 공간 영역의 활용 면에서 특장점을 지닌다.

집에서 서재를 정리하다 옛 사진을 발견하여 1970년대 정공채 시인 등과 서울 시내 단골 댓포집에서 술을 마시던 시절을 회상해낸 실명시(實名詩) 「오갈집」은 현재와 과거의 공간을 잇는 작품으로 인상 짙다. -/"정공채 시인은"/ '미8군의 '짚차'를 타고 "/ 용산거리를 질주하다가/ 삼각지쯤에서 호탕하게 웃는/ 웃음소리가 들린다./" 이미 고인이 된 정공채와 기형도가 단골로 드나들던 광화문의 술집이야기를 쓴 「소문난 집」도 마찬가지이다.

반면에 앞에 든 「목련꽃」에서 봄 처녀의 터질 듯한 가슴처럼 피어나던 "가슴 아린 추억이여."의 감동은 위의 대폿집 분위기와 상이하다. 또한, 우수 머금은 채 가을비가 좋다는 시 역시 그 음미하는 느낌이 다르다.

텅 빈 길거리에서/ 추억을 적시는 가을비가 좋습니다./ 가슴을 적시는 쓸쓸함이 좋습니다./ 가을비속에서 숙연한 것은/ 고독하기 때문입니다./ -「가을비」에서.

더욱이 지적인 의미로 아픔과 아름다운 추억을 이야기한 시구절도 위의 작품들과는 비교된다.

/포근한 겨울이기 위해서는/ 더 매서운 추위가 있어야 한다./ (중간 두 연 생략)/ 아름다운 추억을 위해서는/ 더 많은 아픔이 있어야 한다./-「아름다운 추억을 위하여」에서.

끝으로 「애련哀戀」에서는 특히 '추억을 만나고 오는 사람'의 눈물과 이슬 맺힌 꽃잎의 '아리는 그리움'이 서정의 하모니와 함께 삼위일체로 어우러진 정순영 시문학이 돋보이고 있다. 여느 서구적 난해시나 열띤 참여 열이 가신 채 순수서정의 감성이 우리 가슴에 와닿고 있는 것이다. 그리하여 이런 시 작품은 일상의 메카니즘에 시달린 나머지 파김치 된 현대인들의 심신을 식혀주고 힐링해 주는 치유의 효과를 전해준다.

풀꽃을 만나고 오는 바람처럼
추억을 만나고 오는 사람의
눈물이 영롱하다
까치울음에
이슬맺힌 꽃잎이
아리는
그리움으로
파르르 떤다.
여명에 지워져가는 새벽달의
해맑은 그리움으로.
—「애련哀戀」 전문.

위에서 정순영 시인의 시집『사랑』을 중심한 그의 뮤즈적 세계를 살펴보았다. 마침 문단 데뷔 연륜이 불혹(不惑)인데다 바야흐로 인생 나이테도 이순(耳順)에서 종심(從心)의 길목으로 향하는 정 시인에겐 뜻깊은 이정표이기도 하다. 삼위일체적인 그리움과 추억의 서정미학으로 점철된 그의 사화집은 소중한 성과물이 아닐 수 없다. 바라건대, 이제 사회적인 일은 거의 내려놓은 정 사백께서 앞으로 한국 시단에 바람직한 좌표가 될 새로운 성과도 기대한다.

제3부 다양한 문학담론의 세계

1. 정지용 시인의 산문 지향 양상

소설, 수필, 평론을 중심으로

문제 제기

우리의 민족사적인 일제 강점기에 이어 광복 이후의 분단 비극 등을 온몸으로 겪으며 그 아픔을 절절하게 써온 정지용(鄭芝溶,1902~1950?). 시인의 탄신 112주년을 맞아 논자는 문학도의 한 사람으로서 시인의 고향인 옥천에서 가진 '지용제' 행사에 세미나 발표자로 참석한 바도 있다. 중학교 음악시간에 교실에서 가곡으로 익힌 「고향」의 정감도 새로워진다. 아울러 2005년 가을에 시인이 유학한바 있던 일본 교토의 동지사(同志社)대학 교정에다 정지용 문학비를 세운 행사에 참여했던 한사람으로서 정지용문학의 한 면을 접근해 보기로 한다.

여기에서는 새롭게 정지용의 소설과 수필 및 평론에 걸친 산문들을 시 작품과 대비하며 입체적으로 고찰해 본다. 지금까지는 으레 지용의 이해나 평가에서 시문학에만 치우쳐서 접근해온 나머지 적지 않은 오류와 한계를 지녀왔기 때문이다. 사실 정지용은 작품의 발표 연대상 시보다 소설부터 먼저 시작했을 뿐더러 작품의 질량 면에서 수필, 평론에 이르기까지 산문 분야가 적지 않은 분포이다. 더욱이 시인 자신의 창작 의식면에서 우리가 지나쳐 왔던 산문분야에 애착을 보여 온 확증이 드러난다.

정지용의 위와 같은 문학 작품 실상은 지금까지 나와 있는 두 개의 전집에서 파악할 수 있다. 먼저 정지용 자료 활용이나 그에 대한 연구가 해금된 직후 나온 김학동 편『정지용 전집 1』시, 동『전집 2』산문(민음사, 1988. ~이후 개정판도 있음). 이 2권짜리는 처음이기에 연대순 정리가 적잖게 흐트러지고 자료의 누락된 작품들도 적지 않다. 그래서 그 전후부터 오랫동안 정지용을 체계적으로 조사, 연구하여 일본유학시절 작품이나 새 발굴 자료를 찾고 보완한 최동호 엮음『정지용 전집 1』시, 동『전집 2』산문 외로 연구자들을 위한 동『전집 3』원문시집 (서정시학, 2015)까지 최근에 펴낸 3권짜리 전집이 있다. 따라서 이 자리에서는 편의상 위의『정지용 전집』두 가지를 텍스트로 활용하되 그 발표 당시의 게재 지나 저서를 참고하도록 한다.

이들 텍스트 가운데 특히 산문 작품들에 나타난 다양한 정보와 작품내용을 시문학에 반영된 그것에 대비하고 동시에 상이점과 동일성을 가려보려 한다. 특히 시인 스스로 과거의 지겹게 가난했던 일은 회상하기도 싫다며 그의 수필들에서마저 유달리 어릴 적의 구체적인 삶에 대해서는 숨기듯 삼가온 성장의 수수께끼 같은 비밀 보자기는 발견할 수 없을까? 이를테면, 그의 시나 소설에 상이하게 등장하는 어머니의 정체 및 가족의 상관성과 어릴 적의 상처에 기인한 고독과 애증의 반영방법 등도 점검해 본다.

말하자면, 이 소론에서는 정지용문학 연구에서 근래의 신비평적인 문학텍스트 중심의 접근에다 재래의 전기(傳記)적인 역사주의 연구방법을 곁들이는 시론(試論)을 펴본다. 역시 문학 본연의 작품만으로는 정지용 문학의 핵심을 제대로 파악하기 어려우므로 문학 밖의 성장과정이나 심층심리 등을 참고로 상호 보완시키는 복합적 접근이 바람직하기 때문이다. 우리는 정지용문학을 이전처럼 시문학 일변도의 접근 태도를 지양하고 상호 밀접한 관계를 지닌 산문작품도 활용하여 풀어내야 한다. 이 글에서는 일제강점기 당시 한반도 안팎과 광복 후 문학에서 소설, 수필, 평론 등의 상호 텍스트적 방법으로 지용의 산문지향 의식을 비롯한 몇 가지 숙제도 풀 수 있을 것 같다. 먼저 이 글에서는 지금까지 시문학에만 치우쳐온 정지용문학 연구의 문제점을 들었다. 이어서 시문학과 상대적인 산문연구의 필요성과 그로 인한 양 장르의 상호보완성을 점검해 본다. 그러고 나서 시대별 활약상에 따른 시문학에 대비된 소설과 기행문을 아우른 수필이나 평론을 점검하고 나서 마무리에서는 위에서 살펴본 총괄적인 문제점을 간추려서 정리해 본다.

지용문학의 장르적 전개 양상

최동호 엮음의 『정지용전집』 1, 2권 중심으로 한 통계에 의하면, 정지용이 발표한 작품 현황은 다음과 같다. 시 작품의 경우, 현대시는 물론 시조나 민요조 작품 등을 포함한 창작시가 모두 167편이다. 이 가운데는 한국어 창작시와 중복되는 경우 등이 있어 일본어 창작시 47편과 영문 시를 번역한 65편은 포함시키지 않았음은 물론이다. 이에 비해서 산문의 경우는 위 전집 2권 말미의 목록과 실제 작품 내용을 점검해 본 결과 총 161편으로서 이 가운데 소설 1편, 평론 46편, 수필 106편, 기타 8편 (좌담 1편, 앙케이트류 설문답 7편)으로 나타난다. 여기에서도 일본어 산문 6편, 평론문 격인 영어로 쓴 논문 1편은 포함시키지 않았다. 요컨대 최근까지 발견된 정지용의 작품 수효는 모두 합해서 시 167편에 대해 산문 161편으로 그 작품 편수는 두 장르가 호각세를 이루고 있다. 어쩌면 시 장르와 대조적으로 다양한 분야로서 비교적 긴 분량을 지닌 산문의 비중은 크게 보인다.

이런 시와 산문 작품의 비율을 참고하며 정지용 시인이 실제로 많이 선택하여 발표했던 작품들을 장르별 순서대로 살펴보면 다음과 같다. 우리는 여기에서 글의 분량보다는 정지용의 자연적인 연령과 더불어 시대상이나 장르 분포에 따른 문예작품상의 변천상을 알아낼 수 있다.

1) 모색기 - 습작소설 「三人」의 경우

연보를 살펴보면, 정지용은 휘문고보 1학년 때 학업성적이 88명 중 수석일 정도로 우수하면서도 문학에 열중한 학생이었다. 학업 밖의 문학적 저력은 교내에서 서로 마주한 선배 홍사용, 박종화, 김영랑 등과의 문학적인 교감 영향도 컸으리라 여겨진다. 3.1운동과 당시 휘문학교의 사태로 동급생인 이선근과 더불어 무기정학을 당하는 상황 속에서도 정지용은 문학 공부나 창작 모색에 열심이었다. 고보 졸업 후 일본에 유학을 떠날 무렵까지도 정지용은 휘문의 졸업생과 재학생이 함께한 문우회의 학예부장으로서 그 창간호에 타고르의 시집 '기탄잘리'에 실린 시 9편을 번역, 수록할 정도였다.

이런 정지용이 문학 작품을 통틀어 처음으로 활자화해서 발표하기는 단편소설 「三人」이다. 3·1 운동이 일어난 바로 그해 말엽, 휘문고보 2학년 때 종합잡지 《서광(曙光)》 창간호(1919. 12)에 게재된 것이다. 당시 18세 학생의 습작품답지 않게 신선한 이 단편은 그가 21세 때인 1922년에 쓴 첫 시 작품으로 썼다는 「풍랑몽」보다 3년이 먼저이고 시 작품이 발표된 1926년에 재일 유학생회지 《학조》 창간호에 처음 발표한 「카페 프란스」 등의 시편들보다 7년이 더 빠른 셈이다. 당시 일상처럼 한자 노출이 많은 대로 당시로선 신선한 문장으로 그 무렵 가난한 처지로 서울에서 공부하는 자전적 주인공의 모습이 선연하게 드러난다. 몇 군데의 아래 아 한글을 현대 표기로 바꾸어 작품의 몇 군데를 살펴보면 정지용소설의 실체를 엿볼 수 있다.

짧은 여름밤 어느 틈에 지나가고 녹일 듯이 쪼이는 태양 혈혈한 그 빛을 다시 보내일제 온 세계는 그의 힘에 묻히고 그의 품에 쌓이었다. 푸른 물들 듯한 숲 속으로 솔솔 새어나오는 아침 바람 차차 힘없어지며 은빛 찬란한 풀끝에 맺힌 이슬 부지중에 사라지고 왕래하는 사람들 부채로 낯을 가리었다 다시 활활 흔들었다 한다. 재동(齋洞) 병문으로 나와 관현(觀峴)으로 빨리 달리는 소년 세 사람 손목 맞잡았다. 하얀 일리(日履)로 싼 모자 이마까지 덮어쓰고 약간 때 묻은 듯한 회색의 교복을 입었다. 통통한 두 볼 햇볕에 그을어 검붉은 빛 띠었고 꼭 다문 잎 고은 두 눈 광채 있다. 키도 같고 얼굴도 거진 15,6세의 소년들이다. 에리에 3자 붙인 XX고보생도(高普生徒)이다.

이런 작중인물의 성격이나 서울 하숙생활의 서두 부분에 이어서 모처럼 여름방학을 맞이하여 친구들과 기차로 고향집으로 내려오는 대목을 들어본다. 옥천 정거장 모퉁이에서 정다운 남매가 만나는 장면이다.

보고 싶은 오빠! 그리운 오빠! 오시는 날 마중 나갈 사람도 없고 몸소 나가자니 처녀의 몸이라 활발하게 큰길에 나갈 수 없는 양반의 딸이라 종일 혼자 속을 태우다가 … (중략)

"에! 경희(慶姬) 너 어찌 여기 나와 있니, 혼자."

"오빠 뵈러 나왔지. 나는 오빠 아니 오시는가 하고 이때까지 울었어요."

"왜 울기는 울었단 말이냐? 길가에서? 어머님도 안녕하시고 아버님 집에 계시냐?"

"아버님은 당초에 집에 오시지도 않아요! 어머님은 두통이 나셨어요."

"두통! 편치 않으시단 말이냐? 어서 들어가기나 하자."

"오빠! 오빠 가진 것 내가 들고 가게 이리 주세요."

"네가 이것을 들어? 약질(弱質)이 무거운 것을?"

"에그 그걸 못들어요? 이것 주세요."

이렇게 의좋은 남매가 시골의 제집으로 든 날 어머니는 아들을 끌어안고 반긴다. 하지만 그날 밤에 경호는 머리에 수건을 동여맨 채 하소연하는 어머니의 비장한 말을 듣는다.

"경호야! 나는 너의 남매가 없으면 무슨 자미로 살아있겠니? 너의 아버지는 돌아보지도 않을뿐더러 집안에 계시지도 아니하시는구나. 이 다 쓰러져가는 거지움(막) 같은 집에 있으시기가 싫으셔서 그러시는지는 모르겠으나 쓰러져가는 집에 굶주리고 입지 못하고 억지로 살아가는 내야 무슨 죄란 말이냐? 경호야 경호야, 나는 너의 남매를 위하여 이 집을 지키고 있다. 쓸쓸한 이 세상에 붙어 있는 것이다. 그도저도 인제는 집터까지 팔리었다는구나. 그 독사 같은 터주인이 이 집을 떼어내라고 성화같이 조르는구나."

사실 경호는 열다섯 살이 되도록 어머니 품속에서 사랑받고 삼 년 동안의 서울(京城) 유학도 어머니께서 보내준 학자금으로 가능했지만 이제 중도에 그만둘 사정인 것이다. 이런 번민과 공상들로 뒤척이던 경호는 까무룩 잠든 채 깨어난다. 갑자기 내린 소나기에 천정에서 줄줄 새어 내린 빗물로 인해서 세 식구가 괴로운 밤을 지새운다. 그리고 말끔히 개인 이튿날 아침에는 우물가에 핀 무궁화를 보면서 경호는 대화하듯 읊조린다.

무궁화 무궁화/ 좋은 이름이다. 영롱한 아침볕/ 너에게 비쳤다/ 사랑하는 나는/ 네

앞에 나왔다/ 좋은 네 고은 빛/ 한만년 가지렴/ 무궁화 무궁화/ 좋은 이름이다./

그러고는 그날 아침에 조경호는 대팻밥모자 차림에다 식물채집 통을 들고 찾아온 서울 유학생 친구인 최(崔)나 이(李)와 함께 어울린다. 그들과 더불어 최(崔)의 과수원으로 가며 빨갛게 익은 복숭아를 따서 수건에 싸들고 산 비탈길을 오르는 것으로 끝내는 줄거리이다. 일제강점기 당시 학생이던 작가 자신을 주인공으로 내세워 그의 이틀 사이에 걸친 삶을 순행적으로 그려낸 단편이다.

삼일운동 직후인 그 무렵에 무궁화를 가벼운 시 가사처럼 말미에 실어서 시적인 취향에다 배달겨레의 민족적인 항거 메시지를 상징적으로 표상하고 있다. 당시 만세운동의 여파 속에서 광복 후에 문교부 장관을 지낸 동급생 이선근 등과 학교 수업을 거부하던 무렵에 쓰이고 발표된 시점도 이를 뒷받침한다. 그것은 일제 당국의 철저한 검열망을 피하기 위해서 무궁화를 통한 우회적 장치 활용으로써 식민통치에 향한 대응전략인 동시에 운문적인 시 장르 선택의 전환 성향을 드러낸 것으로 파악된다.

2) 초, 중기- 왕성한 시 창작활동

정지용은 위에서 살핀 바처럼 휘문 고보 재학 중이던 1910년대 말에 처음 소설로 출발했다가 고보 졸업 이후에는 시문학으로의 전향을 이룬다. 그런 다음, 1920년대 중엽부터 1930년대 말엽까지의 15년 남짓한 기간에 시작활동의 왕성한 성과를 보인다. 박용철, 김영랑 등과 함께 《시문학》파 활동을 하던 전후의 무렵이다. 이전의 전통적인 서정성과 서구적 이미지즘을 가미한 「향수」「고향」「엽서에 쓴 글」「이른 봄 아침」「바다」 시리즈 등이 돋보인다.

역시 위 전집의 1,2권 말미에 붙인 자료목록을 통해서 시와 산문의 상대적인 발표 빈도를 파악할 수 있다. 지용이 시에 눈뜨고 본격적으로 창작에 임하기는 일본 동지사대학 예과와 본과 영문학과에 재학 중이던 1924년~ 1927년부터였던 것으로 보인다.

교토에서 여러 편의 한글 시를 쓰는 한편 동지사대학 내의 예과 학생회지를 비롯해서 동인지인 《가(街)》《자유시인》《근대풍경》 등에 일본어로 일부 시 작품을 활자화한다. 그러고는 1926년 재일 유학생지인 《학조(學潮)》 창간호에 「카페 프란스」 등 창작시 18편, 1927년에 여러 국내 문예지 등에 31편을 발표한다. 하지만 대학졸업반이던 1928년이나 휘문고보에 영어교사로 부임한 1929년에는 거의 공백상태이다. 그러다가 박용철, 김영랑과 더불어 시문학파 트로이카로 활약하던 1930년에 들어서는 주목되는 시 20편 발표로써 전성기를 이룬다. 문단의 분절점 가운데 이 기간이 「향수」 등을 비롯해서 「바다」 연작과 우리가 애송하는 명작 시들로써 그의 문학 활동을 통틀어 질량으로 정점을 이룬 것이다. 감각적 언어와 이미지즘적 상징성의 시편 및 일부 가톨릭적인 신앙시를 묶은 『정지용시집』(1935)이 대표적이다.

하지만 1931년 이후 1939년까지는 거의 매년 9편 미만의 시 발표로 소강상태를 보이다가 40세인 1941년에 이르러 「진달래」「인동차」 등 10편을 《문장》 22호 특집으로 정점을 찍고는 이후 급속한 하강세이다. 이후의 동양적 정신 지향성을 띤 연작시 아홉 편으로 이루어진 『백록담』(1941)은 적잖이 시의 유연성이 가신 조락 현상을 드러낸다. 그것은 아무래도 《문장》지가 강제 폐간을 당하고 자신의 시집 『백록담』을 내놓던 그 무렵에 "친일도 반일도 못한" (「조선시의 반성」, 《문장》 27호, 1948) 환경과 생활 때문에 가장 괴로웠다는 기록도 참고가 된다.

3) 후기- 수필, 평론 등 산문의 강세

텍스트인 예의 『정지용전집』 수록작품 연보와 실제 산문작품의 빈도수들을 점검해 보면 다음과 같다. 구체적으로 정지용의 시 창작 활동이 침체한 1941년 이후는 상대적으로 산문 활동이 활발하다. 이전에는 1919년 소설 1편 이후 1923년 《휘문문학》 창간호에 평론 2편 외로는 산문의 경우, 1933년에 「소묘」 등 수필 10편만 반짝했을 뿐 미미했었다. 그러다가 시 창작 활동이 크게 줄어든 1936년부터 1940년까지는 상대적으로 산문이 왕성한 실적을 보인다. 1936년- 문예 좌담회 1편을 포함해서 수필 8편 (시는 3편), 1937년 - 평론 1편, 좌담회, 설문 3편을 포함한 연재 수필까지 산문은 21편(시는 「비로봉」 등 3편), 1938년- 평론 8편을 포함해서 수필 등 26편 (시는 7편), 1939년 평론 14편, 수필 5편 및 좌담 등 21편(시는 7편), 1940년- 평론 7편, 수필 6편 등 13편 (시는 2편)이다. 여기에서 다루는 수필과 평론 내지 시론은 견해에 따라서는 에세이류로 한데 묶어서 계산할 수도 있겠음을 참고해 둔다.

① 기행문 시리스와 수필

1930년대 말엽에 들어서는 이전의 서정성이 바래져 나간 나머지 동양적 정신 지향의 산문시 성향의 『백록담』(1939, 1941) 이후, 시보다는 수필이나 기행문 등 산문을 계속 발표하고 있다. 《가톨릭청년》에 「소묘」 (1933) 시리즈를 달마다 써서 연재하기 시작했다. 남대문통의 성당 주변에서 만난 신부 이야기며 밤의 램프불, 일본유학 추억담 등. 그러고는 《조선일보》 등에 「수수어(愁誰語)」(1936~‘37, 1940) 라는 이름의 다양한 문체의 수필을 잇달아 여러 해 동안 써낸다. 그 첫 회분 가운데 서두 부분을 참고해본다.

한가롭어 글이나 쓰겠다는 이가 부러울 리 없으나 바빠서 창을 밝히고 자리를 안존히 할 겨를이 없어 붓대를 친할 수 없음이 섧지 않으랴.

하도 바뻐 초서(草書)를 쓰기 어렵다는 말이 있으니 초서도 본시 급할 때 빨리 쓰기 위한 글씨가 아니리라. 굴르는 바퀴를 따라 붓이 또한 달릴 수 있다면 히한히 좋을 것이로되 줄을 바르히 세로 긋고 가로 치고 칸칸에 또박또박 한 자씩 써 채우기만 하라는 그만한 재조가 내게는 없어 원고지를 펴고 굽어보면 뛰어들가 싶지도 않어 벅차기가 호수와 같다. 글이란 원래 한 가지도 능한 것이 없는 선비가 쓰는 것이런가.

-수필 「수수어(愁誰語)」(《조선일보》 1936년 6월) 중에서.

그러고 나서는 나머지 신문 잡지에도 빈번하게 더 많이 기행수필을 연재한다. 그 원인은 "시 고료는 한 푼(一分)도 못 받었습니다."(《신인문학》 1936. 8.)라는 시인의 대답에서도 찾을 수 있다. 가장으로서의 후생을 위한 원고료 문제도 작용했을 것으로 추측된다. 우선 시 작품과 달리 《동아》《조선일보》에 연재한 「남유(南遊)」(1938)에선 강진 등 호남의 남해안지방을 정감 있게 썼다. 일본 교토(京都)에서의 유학시절을 회상한 「압천상류(鴨川上流)」도 이에 포함된다. 특히 《조선일보》에 연재한 「다도해기(多島海記)」(1938)에서는 시인 김영랑, 김현구와 동행해서 목포에서 배를 타고 추자도를 거쳐 제주도 한라산에 등반한 기록이다. 그 이듬해에 발표된 그의 9편으로 된 연작시 '백록담'의 모티프임이 틀림없다. 지용문학에 미친 시와 산문의 상관성을 겸해서 참고해 둘 '귀거래(歸去來)' 가운데 서두 대목이다. 개인적인 감동이로되 시 작품 창작과 직결된 내용인 것이다.

해발 1950 미돌(米突)이요 이수(里數)로는 60리가 넘는 산 꼭두에 천고(千古)의 신비를 감추고 있는 백록담 푸르고 맑은 물을 곱비도 없이 유유자적하는 목우(牧

牛)들과 함께 마시며 한나절 놀았습니다. 그러나 내가 본래 바다이야기를 쓰기로 한 것이오니 섭섭하오나 산의 호소식(好消息)은 할애하겠습니다. 혹은 산행(山行) 120리에 과도히 피로한 탓이나 아니올지 나려와서 하롯 밤을 잘도 잤건마는 축항(築港) 부두로 한낮에 돌아다닐 적에도 여태 것 풍란(風蘭)의 향기가 코에 알른거리는 것이요 고산 식물 암고란(岩高欄) 열매(시레미)의 달고 신맛에 다시 입안이 고이는 것입니다.

—(《조선일보》 1938년 8월.)

이어서 《문장》과 《동아일보》에 길진섭 화백의 그림을 곁들여서 연재한 「화문행각(畵文行脚)」(1940)에서는 평양, 의주 등 평안도를 돌아서 만주지역 온천장까지의 기행을 다룬다. 그리고 한국전쟁 직전 무렵에 《국도신문》에 연재한 「남해5월 점철(點綴)」 시리즈에서는 그림을 맡은 납북 직전의 정종여 화백과 동행하며 부산, 통영, 진주 등지의 여행기를 연재하였다. 그 가운데 아마 지용이 한국동란 이후 행방이 묘연하게 되기 마지막 작품으로 추정되는 글을 살펴보기로 한다. 1950년 5월 상순부터 6월 하순까지 거의 매일 당시 영남지역 신문인 《국도신문》에 연재하던 중 6월 28일자로 발표된 기행문이다. 지용의 여느 기행 수필과 다르게 이「진주 5」에서는 서두와 맺음부에서 진주의 역사성을 평양의 그들과 대비되는 지방 기생의 존재를 입체적으로 다루어 눈길을 끈다.

진주성이 왜군에게 포위 함락되기 전에 당시 방백 서원례(徐元禮)는 변복에 삿갓을 쓰고 말티고개를 넘어 제 목숨 위하여 도망쳤고 3장사 최경회(崔慶會), 황진(黃進), 김천일(金千鎰) 등 이하 모든 충용한 장병들은 끝까지 싸우다가 옥쇄 자결하되…… 혹은 목을 찌르고 혹은 촉석에서 남강에 던졌다. 평화가 회복되자 논개사당 옆에 논개사당보다 조금 큰 충렬사가 섰다. 3장사 이하 모든 충혼을 모신 사당이다. …(중략)…

진주에는 자고로 불교가 성행한다. 사찰에 늙어서 죽어서 모이기는 절대 많은 기생

정신녀들이라고 한다. 그들은 논개사당에 복을 비는 것이 아니고 향화를 받들 뿐이요, 칠겁의 복락을 사찰불전에 의탁한다. 사찰 수입에도 지대한 관련이 진주기생에 있는 것이다. 0000 너는 아름답다. (《국도신문》, 1950. 6. 28.)

하지만 정지용의 기행수필은 최남선이 일제강점기에 전국 산하를 답사하며 국토의 수려함과 그 고장의 역사적 내력은 물론 사찰의 연혁 등에 천착한 「심춘순례(尋春巡禮)」나 이광수의 「금강산유기(金剛山遊記)」같은 밀도감을 보이지 않는다. 대체로 여행지에서 만나는 인정과 눈에 보이는 문화감각적 풍물에 가끔씩 남다르게 서양적 문화 이야기를 곁들이되 평면성에 머문 편이다.

② 후기 강세인 평론

특히 1939년에는 발표 산문 21편 가운데 비중 있는 「시의 옹호」, 「시와 언어」,「시의 위의」 같은 본격 비평을 비롯해서 박종화 소설평이나 《문장》의 심사평인 「시선후」 등으로 평론이 두드러진다, 1939~1940년대 평론이 14편으로 대다수이고 문단 앙케이트 2편밖에 수필은 5편뿐이라서 평론이 초강세이고 1940년에 발표한 글 13편 가운데 평론 7편, 수필 2편으로 평론의 우세를 드러낸다.

가장 정신적인 것의 하나인 시가 언어의 제약을 받는다는 것은 차라리 시의 부자유의 열락이요 시의 전면적인 것이요 결정적인 것으로 되고 만다. 그러므로 시인이란 언어를 어원학자처럼 많이 취급하는 사람이라든지 달변가처럼 잘하는 사람이 아니라 언어 개개의 세포적 기능을 추구하는 자는 다시 언어미술의 구성조직에 생리적 Lift-giver 가 될지언정 언어 사체(死體)의 해부집도자인 문법가로 그치는 것도 아닌 것이다. 그러므로 언어는 시인을 만나서 비로소 혈행과 호흡과 체온을 얻어서 생활한다.

시의 신비는 언어의 신비다. 시는 언어와 Incarnation적 일치다. 그러므로 시의 정신적 심도는 필연으로 언어의 정령을 잡지 않고서는 표현 제작에 오를 수 없다. 다만 시의 심도가 자연 인간생활 사상에 뿌리를 깊이 서림을 따라서 다시 시에 긴밀히 혈육화되지 않은 언어는 결국 시를 사산시킨다. 시신(詩神)이 거(居)하는 궁전이 언어요 이를 다시 방축(放逐)하는 것도 언어다.

—「시와 언어」(《문장》 11호, 1939)에서.

시인 정지용은 문단 활동에서 후기에 속하는 1930년대 말 이후 한국동란 발발 무렵에는 전에 없이 문학평론에 나선다. 말하자면 그의 글쓰기는 이전의 유연한 시 창작에서 견고한 지성적 비평 활동을 드러낸다. 여기에서 특기해 둘 바로는 1938년부터 1940년까지 《문장》지에 연재된 정지용의 심사소감인 「시선 후」를 평론에 포함시켜서 빈도수를 반영한 사실이다. 당시 문학지망생인 조지훈 박두진 박목월 김수돈 김종한 박남수 이한직 등의 신인 응모작에 대한 심사평이지만 그 문학적인 이론과 창작면의 무게나 밀도감을 배려해서이다. 평소 미술에도 조예가 깊은 정지용은 문학지망자들에게 "문인인 자 반드시 반성할만한 것이 그대들은 미적 연금에 있어서 화가에 미치지 못하고 지적 참모에 있어서 장교를 따르지 못하는 어중간에 쩔쩔매는 촌놈이 대다수" (《문장》9호, 1939. 9.)라며 시인의 미술적 소양을 강조하는 등, 그 폭이 넓고 다채로움을 드러낸다.

그리고 광복 후의 정부 수립기에는 정지용도 좌우익의 이념 논쟁의 소용돌이에 휩쓸린 수난을 겪는다. 그런 나머지 그는 시사적이고 공박적인 산문을 빈번하게 발표하며 1930년대 전후 무렵의 원초적인 시문학 창작세계에 비해서 황폐한 모습을 드러내고 만다.

지용이 시를 못 쓴다고 가엾이 여기어 주는 사람은 인정이 고운 사람이라 이런 친구와는 술이 생기면 조용조용히 안주 삼아 울 수가 있다. 前 고관이 그가 아직 제복을 만들어 입기 전 지난 이야기지만 나를 불러다가 한 말이 " 내가 미주에 있을때 당신의 글을 애독하였고 나도 문학을 하여 온 사람이요. 이때까지의 당신의 태도는 온당하였던 줄로 생각하나 만일 조금이라도 변하는 경우에는 우리도 생각이 있오.

그러고 당신이 문과장 지위에 있어서 유물론 선전을 한다니 그럴 수가 있오! 당신이 지도하는 학생들이 따로 모이어 무엇을 하고 있는 줄을 아시오? 일간 당신네 학교에서 무슨 소동이 나기 하면 문과장만으로서 책임을 져야 하오."

－「산문」(1948) 에서.

지용문학의 중심 코드들

정지용은 수많은 시나 수필들에서 자신의 부모에 관한 사항 등, 성장과정에 얽힌 가정 이야기를 삼갔다. 앞에서 알아본 대로 소설, 시편들에 실체가 일부 굴절되어 나타날 소지가 많다. 그러므로 우리는 정지용문학 연구에서 역사적 비평의 가계 정보를 비롯한 성장 환경과 현대적인 작품 분석을 겸해볼 만하다. 그것에서는 먼저 연일 정씨인 부친이 서손인데다 장남인 지용의 친모 밖에 계모와 이복누이 둘을 두고 있었다는 사실을 참고해둘 필요가 있다. 따라서 우리는 이런 문제를 상호텍스트적인 접근으로 풀어볼 만하다.

그렇다면 과연 그의 첫 소설을 위시하여 수많은 시, 수필 등의 창작 중추를 이룬 잠재적 키워드는 무엇일까? 그것은 아무래도 앞에서 살폈던바 정지용 자신이 겪었던 어릴 적의 유난했던 가난과 외로움으로 인한 허기짐으로 보인다. 하지만 정작 그 뿌리의 실체는 그 자신이 좀처럼 구체적으로 밝히지 않았지만, 소설 「삼인」과 시 「옛 이야기 구절」 「향수」 등의 작품에 아련한 그리움으로 떠오르는 옛 고향 이미지의 축인 부모들과 누이 등에 이른 가족의 정체도 모호하여 숙제로 남는다.

① 유년의 가난과 고독감

위와 같은 내용을 감안하면, 비록 한 편뿐인 단편소설일지라도 여기에서 정지용에 연결된 여러 정보를 찾아낼 수 있다. 적어도 그 원초적인 삶과 문학의 중심 코드인 어릴 적의 가난이나 외로움 및 정지용 문학이 지닌 가슴을 저미는 그 애잔한 정감의 원초적인 바탕은 어릴 적의 상실감과 외로움으로 파악된다. 따라서 더 접근해 들어가면 그의 허기짐에 상관된 뿌리도 캐낼 수 있을 것으로 보인다.

이를테면 다음 같은 그의 초기 시에 드러난 고학 체험과 어릴 적 농촌 주변 추억을 상호 텍스트적으로 복원하는 접근도 꾀해 봄직한 것이다.

/나가서도 고달프고/ 돌아와서도 고달팠노라/ 열네 살부터 고달팠노라/

/나가서 얻어온 이야기를/ 닭이 울도록/아버지께 이르노니/

/기름불은 깜박이며 듣고,/어머니는 눈이 눈물이 고이신 대로 듣고/ 이치대던 어린 누이 안긴 대로 잠들며 듣고/ 윗방 문설주에는 그 사람이 서서 듣고/

-시 「옛 이야기 구절」(1927)에서.

이 시와 함께 그 후에 발표한 아래의 수필 「대단치 않은 이야기」를 참고하면 그야말로 가난했던 식민지 소년의 어릴 적 삶의 모습을 되살려 볼 수 있을 것 같다. 더욱이 어릴 적 당시 장남으로서 아들 홀로 집에 아버지 없이 궁핍하게 사는데다 주위로부터 서손이라는 부정적 시선 속에서 자란 마음의 상처가 적지 않았다고 여겨진다. 요즘이야 오히려 서손이 우생학적으로 뛰어나고 흠이 아니지만, 지용이 어릴 적에 느꼈던 그것은 어두운 숙명으로서 오히려 문학의 질을 밀도감 있게 높인 요소로 파악된다.

"나는 소년 적 고독하고 슬프고 원통한 기억이 진저리가 나도록 싫어진다. 다시 예전 소년시절로 돌아가는 수가 있다면 나는 이대로 늙어가는 것이 차라리 좋지 나의 소년은 싫다. 조선에서 누가 소년시절을 행복스럽게 지났는지 몰라도 나는 소년 적 지난 일을 생각하기도 싫다." ─《아동문학》 창간호, (1948)에서.

그리고 이런 그의 뼈저린 궁핍의식은 해방 직후에도 계속해서 나타나고 있다. 덕수궁에서 결혼식 주례를 마치고 수원의 신랑댁으로 가는 친구들과 더불어 버스에서부터 사발막걸리 술을 마시고 이차 술집에 들른 다음이다. 여관방 거울 앞에서, 새 미군복을 입은 자신의 행색을 들여다보며 읊조리는 대목이다.

나의 몸서리가 떨리도록 고독하고 가난하던 소년을 사십 여년이 지나서 또 이제 바로 네게서 거울처럼 볼 수 있구나!

올여름 들어 싼거리 미국 군인복 웃저고리 배급품이 하나 생겼구나.

─'수수어' 중 「새 옷」《경향신문》 1946. 10.

② 애증 섞인 가족관계

더욱이 그의 자전적 소설작품에 생생하게 나타난 지용의 어릴 적 가정 형편과 가족에 얽힌 상관관계를 엿볼 수 있다는 점이다. 그리고 그는 수많은 수필에서 유별나게 자신의 친어머니 등, 성장과정에 얽힌 가정 이야기는 오리

무중이다.

소설 「삼인」에서 작가 자신의 분신인 화자(조경호)는 서울에서 공부하는 고보 학생으로서 여러모로 지용 자신의 실체가 많이 담겨있게 마련이다. 그러므로 작품상에 등장하는 인물성격은 정지용의 나머지 시나 수필들과 상이하게 드러나는 상호 텍스트적 양상을 장르별로 파악하여 그 진수를 추출할 수 있다.

특히 그의 대표작인 시편들과 이 단편에 등장하는 내용의 대비는 흥미롭다. 소설 「삼인」에 등장한 아버지는 집을 나간 채로 본 가정을 돌보지 않는 부정적 인물이다. 역시 집을 나가서 한방 관계로 종사하는 아버지 대신에 어머니는 희망처럼 남매를 키우며 서울에서 공부하는 아들의 학비를 대느라 헌신하는 존재이다. 두 남매는 누구보다 의좋게 지내며 어머니 또한 다정한 가족인 것이다.

그런 반면에 시 「향수」에는 논자가 밑줄을 그은 부분처럼 상이한 양상을 드러내고 있다. 늙은 아버지가 시골집에 함께하고 있을뿐더러 귀밑머리 귀여운 어린 누이와 사철 발 벗고 농사일하는 아내 모습이 선하게 나타나 있다. 소설과 시에 등장하는 누이만 같은 자리에 있는 대신에 어머니나 아내는 각각 그 자리를 달리하는 양상이다.

옅은 조름에 겨운 늙으신 아버지가
짚벼게를 돋아 고이시는 곳
-(중략)-

전설 바다에 춤추는 밤물결 같은
검은 귀밑머리 날리는 어린 누이와
아무렇지도 않고 예쁠 것도 없는

사철 발벗은 아내가

따가운 햇살을 등에 지고 이삭 줍던 곳

-그곳이 차마 꿈엔들 잊힐리야

ㅡ「향수」《조선지광》1927에서

물론 창작품에서의 인물 설정이야 실제의 가족관계와 일치할 필요 없이 수시로 변형 가능함은 상식이다. 그럼에도 남달리 청소년기 내내 고단하고 외롭게 지낸 정지용은 그의 수많은 수필들에서조차 구체적인 가족이나 친인척 이야기를 삼가고 있어 궁금한 숙제가 되고 있다. 더구나 친어머니인 하동 정씨(美河)의 삶이나 의붓어머니(문화 柳氏)와의 친소관계가 그의 연보에도 밝혀 있지 않아서 석연치 않은 궁금증을 더 한다. 하지만 지용은 연일 정씨 태국(泰國)과 친어머니(1945년 작고)의 외아들로서 이복동생이던 화용(華溶)이마저 요절한 후에 4대 독자로서 하나뿐인 이복누이 계용(桂溶)이와는 서로 더없이 알뜰하게 아끼는 남매로 자리 잡고 있다. 비밀의 열쇠는 무엇보다 그의 어릴 적 기억을 어둡게 한 두 어머니의 친화관계와 남다른 행적으로 보인다.

어쩌면 일찍이 서손으로서 이렇게 자란 자신의 처지를 외롭게 자란 종달새로 형상화한 다음 시 역시 이런 숙제와 이어져 있을지 모른다.

삼동네- 얼었다 나온 나를/ 종달새 지리 지리 지리리// 왜 저리 놀려대누/

/어머니 없이 자란 나를/ 종달새 지리 지리 지리리/

/해 바른 봄날 한종일 두고/ 모래톱에서 나 홀로 놀자./

ㅡ시「종달새」<신소년>1927 전문

③ 시문학과 산문 지향

끝으로 정지용 문학의 중심코드 가운데서 가장 중요한 나머지의 특성 하나는 지용 스스로 시문학보다는 산문을 지향했다는 점이다. 이런 사실은 우리가 흔히 시인으로만 여겨오던 정지용의 위상에 대한 선입견과는 다른 바로서 놀라운 정보가 되고 남는다. 그렇다면 한때 시 창작문학으로 일가를 이루었던 지용 자신이 숱하게 많은 산문쓰기에 임한 이유는 무엇일까? 그것은 다음처럼 여러 가지의 복합적인 요인으로 형성되었다고 실증하거나 합리적으로 유추할 수 있다.

우선 앞서 살핀 대로 정지용이 문학을 선택하고 글을 쓰는 일에 종사해온 연유는 청소년기의 트라우마적일 만큼 뼈저린 가난과 짙은 외로움을 더 많이 맘껏 달래려는 욕구에서였을 것으로 파악된다. 정지용의 연보에 드러나 있듯 농촌인 옥천에서 연일 정씨 집안의 장남으로 태어난 그에게는 이복누이들뿐 친형제가 없었다. 더구나 요즘 세태와 달리 그 서손이라고 업신여기는 폐습에 대한 반발과 항거의식이 글로 표현하는 욕망에 불을 당겼을 성향이 높다. 게다가 시골의 집마저 홍수로 무너지고 나서는 첫 소설에서처럼 아버지마저 집을 떠난 채 유랑하는 처지에서 어머니 도움으로 근근이 서울서 고학해 왔다.

더구나 휘문 학교의 교비지원으로 낯선 일본 유학생활을 겪어냈던 식민지 학생의 고뇌는 한 맺힌 체험이 아닐 수 없다. 이렇게 맺히고 설킨 채로 쌓인 생각이나 숱한 체험을 제한된 시의 틀에서보다는 더 자유로운 산문의 광장을 선호하게 마련이다.

앞 장에서 살핀 바처럼 정지용의 문학작품이 잡지 등에 장르별 발표순으로는 사실상 소설로 시작해서 이어 난만하게 꽃피운 시 작품들이었다. 그런데 그다음은 시 문학보다 기행문 시리즈로 오래도록 많이 발표한 나머지 수필을 그 자신의 후기문학 주류로 형성해 나갔다. 그러다가 1930년대 말 이후에는 문학평론으로 이행하다가 광복 이후에 들어선 칼럼적인 시평(時評)에서 보듯 지엽적인 촌평에도 열띠게 참여한 발자취를 보인다. 그렇게 해서, 지용은 문단생활 25년 남짓한 가운데서 과반의 세월을 시 창작보다 산문 작품쓰기에 임해온 셈이다.

정지용 시인 자신은 한 앙케이트에서, 답하기를, "시와 산문문학은 서로 돕고 자극을 받는 데서 성장하는 것"(《동아일보》 1937. 6. 6.)이라며 장르상의 지나친 구분을 지지하지 않는 의견을 분명히 한다. 그리고 그 무렵에 김기림, 이상, 박팔양 등의 시인이 소설을 썼는데 어떻게 생각하느냐는 기자의 질문에 답한다. -"시(詩) 냄새 나는 소설은 결국 못 쓰겟습니다. 소설은 끝까지 산문이래야지."

그러면서도 시인은 다른 설문에서 기자의 질문에 "산문(散文)이야 말로 가장 타당한 문장"(<여성>.1937. 5.) 이라고 주장하며 당시의 언문일치 같은 이야기 식 문장들을 비판하고 있다. 실제로 그는 이화여대 문과장 때 용공의혹 압력에 관한 글 「산문」을 발표하고 산문집인 『문학 독본』(박문출판사, 1948)에 이어 『산문』(同志社, 1949)을 단행본으로 펴냈다. 그럼에도 지용은 산문문학의 대표적인 장르인 소설보다는 수필과 평론에 치우쳐서 집중적인 창작문학 성과는 거두지 못했다. 문예작품으로 농숙시킬 겨를이 없이 분주하게 써서 연재하기에 바쁜 탓도 없지 않았다.

정지용이 학생 시절부터 산문적인 소설 창작에 뜻 두어 왔으며 만만찮은 가능성을 보이는 사실도 참고된다. 한번은 앙케이트에서 "소설을 한번 써볼 생각은 없으신가요?"라는 기자 질문에 ""왜요! 크게 야심이 있습니다. "(《동아일보》 1937. 6. 6.)라는 대답도 마찬가지이다. 이런 요소는 그 자신이 평소 시보다는 소설 등의 산문에 애착을 가졌다는 산문지향 의식 요인을 이룬다. 특히, 지용 시인 자신이 언급한 말은 이를 증명하기에 충분하다.

> 학생 때부터 장래 작가가 되고 싶었던 것이 이내 기회가 돌아오지 아니한다. …남들이 시인 시인하는 말이 너는 못난이 못난이 하는 소리 같이 좋지 않았다. 나도 산문을 쓰면 쓴다. 태준(泰俊)만치 쓰면 쓴다는 변명으로 산문쓰기 연습한 것이 한 권은 된다.
>
> ㅡ (위『문학 독본』, 1948))

소설작품 발표로 시작하여 많은 양의 산문을 시편 못지않게 발표했던 시인 정지용은 휘문 고보 1년 후배인 이태준(尙虛)을 의식하며 산문에 미련을 두었다. 이런 면은 일찍이 신문학 초창기부터 시로 시작해서 소설 작가 겸 수필과 평론으로 활동하는 휘문 고보 2년 선배인 박종화(月灘) 영향도 작용되었으리라 본다. 어쩌면 정지용 경우는 시가 잘 쓰여지지 않아서라기보다 산문을 더 동경하고 선호했던 면이 엿보인다. 지용의 창작시 「비로봉」「구성동」 등도 금강산을 소묘한 수필 「수수기」 시리즈에서 처음 발표한 사실도 결코 우연한 일은 아닐 것 같다.

평소 남다르게 대조되는 시와 산문의 양날을 지녔으면서도 그중의 하나만을 택하여 매진하지 못하였다. 이미 높이 쌓아놓은 시의 금자탑보다는 못내 이룬 산문의 봉우리를 아쉬워한 지용시인의 민얼굴을 엿본다.

결론—남은 과제

위에서 논자는 소략한 대로 우리 현대문학사의 큰 산인 정지용 문학을 점검하면서 두루 살펴보았다. 지금까지 통상적으로 행해져온 시문학 중심의 정지용을 새롭게 그의 소설과 수필 및 평론에 걸친 산문세계를 검토하면서 총괄적으로 접근해 보았다. 그리하여 정지용 연구를 작품 텍스트와 동시에 청소년기의 전기적 사실이나 장르지향의 변천과정에 복합적으로 다가가 다음과 같은 몇 가지 사실을 발견하였다. 우리는 정지용문학을 이전처럼 시문학 일변도의 접근 태도를 지양하고 상호 밀접한 관계를 지닌 산문작품도 활용하여 풀어내야 한다. 이 글에서는 일제강점기 당시 한반도 안팎과 광복 후 문학에서 소설, 수필, 평론 등의 상호 텍스트적 방법으로 지용의 산문지향 의식을 비롯한 몇 가지 숙제도 풀 수 있었다.

우선 정지용의 문학은 1919년 삼일운동 직후 18세이던 고보 재학 때 처녀소설인 「삼인」의 활자화로 시작해서 20대 중반이던 1926년 일본 유학 때 시 「카페프랑스」 「향수」 등을 발표하며 10여 년 동안 본격적인 시문학을 왕성하게 꽃피워 나갔다. 그리고 『정지용시집』 등을 펴내던 1930년대 중반 전후 들어서며 여러 신문 잡지에 수필과 평론을 숱하게 많이 연재하였다. 30대 중반 이후 각 지방을 순례한 '수수어' '화문행각' 등은 일종의 '여창단신(旅窓短信)' 같은 기행수필 연작들이다. 그리고 1940년대 전후에는 「시와 언어」 「조선시의 반성」 등을 앞세우며 다방면의 평론에도 참여하였다.

이런 사실들을 감안해서 우리는 적어도 정지용이 스스로 장르적 선택에서 얻은 결과를 두고 객관적인 득실을 생각해볼 만하다. 정지용은 본디 다재다능한 데다 여러 장르를 함께 겸하기 벅찬 처지에서 분주하게 생활하며 신문

잡지에 글을 발표하느라 창작 재능의 집중력을 분산시키고 말았다는 점을 발견하였다.

차라리 처음 시작대로 소설 창작에 매진했더라면 이태준 못지않게 큰 작가로 성공할 수 있었다고 생각된다. 그 대신에 정지용이 그렇게 산문 작가로 높이 올라서지 못한 반면 상대적으로 시인으로서는 오늘처럼 높은 지위에 오르지 못했을 것임은 물론이다. 요컨대, 정지용의 장르 선택과정에서 시와 산문을 둘 다 크게 이루기는 벅차므로 정지용이 나름대로 시인으로 대성한 사실은 큰 성과이다. 다만 이태준 못지않은 산문을 쓸 수 있었음에도 이루지 못했다는 생각은 그 스스로의 욕망에 의한 콤플렉스적인 아쉬움일 뿐이다. 정지용이 이룩한 장르의 중추는 아무래도 창작적인 시문학이다. 한국 문단사에서 정지용의 시문학은 이태준의 소설문학에 못지않은 쌍벽의 금자탑으로 우뚝 서 있다.

2. 괴테와 실러의 긴 문학 여정
독일 근대문학을 세운 두 기둥

A. 괴테의 삶과 문학

괴테(Goethe, Johann Wolfgang Von-1749~1832)는 독일 마인강 유역에 있는 프랑크푸르트에서 1749년 8월 28일에 태어났다. 그의 부친은 법률가지만 업무는 보지 않고 궁정 평의원을 지낸 유복한 사람으로서 성품이 건실하고 엄격했다고 전한다. 수집을 즐기며 학예를 사랑했었고, 부친보다 21세나 젊은 모친은 시장의 딸로서 명랑하고 화술도 능란했다. 이런 부모의 성격을 타고나서 안정된 환경에서 성장했다는 괴테는 어학과 문예 등에 폭 너른 소양을 쌓으면서 성숙했다. 장남인 괴테는 5명의 남매 동생들 가운데 어려서 숨을 거둔 동생들 밖에 27세까지 살아남았던 손아래 누이(코넬리아)와 함께 어릴 적부터 8명의 가정교사를 통한 특별교육을 받으면서 미술이나 승마까지 익혔다고 전해진다.

청소년 당시는 7년 전쟁(1756~1763) 중인지라 프랑크푸르트에 진주한 프랑스 군정장관(토랑 백작)이 괴테의 집을 숙소로 쓰고 있어서 불어에 관심도 많았다. 그 자신도 독불(獨佛)전쟁에 바이마르 대공(大公)을 따라 프로이센군으로 두 번이나 종군했지만, 자연의 섭리를 중시한 신념으로 결코 프랑스에 적대적이거나 혁명에는 호의적이지 않았다.

16세에 라이프치히 대학에서 법학을 전공하면서도 괴테는 취미인 미술, 어학, 문학 창작에 연애도 하면서 자유분방하게 지냈다. 그러다가 몸이 쇠약해진 그는 고향에 돌아와 병 요양을 한 후 건강을 회복하자 1770년에는 프랑스 영토이던 알자스의 시트라스부르크대학에서도 수학하였다. 그런 중에 1771년에는 '국가와 교회간의 관계'에 대한 테마로 법학박사 학위도 받았다.

이곳에서 마침 눈병을 치료차 와 있던 민족문학 이론의 정립자인 헤르더(Herder, 1744~1803) 등을 만나 자연과 독일 민중의 개성을 존중하는 질풍노도(Strum und Drang) 운동을 전개하였다. 이 운동으로 인해서 이전의 왕조적이고 옛 격식을 중시하던 프랑스나 영국, 이태리 중심이던 유럽문학을 혁파하고 독일 독자적인 국민문학을 형성하기에 이르렀다. 그리고 나가서는 각 민족문학(국민문학)을 연결시켜서 세계문학의 개념을 세워서 괴테가 스스로 자신의 일기장에다 '세계문학(Weltliteratur)' 명칭을 썼던 것이다. 그래서 그는 만년에 장래의 문단과 문학은 각각의 민족들이 지닌 개성적인 문학이 서로 접촉하고 교류하는 속에서 바람직한 세계문학이 형성된다는 개방적인 견해를 지녔었다.

괴테의 생애에서 삶의 대전환을 이룬 것은 변호사로 일하던 26세 무렵, 1775년 11월에 초청을 받아서 바이마르(Weimar) 공국에 들어가 고위 관리와 정치인 일을 했던 사실이다. 인구 10만 미만의 작은 나라지만 문화적 수준이나 취향은 뛰어난 그곳에서 괴테는 8세가 어린 군주인 아우쿠스트 대공작의 신임을 받아서 내각 주석에도 올라 대신이 되었다. 하지만 괴테는 계속되는 격무와 문학창작 기회를 갖지 못함에서 회의를 느꼈다.

그러던 그는 37세이던 1786년 가을에 장기 휴가를 얻어서 새벽길로 칼스바

트에서 빠져나와 1788년 여름까지 이태리 여행을 했다. 그 지루한 관료의 일과 정치생활에서 벗어나 자유로운 문화 탐방을 나선 것이다. 이런 괴테의 이탈리아 여행은 연인으로부터 다섯 번째 도주란 견해와 이태리 출판업자인 괴센으로부터 괴테전집 출판을 제안받았기 때문이라는 설도 있지만. 이 동안에 그는 로마에서 850점의 스케치를 했었고 평소 구상했으면서도 오래 미뤄오던 독일 최초의 희곡으로서 교회와 궁정사회의 압력에 의해 신경쇠약증에 걸린 시인의 고뇌를 그린 『타소Tasso』와 『타우리스섬의 에피게니에』 등을 완성 했던 것이다.

3년 가까운 동안의 이태리 문화여행을 마치고 바이마르에 돌아온 괴테는 거듭난 문학자세로 문학 동지인 실러를 만나서 새로운 창작 활동을 시작하였다. 그러기에 "내가 로마의 땅을 밟은 그날이 나의 제2의 탄생, 나의 참다운 재생의 날이었다."고 할 만큼 큰 전환을 이루었다. 괴테는 거의 60년 동안의 바이마르생활에서 결코 관료로서 안주하지 않고 새로운 문학 영역을 넓히며 세계적인 문호로 성숙할 수 있었다.

특히 괴테는 다음의 경우들에서처럼 청소년기부터 노년에 이르도록 수많은 연인들과 사귀고 사랑하는 과정의 고뇌를 겪으면서 여러 명작들을 빚어냈음이 참고 된다. 이런 괴테의 여성편력 행적은, 논자가 여기저기서 발견한 10개의 항목들만 골라서 연대순으로 간추려서 살펴본다. 이 밖의 괴테가 사랑했던 여인들과의 수산나 폰 클레텐베르크, 프리데리케 브라운, 막시밀리아네 폰 라 로슈 등은 접어둔다. 이런 접근은 문학가의 삶에서 이성과의 관계가 문학 형성에 일정 정도 끼친 영향을 고찰하는데 필요해서이다.

1) 유아기에서 26세까지의 삶을 기록한 그의 자서전인 『시와 진실』에 의하면 괴테의 첫 사랑은 1763~64년에 만난 그레헨첸이라는 아가씨였다. 괴테가

13~15세 때에 한눈에 반했던 그녀는 술집 심부름을 하고 있었지만 그를 제 동생의 또래쯤으로 여겨서 외면하자 토라졌던 상대이다. 하지만 괴테는 잊지 못할 그녀를 60년에 걸쳐 쓴 회심의 역작『파우스트』에서 회춘한 주인공과 결혼하는 여성인물(마르가르테=그레헨첸)로 등장시켜 기리고 있다.

2) 또 16세 때인 라이프치히대학 유학시절에는 1765~68년에 식당을 겸한 여관집 주인의 딸 안나카레리나 센코프와의 사랑이었다. 3년 연상인 그녀와의 사랑에서 얻은 성과로서 19편의 아나크레온 풍의 감미로운 서정시와 목가조의 희곡『연인의 변덕』『공범자』를 써서 남겼다.

그 가운데 시「변덕스런 마음」을 두 개 연 중의 뒷 연만 음미해 본다.

오, 젊은이여, 현명하게나, 쓸데없이 울고 지내지 말게나
슬픈 삶에서도 가장 즐거운 시간들을,
한 아가씨가 변덕스럽게 그대를 잊더라도,
가서 불러보게나, 지난 시간들을
두 번째 아가씨의 가슴에 입 맞추자마자.

그러나 16세의 대학 신입생으로서 3년 연상에 대한 열띤 프로퍼스와 그녀의 신경질적인 변덕에다 치졸한 내용 탓인지 많이 썼던 시 작품들은 거의 폐기되고 전하지 않는다.

3) 21세인 1770년에는 그 이듬해까지 이웃에 살던 제젠하임 목사의 순진한 딸 프리데리케 브리온과 사랑해서 약혼까지 했지만 괴테가 먼저 약속을 깼다. 그 대신에 이 연인을 버린 자책감으로 시「만남과 헤어짐」,「5월의 노래」등

을 써서 남겼다.

/오오, 눈부시어라/ 자연의 빛이여! / 태양은 빛나고/ 들은 웃고 있다/ ……/오, 소녀여, 소녀여!/ 내가 너를 얼마나 사랑하는지/ 오오, 반짝이는 네 눈/ 그대가 나를 얼마나 사랑하는지/ 그래서 종달새는 노래와 산들바람을 사랑하고/ 아침의 꽃이/ 하늘의 향기를 사랑한다./…. -「5월의 노래」(1771)에서.

이 무렵의 시 14편 가운데 옛 격식이나 기교를 깨뜨리고 이렇게 샘솟는 열정 중심으로 읊는 시풍은 질풍노도시대의 서막을 알리는 것으로 꼽는다.

4) 22세 때인 1771년에는 고향땅에서 변호사 개업을 한 이듬해 독일 최고법원 실무 연수를 위해 가던 베쯜라에서 만난 친구(외교관)의 약혼녀 샤를로테 부프(ChareLotte Buff, 1753~1823)를 사모한 일이다. 괴테 자신이 그곳을 빠져나온 후, 마침 엘루잘렘이라는 청년이 한 유부녀를 사랑하다 자살했다는 소식을 들은 체험을 25세 적에 거의 4주일 만에 서간체 소설로 써서 『젊은 벨텔의 슬픔 Die Leiden des jungen Wertters』(1774)으로 발표하여 선풍적인 문명을 날렸다. 괴테가 초청받아 작가 빌란트와 함께 나포레옹을 궁정에서 만났는데 장군인 그도 그 작품을 7번이나 읽었다고 말할 정도였다.

5) 프랑크푸르트를 떠나기 전 25세 무렵인 1774년에는 그곳 은행가의 17세 되는 딸인 릴리(Lili) 시네망과의 연애이다. 괴테는 그녀와 사랑하던 중 1775년 부활절에 약혼까지 하였으나 그해 10월에 그의 분방한 성격과 자유를 잃고 싶지 않은 탓에 스스로 결혼 약속을 깨고 말았다. 그 대신에 그의 서정시 원천이 되었다는「벨린데에게」「새로운 사랑, 새로운 삶」,「호수 위에서」,「릴리에게」「사랑하는 릴리, 너무 오래 걸렸소」 등을 남겼다.

6) 30대 초중엽인 1780~1788년에는 바이마르에서의 샤를롯데 폰 시타인(CharLotte Von Stein) 여사와의 연정관계가 주목된다. 하급벼슬아치 아내인 그녀는 괴테보다 7년 연상으로서 미모는 아니었으나 괴테의 예술과 내면성을 잘 이해하고 사교적인 여성으로서 도움을 주었다. 그래서 괴테 자신도 이미 일곱 자녀를 낳은 그녀에게 사랑을 고백했었다. -"당신은 내 본질의 모든 특성을 알고… , 뜨거운 피에 절제를 떨구어 주었으며 거칠고 방황하는 길을 바로 잡아줘…." 그러나 12년을 정겹게 사귀었던 그녀는 말 한마디 없이 이태리 여행을 다녀온 괴테를 나중에 외면했다.

7) 그러던 중 1788년 7월에 괴테는 조화(造花)를 만드는 가난한 집 딸 크리스티아네 불피우스(Christine Vulpius, 1765~1816)를 만나 새 전기를 마련한다. 실직한 오빠 작품을 추천해 달라고 찾아온 23세의 그녀에게 끌린 것이다. 그녀를 돌봐주다가 이태리 여행 때 로마여성들과의 선정적인 경험들이 살아난 것인가. 40세 때인 1789년에는 그녀를 집으로 맞아들여 오랫동안 동거하면서 가정적 행복을 맛보고 이 시기의 관능을 「로마애가(哀歌)」(1790) 등에서 격조 높은 시 형식으로 써냈다. 그 무렵인 1791년에 궁정극장의 총감독이 되어 실러와 자신의 작품을 자주 상연했다.

그리고 57세이던 그는 실러가 세상을 떠난 이듬해인 1806년 나폴레옹 치하의 프랑스군이 바이마르에 침범해 왔을 때 위기에 처했었다. 마침 술 취한 채 침실에 침입한 프랑스 사병들의 위험으로부터 자신을 용감하게 구해준 덕인지, 그 사건 닷새 후에 19년 동안 동거해 오던 크리스티아네와 드디어 정식으로 결혼했던 것이다. 그다음 해에 장남을 얻었고 그 후 4명의 아이를 낳았었다.

8) 그는 결혼한 이듬해인 1807년에도 바이마르 근처 예나에 머무르며 우연히 만난 서점주인 프롬만의 양녀인 민나 헬리츨리프 소녀에 대한 애모로 인해서 번민했다. 그때 스스로 그녀 집을 멀리하고 돌아와서 그동안 그녀와 겪은 달콤함과 체념의 쓰라림을 통해서 불륜을 당당하게 묘사했다는 소설 『친화력』(1809)을 쓰기도 했다.

9) 또 60대 중반을 넘긴 괴테는 1814~15년에 바이마르 근처인 라인지방의 여행 중에 만난 은행가의 양녀였던 마르안네 폰 빌레머와의 오랜 사랑에서도 아픔을 겪는다. 서정시에 뛰어난 그녀에 접근하는 괴테를 의식한 은행가는 죽은 아내 대신 곧 양녀와 결혼해 버렸던 것이다. 이로 인해서 겪은 "이제 보름달이 뜰 때마다 서로를 생각하자"던 달콤함과 쓰라림을 느껴 괴테는 사랑의 노래 「즐라이카」를, '서방 시인이 쓴 동방의 시'라는 부제목을 달아서 동방에 대한 흠모를 드러낸 괴테 자신의 『서동시집』(1819)에 실려 있다.

10) 이미 아내를 여윈 그는 72세 때인 1821년에 보헤미아의 마리엔바트(현 체코의 마리안스케 라즈네) 온천 휴양지에서 만난 17세 처녀 울리케 폰 레베츠(ULrike Von Levetzow, 1804~1899)를 사랑하였다. 여름철마다 가족들과도 만나면서 꽃 선물을 하면서 지낸 3년 만인 74세 때에 괴테는 19세 된 무려 55세가 어린 그녀에게 카를 아우구스트공을 통하여 구혼을 했으나 정중하게 거절당했다. 나중에는 그 가족들마저 이사를 간 후로 끝내는 단념한 대신에 시 「마리엔바트 애가(哀歌)」(1823)를 써냈다.

평소 초콜릿을 좋아하고 미식가, 대식가였다던 괴테는 이렇게 83년의 생애 동안 많은 사랑을 구하면서 다채롭고 지혜롭게 살았다. 수많은 여성들과의 만남과 사랑을 통하여 느끼거나 체념한 고뇌를 스스로 실명까지 밝혀서 작품화하는 작업으로 그 아쉬움을 달래고 독자들까지 힐링해 주는 독특한 글쓰기를 행해왔다. 인생과 자연을 긍정적으로 생각하며 열정적이던 로맨티스트로 괴테의 삶과 문학은 거의 일치한 셈이었다. 평소 생명의 침체를 싫어하는 그는 사랑의 고통이나 번뇌 일체를 생산성으로 바꿔 활용해온 것이다. 그래서 극작가이며 독일고전주의의 교량역을 맡은 레싱(1729~1781)은 설파하였다. -"괴테의 자연성(自然性)이 괴테를 연애주의자로 이끌고 거기서 생기를 받으며 근대적인 자기형성을 하고 그걸 고백한 것이 그의 문학인데 특히 진지하면서도 메피스토펠리스 같은 현실 통찰과 풍자를 지니고 있는 점이 그를 살아 움직이는 인간으로 만들었다."

특히 괴테가 남긴 회심의 대표작인 『파우스트Faust』는 23세에 구상해서 82세에 완성하기까지 60년 동안에 걸쳐서 이루어진 만큼 많은 일화를 지닌 역작이다. 원래는 파우스트가 15세기 무렵부터 독일 전역에 전해오던 전설적인 마술사인데 이 작품을 괴테가 대학 졸업 직후부터 쓰기 시작했던 것이다. 그래서 미완성 상태로 간행한 단편 「파우스트」(1790)를 읽은 실러가 감탄한 나머지 제대로 후반부를 더 추가하여 완성해 내기를 독려했던 터였다. 그 격려에 힘을 얻은 괴테는 1797년에 가서야 다시 집필을 시작해서 11년 뒤인 1808년에 새로 쓴 『파우스트』 제1부가 간행되었다. 그리고 실러 사후, 애초에 구상했던 제2부 집필은 그로부터 한참 지난 1825년에 시작해서 구술을 통한 비서의 도움 등으로 6년 뒤인 1831년에 완성해 놓고 원고를 봉인해서 사후에 발표하라고 지시해 놓고 바로 이듬해에 숨을 거둔 것이다.

그렇게 좋은 가정에서 태어나서 높은 사회적 지위와 위대한 문학 작품들을 남긴 괴테도 늘그막에는 고독했었다. 그의 나이 65세에 아내를 먼저 보내고 40세 장남인 아우그스트마저 81세에 로마에서 잃었다. 그는 1832년 3월 22일

1시 반에 심장발작으로 "더 밝은 빛을 'Mehr Lich!'"를 외치며 83세의 나이로 바이마르에서 숨을 거두었다. 그리고 그곳 카를 아우구스트 공작이 묻혀있는 바이마르 묘소 안에 실러와 나란히 누워 있다.

괴테의 성격은 팔팔하면서도 급한 데다 고집스러웠다고 전한다. 그럼에도 워낙 좋은 가정에 태어난 데다 꾸준하게 훌륭한 문학 작품들로 화려한 문학 예술의 성을 쌓은 주인공이기에 그 공적은 길이 남아 칭송받는다. 괴테의 청소년 시절 보금자리였던 독일 프랑크푸르트 소재의 생가터 기념관과 그가 50여 년 동안 살아온 집이며 손자가 기증한 문호할아버지의 육필원고를 비롯해서 2천여 점의 그림 및 유품들을 비치한 바이마르 괴테하우스 뿐만이 아니다. 독일 전역에는 22개의 괴테박물관이 산재해 있는 것이다.

B. 쉴러의 삶과 문학

실러(Schller, Johann Cristoph Friedrich Von, 1759. 11. 10.~1805. 5. 9.)는 독일 바덴뷔르 템베르크주의 마르바흐에서 1남5녀 가운데 외아들로 출생해서 경건한 종교적 분위기 속에서 자랐다. 북독일계의 강인한 체격에 근면한 부친은 외과의사로서 시바벤 공국(公國)의 군의관이었고 모친은 남독일계풍의 예술적이고 조용한 여성이었다고 전한다. 한껏 우아하고 여유로운 괴테의 가정환경과는 대조된다.

처음에는 신학을 공부해서 목사가 되려 했다고 전한다. 그러나 14세 때 영주인 대공(大公)의 인정을 받은 실러는 군인과 관리를 양성하는 학교에 입학해서 법학과 의학을 공부했다. 엄격한 기숙학교에서 그는 자유에 대한 동경이 싹터서 철학교수 아벨의 권유로 세익스피어 희곡 등을 즐겨 읽었다. 그리고 졸업 후에 연대 전속 군의관으로 있던 그는 졸업 이듬해에 처녀 희곡『도둑떼』를 써서 익명으로 공연하여 화제에 오르자 만하임으로 도망가서 군대에 복귀하지 않았다. 허가 없이 그런 작품을 써서 공연하는데 관람을 했다는 이유로 화를 낸 대공의 처벌도 받았던 것이다.

도둑들의 무리라는 제목을 지닌『군도 *Die Rauber*』(1775)는 강렬한 사회 비판성을 띤 작품으로서 실러의 고향 출신 시인인 시바르가 당시 미국의 독립을 막기 위해서 나선 영국군들을 지원하기 위해 농민들을 팔아넘기는 비리를 고발하다가 10년의 금고형을 받은 데 자극받아서 쓴 것이다. 줄거리는 연로한 백작의 두 아들 중 동생의 음모로 아버지 사랑과 애인마저 빼앗긴 형 카알이 분연히 일어나서 의적단의 우두머리가 되어 싸우는 내용이다. 당시 주인공은 오욕을 딛고 나서서 영광의 별을 따려고 한 인간으로서 열렬한 환영을 받았다.

이후 1783년에 만하임 극장의 전속작가로 활동하던 그는 이듬해에 역사 희곡『피에스트의 반란』『음모와 사랑』을 발표하였다. 그러던 중 생활기반이 없어진 그에게 미학자 쾨르너가 조건 없는 구원자로 나타나 한동안 도움을 받았다. 1785년에 2년 동안 드레스텐 영지에 초청받아 안정된 창작활동을 하였다.

이후 독일문학사에서 정열적인 스트룸 운트 드랑의 낭만을 넘어 전인적(全人的)인 고전주의를 표방한 역사극『돈 카롤로스』(1787),『30년 전쟁사』(1791~'93)와 독일 최초의 대규모적인 역사극인『발렌스타인』3부작(1798~'99) 등을 발표하였다.

실러는 1787년에 예나에 살면서 네델란드 독립사를 연구한 덕에 인정받아서 괴테의 추천으로 1789년에 예나대학의 비정규직 교수가 되었다. 그 뒤에 약혼녀 샤를 로테와 결혼했지만 폐결핵으로 고생했다. 다행히 덴마크 황태자의 원조를 받아서 병이 나은 다음에는 칸트철학도 연구하면서「우아한 아름다움과 존엄」, 「인간의 미적 교육에 관한 서한」 등의 논문도 집필했다. 이렇게 미학, 철학, 역사에 관한 논문들을 잇달아 발표하여 평가를 받고 역사와 미학 강의를 했지만, 학생 수의 감소와 신병으로 얼마 후 사직하였다. 그런 일이 오히려 그를 대문호로 만드는데 좋은 기회가 되었던 것 같다. 그가 강의했던 대학에서는 실러의 유명한 교수 취임 당시 연설로서 「30년 전쟁사』의 내용인 「세계사란 무엇이며 어떤 목적으로 사람들은 이를 배우는가」를 기념하기 위해서 학교 이름마저 '프리드리히 실러 예나대학교'로 대학 명칭까지 바꾸었던 것이다.

바이마르로 왔던 실러는 1799년 말에 예나에서 비정규직 교수 자리를 그만두고 괴테의 권유에 따라 바이마르로 옮겼다. 43세가 된 실러는 1802년에 부인 샤를 로테와 자녀 4명과 함께 괴테와 가까운 근처 집에서 살았다. 독일 고전주의를 대표하는 두 사람이 윈윈으로 세계적인 문호로서 우뚝 선 선근인연이 아닐 수 없다.

1799년경부터 실러는 만년의 희곡창작 시기에 들어가서 대표작들을 써서 대작가로서의 지위를 확보하였다. 실러는 괴테와 만나서 가깝게 지내며 서로 격려하는 각별한 우정과 문학적 협력을 계기로 그의 본업인 창작에 전념하여 괴테와 선의로 겨루는 대작가가 되었다. 내로라하게 굵직한 희곡 작품들만도 10편에 이른다. 격렬한 자유 갈망을 드러내서 사회참여성을 띤 『도둑떼』를 비롯해서 야심에 찬 정열에 사로잡힌 주인공의 죄과와 절망 속에서 테마를 추구한 『발렌슈타인』 3부작(1799)을 써냈다. 이어서 현세의 집착 속에서 살아가는 인간이 내면의 순화과정을 겪어 순화되는 『마리아 스튜아르트』(1800), 100년 전쟁 중에 용감히 싸워서 프랑스를 구했으나 불우하게 스러진 잔다크를 극화한 『오를레앙의 처녀』(1801) 등만이 아니다. 『메씨나의 신부』(1803) 밖에 특히 스위스를 무대로 삼아서 극악무도한 지방관의 횡포에 대항하는데 활잘 쏘는 청년을 통해서 조국해방을 구하는 『빌헬름 텔』(1804)은 유명하다. 이렇게 그의 역사극 등의 희곡 대부분은 운명과 대결하는 의지의 힘을 묘사한 것으로써 고전적이었다.

실러는 그 후 1824년에 베토벤의 제9교향곡에 실러 자신이 손수 시로 썼던 「환희 An die Freude」 일부가 합창텍스트로 채택되어 유명세를 탔다. 그것은 열악한 환경 속에서 예술 활동을 하는 그를 조건 없이 지원해준 쾨르너 덕에 느낀 환희의 감흥을 반영한 것이다.

환희여! /너의 매력은 이 세상의 관습이 엄하게 갈라놓은 것을/ 다시금 묶어놓아/ 너의 고요한 날개가 머무는 곳에 형제가 된다./…/ 한 친구의 벗이 된다는/ 큰 행운을 차지한 사람이나/ 우아한 여인을 획득한 사람은/ 함께 환성을 올려라/ 그렇다. 겨우 하나라 할지라도 이 지상에서 사람의 마음을/ 자기 것이라고 부를 수 있는 사람은 함께 환호하라./ -베토벤의 「제9교향곡」에서.

중년 무렵부터 투병하던 실러는 아픔을 겪으면서도 작품마다 새로운 기법을 활용하며 내면적인 자유의 테마를 추구했다고 평가되고 있다. 물론 위에 든 희곡 외로 다소의 담시(譚詩)와 2행시 내지 몇 편의 소설 밖에 다른 장르의 작품들도 남겼다. 시인으로서 「그리스의 시들」,「이상과 인생」, 「예술가」 등의 사상시, 또한 「말」, 「음악」, 「친구와 적」 등의 2행시(二行詩)를 남겼으며 베토벤 제9교향곡의 합창 부분인 「환희에 붙여서」는 특히 널리 알려져 있다. 더욱이 잠수부와 기사 같은 민중의 목숨을 건 모험을 즐기는 집권층의 무책임한 횡포를 고발한 「잠수하는 사람」, 「장갑」 등의 담시 밖에 소설 「범죄자」(1786), 「유령을 본 사람」(1789)도 있다. 하지만 그렇게 괴테와 대조적인 자질을 지닌 국민작가로 추앙받던 실러는 안타깝게도 1805년 5월 9일에 폐렴(폐결핵?)으로 바이마르에서 45세 때 펜을 쥔 채로 숨을 거두었다.

일찍이 세계적인 극작가이며 시인인 실러는 한국의 개화기이던 1920년 초엽에 발행된 종합문예지 《폐허(廢墟)》의 표제가 된 시의 작가로서 우리와도 밀접하다. 국권을 빼앗긴 그 무렵에 실러의 시 「폐허」를 안서 김억이 에스페란토어로 번역한 내용 가운데 "옛것은 멸하고 시대는 변하였다./ 새 생명은 이 폐허로부터 온다."는 부활의 뜻이 그것이다. 일제에 의해서 강점된 한국의 위기 상황을 독일 시인인 실러를 통한 새 메시지를 얻으려 했던 사안이다.

독일 예나에 있는 예전의 실러 집에는 현재 실러기념관이 남아 있다. 그리고 '실러-괴테박물관'은 프랑스 상파뉴아르헨 주 살롱 장피뉴시 레옹부르조아 거리에 자리하고 있다. 독일 실러의 후손인 글라이헨 루스부름 남작 부인의 유산을 소장, 전시하고 괴테와 실러가 주고받은 편지와 관련 문서를 소장하고 있는데, 실러가 사용했던 가구와 재떨이, 원고, 책들을 볼 수 있다.

괴테와 실러의 만남과 우애

괴테와 실러가 개인적으로 처음 만난 것은 괴테가 이탈리아 여행에서 돌아온 1788년에 뉴돌 슈타트에 있는 친척집에서 개인적으로였고 그전에 우연히 실러의 졸업식에도 참석했었다. 그리고 괴테-실러가 서로 동지 문인으로서 친교가 시작되기는 1794년, 실러가 기획한 잡지 《호렌 Die Horen》에 괴테가 동인으로 참여한 무렵부터이다. 이어서 1797년에 편집한 『연간 시집』에 두 시인이 두 줄의 짧은 풍자시 414편을 한데 모은 『크세니엔』(1795)도 공저로 펴냈었다. 더욱이 두 문인 사이에 오갔던 1천 통이 넘는 『괴테-실러 왕복 서한』은 순진하고 넉넉한 두 사람의 우정과 문예관을 담은 진귀한 기록으로 평가되고 있다. 그만큼 두 거장은 진지하게 상대의 작품을 비평하면서 서로 격려하고 집필을 독려하면서 협력했던 것이다.

괴테와 실러의 문학적인 유대가 깊어진 것은 그들이 독일 문화의 중심지인 바이마르에서 본격화되었다. 실러의 현실참여적인 비판적 희곡 작품들은 1791~1817에 걸쳐서 26년 동안 궁정극장 총감독을 맡은 괴테의 전폭적인 지원으로 공연되었다. 이에 비해 사회 참여적 혁명보다는 순수한 인간의 내면적 도덕성을 중시해온 괴테의 창작력 한계에 대해서 지적하고 소생시켜서 새로운 시인으로 재생시켜준 준 실러의 격려와 영향으로 괴테가 새로워졌던 것이다. 그들이 함께 발행했던《호렌 Die Horen》에 대해서 한 때 당시로서는 심한 그 외설성으로 사회의 비난을 받던 상황에도 두 사람은 흔들림 없이 대처해 냈던 결과이다.

괴테와 실러는 다행히도 1794년부터 깊은 정을 쌓으면서 1805년에 실러가 숨질 때까지 11년 동안 계속된 서로의 우정은 형제 이상으로 각별하게 격려하며 돕는 상생의 관계였다. 이웃집에 옮겨와 살던 실러의 희곡 작품 대부분을 당시 26년 동안 (1791~1817) 바이마르극장의 총감독으로 있던 괴테의 연출로 상연되었다. 독일 고전주의의 절정기에 만났던 두 사람 가운데 괴테는 자연주의적인 사람이고 실러는 정신적인 사람이지만 실러는 괴테를 이상으로 생각하면서도 그에게 사상적인 자각을 주는 일로 이바지했고, 높은 인간성을 완성하는데 노력하였다.

"독일문학의 자의식은 바이마르에서 태어났다."는 문학사가 쟈크 바젼의 말처럼 괴테시대는 각기 다른 지방정부처럼 수많은 공국과 도시로 분열되었던 오늘의 독일이 처음으로 민족적이고 문화적인 정체성에 눈뜨게 되었던 것이다. 과연 바이마르에는 두 문인이 기존의 헤르더, 크리스토프 빌란트 등과 합류하는 공간이었다.

그들의 우정은 서로에게 생산적이고 바람직한 것으로서 독일문학의 상생적인 문호로서 대성한 관계로 유명하다. 괴테가 구상하고 미루어 오던「코린트의 신부」「신과 창녀」등의 발라드와 오래 손을 떼고 있었던『파우스트』의 재착수나『빌헬름 마이스터의 수업시대』의 완결 등은 모두 실러의 간곡한 권유에 의한 성과물로 알려져 있다.

1798년에 괴테가 한 말에는 진정어린 감사와 우정 이상의 동료 사랑이 전해진다.

"자네는 내게 또다시 청춘을 안겨주고 나를 또다시 작가로 만들어 주었다네. 사실 나는 작가 생활을 그만두었으면 좋을 것이라고 생각했었는데…."

실러는 병석에 누운 지 1주일 만에 숨을 거두었지만, 그때 4년째 안면 건조증에다 신장염, 신장발작증 등의 중병에 시달려 있었기에 괴테에게는 실러의 죽음을 알리지 않아 몰랐었다. 늦게에서야 실러의 죽음을 전해들은 괴테는 "그 친구를 잃음으로써 나는 내 인생의 절반을 잃어버렸다"고 탄식했다고 전한다. 괴테는 자신보다 10년 아래인 실러가 아까운 나이로 먼저 생을 마쳤을 때 손수 쓴 시「실러의 鍾을 위한 에필로그」도 발표했었다.

괴테와 실러는 세계적인 대문호로서 독일 튀링겐주 바이마르의 독일국립극장 앞에 생전의 우정을 상징하듯 동상으로 나란히 서 있다. 독일 드레스덴 출신의 조각가 에르스트 리첼의 구리 조각 작품을 1857년에 완성하여 놓은 것이다. 신장 190cm였던 실러와 169cm였던 괴테를 같은 키 높이로 세워져 있다. 이밖에 외국에서도 괴테와 실러 두 사람의 동상은 발견할 수 있다. 미국 클리블랜드와 밀워키, 쌘프란시스코에도 이 조각품을 본떠서 세워

놓은 것이다.

한국에는 이렇게 괴테와 쉴러가 함께한 모습 대신에 독일 베를린 시내 티어가르텐 공원에 있는 동상을 복원하여 서울 롯데월드타워 앞 광장 정원에다 40대 모습의 괴테 동상만 5미터 남짓 크기로 2016년 11월에 세워졌다.

에필로그

우리는 위에서 세계적인 문호인 괴테와 실러의 삶과 문학에서 살펴본 교훈을 참고로 덕망 있고 현명한 처세를 해야 할 것 같다. 한국문학도로서 서양의 근현대문학을 수용한 데 있어서도 의연한 정체성을 갖되 세계문학의 중요한 산맥을 살펴본 것이다. 특히 이미 큰 문학성과를 이룬 그리스나 영국, 프랑스, 이태리 등의 유럽문학에 비해서 미미했던 독일의 고전주의와 낭만주의로써 근대문학을 확립시킨 두 기둥으로서 세계문학의 생성과 교류에도 이바지한 모델을 점검했다. 너무 내면에 흐른 순수문학적인 괴테와 보다 사회 참여문학적인 실러의 조화와 협력은 모범적인 사안으로 참고된다.

상극적인 투쟁을 일삼는 정치 경제적인 사회인들과 달리 문화예술을 이끄는 문단인들은 서로 격려하고 협력해서 상생하는 덕목을 실행하는 처세가 기대된다. 그리고 평생을 통해서 수많은 연인들과 사랑하고 아쉽게 헤어지는 고뇌의 과정에서 얻은 괴테식 지혜와 처세도 참고해 볼만하다. 우리보다 2세기 전에 괴테는 그 숱한 사랑과 우정의 관계 속에서 값있는 문학작품을 생산적으로 얻어내는 실적을 쌓았기 때문이다. 또한 최근 서양에 진출하여 저명한 문학상으로 평가받는 한국문학도 일찍이 올바른 민족문학 형성과 교류가 향상된 세계문학의 구성원임을 새롭게 인식해야 한다.

3. 작품 속에 담긴 독도(獨島)의 양상
근래의 우리 시와 수필 중에서

문제 제기

근래 단속적으로 떠오른 독도문제는 뜨거운 우리 현안의 하나이다. 이웃나라 상호간에 국제적인 갈등과 논의로도 파장이 일고 있는 독도(獨島)-다케시마-리앙쿠르 록스. 이에 대한 관심이나 정작 그 실체가 한국의 시 작품과 수필들에는 어떻게 나타나 있는가? 그리고 이에 따른 반성할 점과 우리의 과제는 무엇일까?

따라서 논자는 모처럼 독도에 대하여 쓴 작품들에 접근해 본다. 사실 울릉도만 두세 차례 다녀왔을 뿐 독도는 내쳐올 만큼 평소에는 방관자적 자세로 임해오던 스스로의 반성을 함께해서이다. 여기에서는 독도에 관한 시문학과 수필들을 살펴봄으로써 상대적으로 소설에 드러난 그것과의 대비와 문제점도 알아볼 수 있을 것 같다.

독도에 관한 근래의 우리 문학 자료를 조사하면서 논자는 우선 작품 수효가 예상 밖으로 많은 사실을 발견했다. 준비기간이 촉박한 관계로 국립중앙도서관, 국회도서관, 중앙대도서관 경우만 해도 그랬다. 특별히 국회도서관에는 독도 관련 독도통일자료실까지 마련되어 각종 관계의 단행본, 종합작품집, 문예지 중의 특집 등이 즐비하다. 그밖에 논자가 자료를 더 구해서 통독한 텍스트들을 몇 가지 성향으로 나누어 분석, 정리해 본다.

시 작품에 나타난 독도

근래 우리 문단에 발표된 관련 시편들을 살펴보면 대체로 다음 몇 가지 경향을 띠고 있다. 시인들은 제각기 제재로 제시된 독도에 대한 아낌이나 기림의식과 사랑을 주제화하되 뜨겁게 상징적으로 쓰고 있는 것 같다.

근래의 독도 관련 시편들은 세 가지 성향으로 나누어 묶어볼 수 있다. 물론 논자가 아직 구해 보지 못한 개인 작품집이나 나머지의 특집 등도 더 있을 것임은 물론이다. 앞으로 이 글을 다음에 더 보완할 기회를 갖길 바란다.

1) 선명한 독도 이미지

이들 독도에 관한 작품의 성향으로서는 우선, 글의 대상으로 제시된 독도와의 만남에서 느낀 이미지를 다양하게 형상화하여 인상적이란 점이다. 대부분의 시에서는 독도를 살아있는 객관적 상관물로 표상화해서 자아와 대화하거나 다짐하여 공감을 준다. 그 가운데서는 독도가 조국의 지킴이라는 것과 국토의 막내둥이라는 분포가 제일 많다.

독도는 지킴이- 김후란의 「독도는 깨어 있다」에서의 '조국의 수문장', 김소엽의 「독도에서 살으리랏다」에서의 '조선의 울타리', 성찬경의 「독도의 노래」

에서의 '파수병', 홍윤숙의 「들어라 이 땅의 함성을 다시는 어떤 국치도 용서하지 않는다」에서의 '동해의 파수꾼'으로 나타난다. 이어서 황금찬의 「혼자 부르는 노래」에서의 '혼자 조국을 지키는 독도' , 최순자의 「독도여, 보아라」에서는 동해바다 수문장으로 표상하고 있다. 김성진의 「독도는 외친다」에서의 '삼천리강산 파수꾼'이나 백기출의 「독도」에서는 '우리의 초병, 등으로 이어지고 있다. 또한, 추영수의 「동해의 파수꾼 우리 땅 독도」, 신광현의 「첨병 독도여」, 신군선의 「동해의 첨병 독도」는 제목 그대로이다.

이밖에 시 내용에서 독도가 지킴이임을 드러내는 다음 시 중에도 그 보기로 나타나 있다. -"/망망대해를 맨몸으로 막아선 섬,/두 손 들어 막아선 채/ 안 된다, 안 돼,/ 외세의 탐욕까지 혼자 막아 선/ 우리나라 작은 섬 하나 거기 있네./"- 이건청의「안 보이는 거기 네가 있다」 중에서.

또한 -"/이제 독도를 섬이라 부르지 말라./ 독도는 억조창생 때부터 한반도 땅임을 증명하러 나간/ 맨 앞의 사람이다./ 영원불멸의 맨 앞 사람이다./"- 조정권의 「이제 독도를 섬이라 부르지 말라」 중에서.

독도는 막내둥이- 오탁번의 「독도는 독도다」에서는 독도를 단군의 '막내손자'로, 오세영의 「독도」에서는 자신의 '막내아우'로, 이기철의 「소년 독도」, 김숙자의 「유전자 검사한 독도」, 김영월의 「이제 독도는 외롭지 않다」에서는 대한민국 자궁에서 태어난 혈연적인 '막내둥이'로 의인화하고 있다. 그런가 하면, 유안진의 「한글가락이 파도치는 독도는 우리 땅」, 오현정의 「독도 술패랭이」에서는 독도가 '국토의 막내'나 '동녘 끝 막내 섬'으로 표출되고 있다. 김태훈의 「거기 있었네」, 서정란의 「독도는 우리 땅이다」, 이태수의 「우리 독도에게」, 김광의 「독도(獨島)여」에서는 한반도의 막내로 새겨져 있다. 정정길의 「독도의 물결 속에」나 조현길의「독도」에서도 독도를 조국의 막내둥이 땅으로 부르고 있는 것이다.

독도를 한반도의 막내섬으로 보는 견해는 일찍이 유치환의 제3시집 표제작으로서 울릉도 도동 약수공원에 세워져 있는 「울릉도」 (1948)의 본문과 비교되어 참고해 본다. 울릉도와 독도는 지리학적으로나 행정적으로 밀접하기 때문이다. 시편 「울릉도」 전반부의 "/ 동쪽 먼 심해선(深海線) 밖의/ 한 점 섬 울릉도로 갈거나.//금수(錦繡)로 굽이쳐 내리던/ 長白의 멧부리 방울 뛰어,/ 애달픈 국토의 막내 / 너의 호젓한 모습이 되었으리니,/"의 '국토의 막내' 영향이 그것이다. 그러나 다음처럼 독도와 울릉도를 연결한 시각은 한 걸음 앞선 접근이다.

"한 많은 한반도의 막내 섬,/ 아득한 예부터 여기 이렇게 떨어져 앉아/ 바위가 된 채, 바위보다 고고한 우리 독도여./ 누가 뭐라고 왜곡해도, 바람 불고 파도가/ 높고 거칠어도, 오로지 옥빛 하늘 우러러,/ 바다 멀리 가슴을 열고 앉았다간 서서/ 아비에게도, 어미 섬 울릉도에조차/ 투정 한번 할 줄 모르는 동도여, 서도여./"- 이태수 「우리 독도에게」에서.

다의적인 것과 연인- 위의 두 가지에 이어 독도이미지를 복합적으로 활용하는 작품들도 적지 않다. 김남조는 「독도를 위하여」에서 "독도여/…/ 강직한 고독, 고독의 최고사령부여/…/프로테메우스의 초상화여."라고 부른다. 신경림의「너 아름다워 이 땅이 아름다우니」에서 '깃발' '채찍' '우리들의 꿈' '우리들의 사랑'이라고 규정하는 것도 그렇다. 또한 이근배는 「독도만세」에서 독도를 '국토의 솟을대문' '단군사직의 재단' '오천 년 역사' '칠천만 겨레'로 다의화한 것이다. 홍윤숙의 시에서도 그렇지만 장석주의 「독도」경우엔 첫 연부터 다양한 이미지를 보인다. -"/너는 바다 한가운데서 웅고한 음악이다/너는 바다 한가운데 펼쳐진 책이다/너는 바다가 피운 두 송이의 꽃봉오리다/너는 바다가 낳은 알이다/" 등.

그런가 하면, 이시환은 「독도」에서 "정녕, 너는 반도의 눈(眼)이고/ 우리들의 아침이니라. / 정녕, 너는 대륙의 머리(首)이고/ 우리들의 중심."이라 여긴다. 또한 임솔내는 「내 이름 독도」에서 독도를 "태극이여, 한반도여, 내 어머니여"로 부르고 있다. 이어서 권영우의 「독도」에서는 독도가 '충직한 우리의 분신이요/ 칠천만 겨레의 자존심'으로, 김호길의 「독도, 우리 영혼의 금강석」에서는 '영혼의 금강석으로, 김희경의 「독도」에서는 '우리 조상의 어머니, 우리 영혼의 어머니'로 표상되고 있다.

한편, 유상근은 「돌섬에 꽃이 피네」에서 자연적인 섭리 상으로 독도에 대나무는 얼씬도 못 할 것임을 들어 일본의 터무니없는 다께시마(竹島) 주장을 시적으로 의연하게 형상화해서 눈길을 끈다. 2018년 서울지하철 2호선 선릉역 유리벽에 게시된 시편에서이다. -"/울릉도 바람결에 흩날리다 미아된 씨/저마다 무서워서 눈감은 채 허공 날다/섭리로 독도에 닿아 돌 틈에서 싹 트네//민들레 달부리풀 고운 목숨 쉰 몇 가지/ 갯메꽃 수울패랭이 바다 과꽃 땅채송화/ 키작아 살아들 남네 바람 비켜 꽃 피네//대나무가 꿈엔들 얼씬이나 할 수 있나/키 크고 목 곧은 건 발 못 붙일 저 바람 속/순리가 즈믄 해 하냥 수를 놓아 고운 섬/"-「돌섬에 꽃이 피네- 독도 송가」 전문.

끝으로, 독도를 연인으로 표상한 경우이다. 김영은은 「독도에 안기다」에서 독도는 섬 여인에 유혹받는 '내 사랑'이요, 한분순의 시조시 「사랑도」에서 역시 그것은 제목에서처럼 사랑의 섬인 것이다. 또 김현숙의 「독도를 향하여」에서 '우리의 긍지'인 독도는 '멀리 있어 더욱 아픈 사랑'이요 박완신의 「사랑의 꽃, 독도」 도 이런 연인 이미지를 뒷받침한다.

2) 지탄성과 행사시 성향

근래 국내에서 많이 발표된 일련의 독도에 상관된 시편들은 대개 행사시적 성향이 짙다는 점이다. 워낙 터무니없는 일본측의 여론적인 섬 도발이 시사적인 쟁점으로 대두되자 이에 갑작스럽게 대응한 결과인 것이다. 따라서 중복될 만큼 단조로운 제목으로 드러난 바처럼 독도 테마의 특집 작품이 많았던 여건이 참고된다. 직접적인 시제들에 비해서 독도를 다양한 상징으로 이미지화한 모색은 바람직한 성과이다. 뒤늦게나마 망각했던 국토에 관해 관심으로써 실체의 중요성과 인식을 새롭게 해서이다.

이런 면이야 독도를 관찰하고 이에 집중하여 시를 써온 경우는 드물고 갑작스런 쟁점을 계기로 글쓰기 하는 처지에서임은 물론이다. 그러기에 보다 진지한 근원에 대한 접근에 앞서 일제의 만행을 고발하고 독자들에게 주의를 환기시키는 것이다. 이를테면 홍윤숙의 시 「들어라 이 땅의 함성을 다시는 국치도 용서하지 않는다」에서는 긴 호흡으로 일제 만행을 체험한 증언자로서의 지탄을 서슴치 않는다. - "/ 꿈꾸지 마라 이 땅의 흙 한 줌 풀포기인들/ 다시는 너희 발에 더럽히지 않으리니/ 매국노 이완용 송병준은 이제 없다/ 지난 세기 저 통한의 국치(國恥) 씻어 내며 씻어 내며/ 누만 년 이 땅을 지켜나갈/ 독도는 …/ 우리가 지킨다 7천만이 제 가슴 지키듯 우리가 지킨다/ 독도여! 아름답고 의연하고 영원하여라/"

또한, 이근배는 「독도 만세」에서 한일간의 오랜 문화와 지정학적 관계를 들어서 일본을 의연하게 꾸짖어 호응을 얻는다. -"/백두대간이 젖을 물려 키운 일본열도/ 먹을 것, 입을 것을 일러주고/ 말도 글도 가르쳤더니/ 먼 옛날부터 들 고양이처럼 기어와서/ 우리 것을 빼앗고 훔치다가/ 끝내는 나라까지 삼키었던/ 그 죄 값 치르기도 전에/ 어찌 간사한 혀를 널름거리는 것이냐/." 이 시편은 이가림이 「반도의 야경꾼」에서 시네마현 사람들에게 던진 다음 말처럼 따끔하다. -"겉으로 웃으며 속으로 칼을 빼어드는/ 엉큼한 이웃이여,/ 원적부(原籍符)에 엄연히 적혀 있는/ 우리 막내아들의 이름을/ 이제 더 이상 부르지 마오./ "

그런가 하면, 진헌성은 더듬이 시 「리앙쿠르 록스」에서 위와는 다르게 독도분쟁에서 적대관계인 일본보다는 중립을 벗어난 미국을 '개똥 핥는 주둥치'라고 비난하여 눈길을 끈다. -"독도를 주권 미지정의 '리앙쿠르 록스'라/ 미국 지명위원회가 그래/우릴 허스름 떨거지로 알고 허쑹한지고!//일본 항복 문서부터/몇 번을 한국영이라더니/ 일본영이라 뒤바꾸는 수작도/ '가재는 게 편'이라던 속담이네/"

또 김대원은 시 「왜국 일본 너들이 정말」에서 우리가 길러온 애숭이 철부지로서 36년 동안 포악을 저지르고도 반성 없는 일본에 일갈한다. "/은혜를 원수로 갚는/ 교활한 승냥이가 되어 /(중략) /저들이 할퀴고 간/ 손발톱 자국과 이빨자국/ (중략) /안간힘 다해 세계도약 꿈 키우는데/청포림 숲 위로 드러난/ 울릉도와 독도 꼬리/ 감히 자르려 하다니/(후략)."

한편, 도창회는 「독도도 문제지만」에서 일본의 간악한 언행을 신랄하게 지탄한다. "어찌 적당히 얼버무리면 / 되는 줄만 알고/ 한번 게겨 보는 그 알량한 심사가/ 더 한심하고" "씻지 못할 일을 하고서/ 스스로 사람이길 거부하는 /대로부터 물려받은/ 간악한 그 근성이/ 더 불쌍하다." 민영희 역시 「백여시의 둔갑술」에서 독도문제를 간교한 인간에 빗대서 서사적으로 풍자하여 흥미롭다. 일본은 호시탐탐 안채를 노리던 옆집 청상과부가 아양을 떨어 곳간열쇠를 건네받고 삼십 수년 동안 가세를 물어뜯어 독약을 보약으로 둔갑시킨 여우같은 존재라는 것이다. -"/ 백 여시 다시금 뾰족한 주둥이를 들이밀며/ 쫓겨날 때 미처 못 가져간 꿀단지 돌려달라고/ 밤낮없이 캥 캐캥캥 짖고 있으니/ 귀 시끄럽다./ 그리고 남기일은「독도 관련 망언에 붙여」전문에서 호되게 외친다. -/돌연히 동해에서 개들 짓는 소리/한국의 독도를 왜구들의 것이라 우기네./…/ 어진 우리들도 어찌할 도리가 없지./ …/ 몽둥이 세례를 퍼부어 잡아버릴 수밖에./"

이런 시인의 개인적인 시에서나 독도 탐방행사에서 얻는 시 성과는 적지 않음을 함민복의「독도를 보고 와서」작품 전문에서도 확인할 수 있다. -"독도 / /아름다웠네 부끄러웠네 / 소금처럼/ 불처럼/ 썩지 말자 맹세하네./"

그리고 역설적으로 독도를 근래의 정치사회 이슈와는 초탈한 근원적 존재로서 에둘러 접근한 경우도 있어 다양성의 무게를 더한다. -고은은「독도」에서 의연하게 읊는다. -"/일찍이 그 누구도 거기에 가지 못한 이래/ 바람의 세월 몇 천 년 동안/ 오직 그곳만이 파도소리에 묻혀/ 그 누구도 태어나지 않는 곳 /먼 곳 자지러지게 떠도는 동안/ 그 누구에게도 끝내 고향이었다/ 오오 동해 독도/"

또한, 안시안 시인은 시「독도」에서 차라리 외로운 독도 섬의 위치가 바뀌었으면 하는 소박한 심정을 읊는다. 애타는 마음과 치미는 감정의 충동을 글로써 추스르는 경우이다. - "할 수만 있다면/ 독도를 울릉도 쪽으로 좀 더 당겨 놓거나/울릉도를 독도 쪽으로 좀 더 밀어놓거나/ 아, 그렇게만 된다면 이리 마음 졸이며/ 걱정하지 않아도/ 이리 속을 끓이며/ 주먹을 쥐지 않아도/(후략)"

3) 감성적인 반응자세

시문학 작품은 거의가 감성적인 것들이라서 구체적인 실천이기보다 막연한 그리움의 추구나 달뜬 구호인 소지가 적지 않다는 점이다. 이를테면, 한 중견 시인의 그것처럼 독도를 흔히는 낭만적으로 보고 감정적으로 다루게 된다. -“/ 내 눈을 뽑아 너에게 주마/ 내 심장을 꺼내 너에게 주마//오늘은 시가 되지 말고/ 뜨겁게 분노하라/오늘은 노래가 되지 말고/ 활화산처럼 포효하라 /” -얼핏 보아 이런 시적 접근은 동해상에 경비정 한 척을 출동시켜 시위하는 것에 비기면 무력하게 보여 질 수 있겠다. 혹은 국회에서 군함 몇 척 건조할 예산을 주무르는 실세 의원의 영향력에 비해도 마찬가지이다.

이런 경향은 어쩌면 사물의 인상을 되도록 적은 언어로 밀도 짙게 응축시키는 시문학의 속성상 당연한 현상이다. 더욱이 적어도 엄청난 부존자원과 전략적 가치를 놓고 국가들 사이의 이해가 걸린 국제적 분쟁에 문학의 대응 효과는 미미하게 느껴진다. 하지만 그 경비정과 순양함 등을 움직이는 주체자인 사람의 마음과 감성을 시문학이 길들이는 원동력인데 과연 우리 문학은 이런 힘을 지니고 있는 것일까. 가끔은 우리 문학이 이런 현실참여 문제에 올바르게 대응하는 역할에도 반성해 볼 사안이다.

그런데 다행히 이런 시문학의 공허한 외침을 벗어난 작품을 만날 수 있어 반갑다. 위에서 살핀 바 일제강점하이던 중학생 때에 모국어를 빼앗기고 각종 근로보급대 등으로 고난을 겪은 홍윤숙의 증언과 독도 수호 의지는 새 힘을 준다. 또한, 김종해도 「독도여, 함께 가자」에서 역사적 죄과를 조목조목 제시하며 던지는 굳센 결의가 설득력을 보인다. -“/1905년 을사늑약(乙巳勒約)을 우리는 잊을 수가 없다./강도 일본의 군국주의는 우리 국권을 도적질했고/…/독도를 저희 일본 땅 다케시마(竹島)로/…그 100년 동안 우리는 악몽에 시달렸다./ …/오늘 우리는 노래한다./독도여, 너는 이제 혼자가 아니다/독도여, 함께 가자. /”

또 한편, 위의 경우들과는 다르게 과거의 사실이나 앞으로 일어날 일을 떠올려 경각심을 불러일으킨다. 안도섭은 「독도여 이젠 말해 주」에서 해방 3년 후, 석 대의 미군 폭격기가 독도에서 고기 잡던 궁장환 등 14명의 어부와 해녀들을 오폭으로 희생시킨 사건을 고발한다. -"이 의문의 수수께끼/ 1996년 가서야 시원히 밝혀지니/ 장학상과 공두업 두 어부는/ '당시 80척의 배가 조업 중 포격을 맞았는데 / 한 척의 배에는 5~8 명의 어부가 타고 있었다는 것이어늘/…."

김항식은 「어느 날 갑자기 독도전쟁이 터지다」에서 남달리 리얼하게 연상시킨다. -"/일본 비행기가/ 새까맣게 떴다 (2연 생략) /독도를 둘러싼 바다에는/ 여러 척의 일본 항공모함/ 오르내리는 전폭기……/—(4연 생략) / "독도는 우리 땅!"//우리가 노래만 부르고 있을 때/ 신나게 일장기를 불태우면서/ 데모로 기세만 올리고 있을 때/(6~13연 생략) /일본 전폭기들이 퍼붓는 날벼락에 이어/기어오르는 해군 육전대(陸戰隊)가 독도를 점령./ 한국의 독도수비대는 전부 옥쇄(玉碎)/ …."

수필 작품의 경우

시에 비해서 산문인 수필 분야는 여러모로 대조적인 양상을 드러낸다. 그것을 논자가 읽은 몇 작품으로 소략하게 보기를 들어 살필 수 있다.

1) 감정적이기보다 이성적

먼저 시문학에 비해서 수필들에서는 상대적으로 이성적인 면을 띤다는 점이다. 시에 비해서 작품 분량이 더 많아서 서술의 폭도 넓은 편이랄까.

윤재천은 「독도 유감」에서 일본의 도발에 대해서는 냉정하고 차분히 대응하자고 말한다. -"가능한 한 감정을 절제하고 상황을 바로 판단한 후, 이에 적절히 대처하는 지혜가 필요하다. … 참을성 없는 사무라이 정신을, 우리의 의연한 선비정신으로 단호하게 대처함으로써 상대적으로 우월성을 과시하자는 의미이다."

김학은 「동해바다 그리고 문지기 섬, 독도」에서 대화하듯 친근하게 접근해 온다. 구한말에 독도는 울진현 소속의 우산도나 삼봉도라고 불렀다며 아마추어적인 고증에 의한 견해를 편다. 가까운 지역에서 복무한 군 체험을 곁들여 역사, 지리적 고찰에다 구한말의 '매천야록'도 곁들이며 기행문 겸해서 설득하고 있다.

더욱이 일본 동경에서 20여 년 살다온 강태국은 「독도여, 외로워 말라」에서 손수 겪으며 살펴온 일본인들의 근성을 들면서 보다 신중한 대처방법을 제안한다. 용의주도하게 상대방의 속성과 취약점을 염탐해서 노려 치는 그들의 간자(間者)적 태도에 경계를 늦추지 않아야 한다는 것이다. 1996년에 발표한 칼럼의 일부는 유의해 두어야 할 것 같다.

"독도는 감칠 나게 유혹하는 섬인가? 그렇다. 낭만 섬, 유혹의 섬, 해양자원이 풍부하고, 영토와 영해를 넓힐 수 있다. 일본으로서는 눈독 들이고 군침 삼킬만하다.

우리는 오염 없는 아름다운 섬, 해맞이를 맨 먼저 할 수 있는 섬이다. 관광개발하여 두 개의 섬을 구름다리라도 놓아, 자연수족관이라든가 오두막집 같은 걸 구석구석에 꾸며놓으면 환상의 세계가 될 것이다.

'독도는 우리 땅'이라는 것은 역사가 알고 그들도 알고 세계인이 모두 알고 있는데 그들은 망발에 이어 독단을 범하고 있다. 건방지고 용서 못 할 일은 순시선과 비행기로 정찰하는 짓이다. 고성능 망원경으로 엿보고 사진 찍는 나쁜 버릇이다. 우리 국방태세를 위협하는 셈이다."

2) 외국 경우와의 대비적 접근

앞에서 살펴본 바의 시 작품들에서 와는 달리 여기에서는 독도를 외국 경우와 비교한 수필이 눈길을 끈다. 배경숙의 체험적 기행문인「독도와 포클랜드」가 그것이다. 현안의 독도문제를 지구의 반대편인 남극 가까이에 위치한 포클랜드 섬과 대비시킨 것이다. 영국령 바람섬인 포클랜드는 1980년대 초에 아르헨티나와 영국이 영토분쟁을 일으킨 곳으로 유명하다. 바로 이 섬에 여러 날 탐방했던 자신이 잠시 독도에 상륙했던 실제 체험을 곁들여서 설득력 있게 대비하고 있다. 더욱이 마무리 부분에서는 우리와 대마도도 언급하여 인상적이다.

서두와 마무리 부분을 들어본다.

"단 20분, 독도에 내릴 수 있는 시간이 허용되었지만 나는 그놈의 멀미 때문에 여객선 화장실에서 10분을 허비하고 나머지 10분쯤으로 독도의 땅김을 맡아본 셈이다. 아니, 바위섬에 내려 온몸의 무게를 다해서 걸어볼 수 있었다. 그 감회라는 것이 깊고 애절한 사랑을 품에 안아보고 난 기분이라고나 할까? 뿌듯하고 당차고, 그렇게 향기로울 수가 없었다. 가슴으로 눈으로 가득 차 올라온 독도를 한 바퀴 돌아본 후 아쉽게도 그만 울릉도로 향했다. 기암절벽으로 가득한 우리 땅 독도를 뒤로하며 한편으로 나는 포클랜드를 떠올렸다.(중략)

아름다운 바위섬 독도. 풍요로운 독도를 위해 좀 더 체계적인 정책과 관심을 기울일 수는 없을까! 집이 있다는 것은 돌아갈 자리가 기다린다는 뜻이다. 세상 어디에서도 가장 떳떳하고 굳건한 큰 힘이 된다. 돌아갈 수 있는 나라, 우리 땅은 우리가 관리하고 보호할 때 진정한 우리의 국토가 될 것이다.

나는 포클랜드에서 독도를 생각하고 독도에서 포클랜드를 떠올린다. 대마도는 또 어떤가!"

3) 구체적 자료로 능동적 대응

실로 수십 년 동안에 걸쳐서 계속되어온 한일 양국 사이의 독도영유권 분쟁과 양 국민의 갈등에는 현명한 대응과 꾸준한 노력이 필요한 과제이다.

서정란 역시 「울릉도 독도를 가다」의 마무리 대목에서 독도 문제 대응에 대한 견해를 편다.

"엄연한 국토 분쟁이니만큼 흥분이나 하고 목소리를 높여서 될 일이 아니다. 역사적으로 인증된 명백한 자료를 가지고 그들과 대면해서 해결해야 될 문제라고 생각한다. 그들은 절대 흥분하지 않는다. 속내를 들여다보면, 엄연한 자기네 땅인데 왜 흥분을 하고 떠들어 대느냐는 식이다. 그들은 조용한 외교를 통해 치밀한 계획으로 독도가 자기네 땅이라는 것을 홍보하는 것이다."

권태하는 「독도와 일본 땅 다케시마」에서 문제된 독도의 이름을 어원적으로 밝혀 주목을 끈다. 본래 '돌섬'이란 일본식 발음이 '도꾸'이므로 '쯔시마'라고 부르는 대마도 역시 우리 땅이라고 주장할 수 있다는 견해이다. 여기에는 마침 평론가인 장백일 또한 「대마도도 우리 땅」이라는 글에서 역사나 지정학적으로 한국과 더 밀접하다는 주장을 뒷받침하고 있다. 고려 말엽부터 왜구를 정복해 온 데다 조선조의 세종대왕 때는 직접 이종무 장군이 대마도에 정벌 나가서 점령하고 조공까지 받아온 땅인 것이다.

정정길은 칼럼적인 「반일이냐, 극일이냐, 제3의 선택이냐」에서 이승만 전 대통령의 1952년'평화선' 선언을 통한 독도의 경위를 추구한다. 당시 치열한 한국 전쟁 중 맥아더 라인의 철폐를 앞둔 상황에서 일본 당국과 한국 대통령 특별고문인 올리버 박사의 반대를 무릅쓰고 해양국가로서의 주권을 선언했다는 것이다. 그리고 집필자는 그 자원과 수호 및 발전을 위해서 독도를 개발할 다섯 가지의 항목을 제시하고 있다. 이런 견해는 이시환도 같은 책에서 편 주장과 상통한다. -"따라서 우리 시인들이 독도에 대하여 시를 한 편씩 짓는 동안에 국방부에서는 잠수함이라도, 아니 구축함이라도 한 척 건조했어야 한다."

결론과 남은 과제

이상에서 근래 우리의 주요 현안이 되어온 독도에 관련해서 쓴 여러 시편과 수필에 나타난 양상들을 살펴보았다. 시 작품에서의 선명한 독도 이미지와 행사시나 대응양식에 대조적인 수필문학을 대비하며 고찰한 것이다. 모처럼 우리 해양 영토인 독도가 국제적인 분쟁에 휘말릴 상태에서 새삼 국민 된 역사의식도 깨우치게 되었다. 국내의 휴전선이나 NNL 못지않게 국제적인 해양경계선과 밀접한 독도 영유권 문제는 당면한 중대 현안이다.

엄연한 우리 영해의 섬을 지키는 데는 더 체계적이고 적극적인 자세로 대처해야 할 것 같다. 가능하면, 바야흐로 새롭게 재무장해서 일어서려는 일본의 독도 영유권에 맞서 조선조에 지배해 왔던 우리의 집 앞 대마도 소유권도 전향적으로 제기해 볼 단계가 아닌가 싶다. 동해의 독도에 버금가게 세계 패권국으로 솟아오른 중국이 노리는 남해의 이어도 영유권 문제 역시 심상치 않다. 이제 우리는 국력을 다지고 국론을 모으며 해양법은 물론 국제사회에서 정치외교상으로 능동적으로 대응해갈 계제에 처해 있다.

그러므로 우리는 앞으로 독도 인식과 대응자세도 새롭게 해야 마땅하다. 국민의 주요 관심사인 독도문제를 역사와 행정 및 지정학적으로 밀접한 울릉도와 연계해서 진지하게 접근해야 한다. 또한, 우리는 독도 관련 시와 수필에 담긴 여러 양상들이 총체적 서사문학인 소설과는 어떻게 상이하며 공통점으로 이어지는가도 점검해야 함은 물론이다. 더욱이 평소 문필로써 창작에 종사하는 문인들은 자칫 외면되기 쉬우므로 이런 독도 문제 해결에 관심 깊게 참여해야 할 자세가 더 긴요하다.

4. 문학나무를 빛내는 잎의 미학

현대 수필문학의 위상

문학 위기 속의 수필문학

생각하면, 우리와 더불어 사는 나무들은 봄 들어 집 앞의 나뭇가지부터 새잎을 싹 틔워 생동감을 주었다. 싱그러운 잎으로 꽃을 빛내고 초록 무성한 여름에는 열매를 키워 가을을 맞았다. 그리고 이제는 나무 자체의 힘겨운 겨울나기를 위해 이파리 스스로 단풍으로 불태우고 낙엽 져서 나무 밑거름으로까지 아낌없이 베푼다. 색색의 무늬에다 사각사각 소리에 향내 풍기는 낙엽 길을 거니는 우리는 새삼스레 나뭇잎의 미학과 덕목에 고개가 숙여진다. 봄의 낭만과 여름의 성숙을 지나 가을의 결실을 맺은 다음 겨우내 추위를 견뎌내며 스스로 또다시 싱그러운 내년을 예비하는 인동의 덕을 품고 사는 나목 속 생명의 신비. 어쩌면 나뭇잎은 순차적인 네 계절의 나무를 키워내며 스스로 가꾸고 드디어는 대자연에 이바지하는 성자이다. 그러기에 휠 라이트 등은 나무를 우주의 조화나 재생으로 다함없는 삶과 영원성의 원형 상징적 등가물로 내세우고 있는 것이다.

문학을 한 그루의 나무로 여긴 수필은 요긴한 잎에 해당하는 장르이다. 모름지기 문학나무의 꽃은 시요, 탐스런 열매는 소설이나 희곡이며 뿌리와 가지는 비평에 비유해 볼 수 있겠다. 여기에서 수필은 마치 커다란 나무의 이파리처럼 야드르르하게 생명감 넘치는 활력으로써 이운 꽃에 이어서 열린 열매를 추스르고 키우다가 곱게 물든 낙엽으로 자기가 맡은 몫을 다한다. 수필은 해마다 스스로 전체 문학나무를 감싸고 쉼 없는 탄소동화작용으로 가지나 줄기를 키우고 튼실한 열매를 영글게 하여 인간과 동물들에 일용할 양식을 제공했다. 이처럼 나뭇잎은 성실한 시민인양 인간의 미쁨을 받는 존재로서 묵묵히 천지화육에 이바지해 왔다.

결코 화려하지 않은 수필 장르는 평소 꽃보다 더 풋풋한 이파리로서의 아름다움을 발산한다. 화사한 꽃 시샘에 지친 꽃들이 이울고 난 초여름에는 신록과 녹음이 과연 계절의 여왕답게 아름다움의 극치를 보여주기도 한다. 수필은 그만큼 자연의 정령 같은 매력을 지닌 근대 이후 민주시대 문학의 숨은 공로자요. 현대사회에 와선 문학의 위기를 이겨낼 효자 장르인 것이다. 수필은 겸허로써 공생과 조화를 이끄는 현대인의 생활문학이다.

일찍이 중세 전후의 17세기 유럽 사회는 서사적인 희곡이, 18세기는 낭만적인 시가 세계문학의 주류였다. 이어서 19세기는 다분히 자연주의나 사실주의적인 소설의 전성시대였고 20세기는 오카너의 주장처럼 비평의 시대였던 것이다. 그런가 하면 대망의 21세기는 드디어 우리 삶과 친숙한 수필의 시대라고 논자는 생각한다.

금세기가 이처럼 일상성과 비평성을 겸비한 수필문학 시대인 당위성은 충분한 요인을 갖추고 있다. 에세이 문학은 바야흐로 인터넷 시대에 걸맞게 웰빙 생활의 친숙한 만인의 벗이라는 점에서 뿐만이 아니다. 시민들에게는 난해한 시작품이나 긴 분량의 소설보다는 적당한 길이의 수필이 안성맞춤이다. 에세이문학이야말로 수시로 마음껏 카다르시스 할 만큼 자기 구현의 지름길이다. 수필은 가뜩이나 힘겨운 일상에서 시달리는 소시민들 심신에 활력을 주는 원초적 오아시스이다. 어쩌면 수필작품은 사막길에서 지친 대상들을 초록의 고향 뜨락으로 안내하여 피로를 식혀주는 한 움큼 생수 같은 활명수이기도 하다. 그런 면에서 요즈음 수필가는 도심의 한 자락에서 소담한 난초며 탐스런 실과나무나 정원수를 가꾸는 정원사요 환경지킴이일 수도 있다.

따라서 우리는 위와 같은 수필의 일상적 덕목이나 살가운 인간적 체온예찬에 그쳐있을 수만은 없다. 무한한 가능성과 더불어 겸허함에다 다양성 및 실용성을 높이 사서 21문화의 세기를 바람직한 수필의 시대로 이끌어가야 할 것이다. 그러기 위해서는 우리 수필가 자신부터 한껏 올곧은 삶으로 거듭난 에세이 문단의 정립과 중흥을 꾀해 갈 일이다. 그리고 앞으로는 수필-에세이 장르도 마땅히 노벨문학상에 수상되기를 기대한다.

1960년대 초반, 미국의 비평가 겸 작가인 레슬리 피들러는『소설의 종말』을 고하였다. 소설의 인기가 영상예술인 티브이나 영화에 밀려 출판계와 함께 쇠퇴상을 보인다는 것이다. 이어서 1990년대에 들어 미국 작가로서 대학 교수인 엘빈 커넌은『문학의 죽음』이라는 책을 냈었다. 또한 2000년대에 와서 일본의 평론가인 가라타니 고진은 예의『근대문학의 종언』을 펴낸 바 있다. 근대문학은 이미 1980년대에 끝난 나머지 전업 작가나 시인들도 창작을 통한 원고료 수입만으로는 생계가 어려우므로 부업을 갖거나 문학적 콘텐츠를 활용 추세라는 것이다.

따라서 이런 문학의 위기에는 문인들 스스로 새로운 세기에 걸맞은 문화소통 방법과 창작 전략으로 대응해야 할 것 같다. "변화에 적응하는 자만이 살아서 남는다"는 찰스 다윈의 진화론적인 명제가 절실하다. 문학도 이제는 손쉽고 대중적인 영상문화나 스포츠 열기에 빠져든 대중사회에 적극적으로 접근해 들어가야 한다. 그리고 차차로 그들 수용자들을 문학 독자로 끌어들어야 마땅하다. 이런 문학의 위기를 극복해나갈 장르로서는 아무래도 수필문학에 희망을 걸만하다고 논자는 생각해 왔었다. 어쩌면 문학이 쇠퇴 길에 노출된 21세기에도 창작에 전념하는 시인이나 소설작가를 비롯한 여타 장르의 문인들에 비해서 수필가 처지는 상이하다. 생활문학자인 수필가는 상대적으로 여러 조건에서 경쟁력을 지니고 있으므로 문단의 활성화에 솔선해야 할 것이다.

되돌아보면, 1960년대 이후 우리 수필이 이렇게나마 점차적으로 제자리를 잡고 발전해 온 사실은 대견한 성과가 아닐 수 없다. 우리 문단에선 개화기 이후 신문예운동 이후에 들어서도 수필이 으레 상화(想華), 잡조(雜藻), 수상(隨想), 편편상(片片想) 등의 이름을 지닌 잡문 정도로 취급되어 장르에서마저 제외돼 왔을 정도였음을 감안해서이다. 서양에서도 이전의 몽떼뉴나 베이컨이 서양문단에 끼친 역할과 성과에도 불구하고 수필은 근래까지 여타 장르의 위세에 밀린 채 변방으로 밀려나 있었었다. 그럼에도 수필 장르가 뒤늦게나마 제 위상을 차지하게 된 것은 무엇보다 수필문학 본래의 자생력 때문임을 새롭게 인식해야 한다. 그 자생력(自生力)은 예의 시, 소설, 희곡, 평론 등에 앞서는 현대사회에서의 친근성을 비롯해서 정보 담보 능력과 유연성 및 적정한 분량 등에 걸친 수필 특유의 타고난 매력 때문인 것이다.

수필(에세이)은 우선 글쓰기 조건이나 독자에 다가가기 등에서 모든 사람의 문학일 만큼 친근하다. 수필은 어원 그대로 평소 스스로 겪고 느낀 바를 스스럼없이 제 나름의 개성대로 형식이 자유로운 생활문학인 것이다. 그 범위 또한 일상의 기록인 일기, 단상, 편지글을 비롯해서 기행문, 감상문, 시사칼럼, 언론사의 사설, 자서전, 독후감 등, 여러 장르의 장점까지 다양하게 활용할 수 있다. 더욱이 그 분량도 차 한 잔 마시는 사이나 지하철 출퇴근 시간쯤에 읽고 음미할 수 있어 현대인들에게 안성맞춤이다. 마치 우리에게 쾌적한 차나 식혜, 커피 아니면 칵테일 음료 같은 기호식품이랄까? 그러기에 2015년의 한국문인협회 문인주소록을 참고하면 총 12,733명 가운데 수필가는 3,217명으로서 시인들 다음으로 다수의 분포를 이루고 있다. 수필가는 소설가와 희곡작가 및 평론가들보다 훨씬 많아 전체 문단인구의 4분의 1을 점유해 있다.

모름지기 수필가의 다양한 글들은 일상에 지친 독자들에게 위안과 즐거움을 줄 수 있어야 한다. 문협 회원 밖의 수필가까지 합하면 5천 명 남짓할 정도로 그렇게 많은 그들은 과연 그럴 수 있을까? 그럼에도 수필문학만은 그대로 봄의 낭만과 여름의 성숙을 지나 가을의 결실을 맺은 다음 겨우내 추위를 견뎌내며 스스로 또다시 싱그러운 내년을 예비하는 인동의 덕을 품고 사는 나목 속 생명의 신비를 지녔다. 그런 면에서 나뭇잎은 순차적인 사계의 나무를 키워내며 스스로 가꾸고 드디어는 대자연에 이바지하는 성자이다. 그러기에 수필장르는 여러모로 우주의 조화나 재생으로 다함없는 삶과 영원성의 원형 상징적 등가물로 내세우는 나무의 잎처럼 더욱 돋보인다. 그래서 21세기는 여러 면에서 바야흐로 수필의 시대라고 봄이 마땅하다.

수필문학의 위상과 과제

새삼스럽지만, 문학을 한 그루의 과실나무로 친다면 수필문학은 싱그러운 잎에 해당하는 상생지향의 장르로 비유할 수 있다. 모름지기 문학나무의 꽃은 시요, 탐스런 열매는 소설이나 희곡이며 뿌리와 가지는 비평에 비겨 볼 수 있겠다. 여기에서 수필은 마치 사월의 배나무 이파리처럼 야드르르하게 생명감 넘치는 활력으로써 여름의 이운 꽃에 이어서 열린 열매를 추스르고 키우다가 늦가을에는 떨켜층과 더불어 곱게 물든 낙엽으로 소임을 다한다. 수필은 해마다 스스로 전체 문학나무를 감싸고 쉼 없는 탄소동화작용으로 가지나 줄기를 키우고 튼실한 열매를 영글게 하면서 인간의 미쁨을 받는 존재로서 묵묵히 천지화육에 이바지해 왔다.

얼핏 보면, 결코 화려하지 않은 수필 장르는 때때로 꽃보다 더 싱그러운 이파리로서의 풋풋함으로 아름다움을 발산한다. 삼사 월의 화사한 꽃 시샘에 지친 꽃들이 이울고 난 5월쯤에는 신록과 녹음이 과연 계절의 여왕(메이퀸)답게 아름다움의 극치를 보여주기도 한다. 수필은 그만큼 자연의 정령 같은 매력을 지닌 문학의 숨은 공로자요 문학의 위기를 이겨낼 효자 장르인 것이다. 자신보다는 먼저 문학나무의 예쁜 꽃을 피우게 하고 가지를 키우면서 열매를 영글게 도운 수필은 드디어 가을에 스스로 불태운 단풍을 떨구어 나무뿌리를 거름으로 북돋우어 이듬 해 다시 싹틀 만큼 모든 문학의 상생과 조화를 이끄는 장르이다.

따라서 우리는 수필의 무한한 가능성과 더불어 모범성과 헌신성을 높이 사서 문화의 21세기를 바람직한 수필의 시대로 이끌어가야 할 것이다. 그러기 위해서는 한껏 거듭난 에세이 문단의 정립과 중흥이 선행되거나 병행해 갈 일이다. 우선 수필 문단의 내실화와 정화를 위해서 수필가 스스로 알찬 글쓰기에 전념해야 할 것이다. 아울러 세속적인 일부 기성인의 깊은 자성과 일반 지성인의 한국 수필문단 진흥에 대한 적극적인 참여가 기대된다. 여기에 글로벌 시대에 부응할 만큼 인터넷 문화의 활성화와 PC통신의 건전화 및 수필의 미학적 심화 문제 등도 함께해야 함은 물론이다. 이런 사항들은 무엇보다 모처럼 맞이한 수필문학 시대를 올바로 영위하기 위해서 필요한 요건들인 것이다.

금세기가 위에서처럼 일상성과 비평성을 겸비한 수필문학 시대인 당위성은 충분한 요인을 갖추고 있다. 에세이 문학은 바야흐로 인터넷 시대에 걸맞게 웰빙 생활의 친숙한 만인의 벗이라는 점에서 뿐만이 아니다. 시민들에게는 난해한 시작품이나 긴 분량의 소설보다는 적당한 길이의 수필이 안성맞춤이다. 에세이문학이야말로 수시로 마음껏 카다르시스 할 만큼 자기 구현의 지름길이다. 수필은 가뜩이나 힘겨운 일상에서 시달리는 소시민들 심신에 활력을 주는 원초적 오아시스이다. 어쩌면 수필작품은 사막에서 지친 대상들을 초록의 고향 뜨락으로 안내하여 피로를 식혀주는 한 움큼 생수 같은 활명수이기도 하다. 그런 면에서 요즈음 수필가(에세이스트)는 도심의 한 자락에서 소담한 난초며 탐스런 실과나무나 정원수를 가꾸는 과수원지기요 환경지킴이일 수도 있다.

그러므로 우리는 위와 같은 수필의 일상적 덕목이나 살가운 인간적 체온에 찬에 그쳐있을 수만은 없다. 전향적인 가능성과 더불어 다양성 및 실용성을 높이 사서 21문화의 세기를 바람직한 수필의 시대로 이끌어가야 할 것이다. 그러기 위해서는 우리 수필가 자신부터 한껏 올곧은 삶으로 거듭난 에세이 문단의 정립과 중흥을 꾀해 갈 일이다. 그리고 창작수필문학의 취지대로 함부로 쓰는 수필이 아니라 자별한 인간미까지 담아서 예술적으로 승화된 수필문학작품을 빚어내야 할 것이다.

5. 한반도 밖의 한글문단

세계한글작가대회에 부쳐

21세기 국제화시대에 우리는 한글을 통한 세계 속의 한국문학을 새롭게 만난다. 바야흐로 글로벌 세계를 통한 문화적 경쟁체제 속에서 각 대륙의 한글문단을 통한 재외동포의 한류적인 역할을 살펴볼 문제이다. 어쩌면 분단 한반도 밖의 열린 세계로 향하는 한겨레 자신의 문화적 저력을 확인하는 계기도 될 수 있다. 군사적인 힘으로 영토를 넓히거나 경제적인 위세로 이웃 나라를 지배하려는 전세기적 접근 시대와는 대조되기 때문이다.

그런 의미에서 2015년부터 삼 년을 계속해서 해마다 가을철(9월)에 사나흘 동안 경주에서 열린 제1, 제2, 제3회 세계한글작가대회는 매우 뜻깊다. 마침 우리나라가 광복과 분단 70주년을 맞은 제1회 대회에 논자가 집행위원장으로 참여해서만이 아니다. 국제 펜 한국본부 주최로 문화체육관광부 지원 하에 개최된 이 행사는 한반도 안팎의 문인들이 한자리에 모인 행사로서 그 의미를 더한다. 세계 각 지역에서 한글 교육을 펴거나 모국어로 문단 활동을 하는 동포문인들과 국내문인들이 모처럼 관계학자들과도 한 데 모여 대화하며 세미나를 연 문학축제이다. 특히 제1회 대회에는 노벨문학상수상작가인 프랑스의 르 끌레지오와 일본의 한글학자 노마 히데키 등, 외국 손님도 함께하여 열린 한글문학의 한마당 잔치였다.

그러나 우리는 이 대회의 주된 고객인 세계 한글작가들과 재외 한글문단에 대해서 과연 얼마나 아는 것일까? 우리는 적어도 이렇게 한반도를 떠나서 한반도 밖의 여러 나라에서 힘겹게 살며 모국어로 작품 활동을 하는 문인들에 대한 관심과 이해를 갖는 게 필요할 것 같다. 어쩌면 재외 한인들의 한글문단 활동은 근대 이후 한국 수난사와 국력 신장의 발자취를 함께해온 문학 실체이기도 하기 때문이다.

한글, 한글문학의 세계화를 지향하는 대회에서는 '세계 속의 한글문단, 한글문학' 세미나에서 각 지역의 한인문인들이 생생한 이국 현장의 한글문단 현황을 보고하였다. 그 역사가 깊은 중앙아시아 카자흐스탄의 알마타에서 온 고려인문단, 연변의 중국조선족문단, 일본의 교포문단 대표들이 참가했다. 한국에 버금가도록 각종 문예단체와 한글문예지 및 단행본 출간이 활성화된 미국이나 캐나다를 비롯한 북미주의 여러 지역 대표는 물론 브라질의 상파오로, 아르헨티나의 부에노스아이레스, 호주의 시드니 대표, 독일의 프랑크푸르트 대표들이 생생한 증언과 전망을 논의하며 상호 교류를 꾀하였다.

일찍이 일제강점기이던 1927년에 러시아 연해주에 망명하여《선봉》신문 등에 고려인 한글문단을 개척한 조명희 작가 이래 중국 간도지역의 문예지《北鄕》등에 이은 한글문학 작품은 계속되고 있다. 특히 2천 년을 전후해서 미국이민 백 주년과 중남미나 호주 및 독일 등이 이민 반세기를 넘긴 사이에 각 지역의 한인 타운 중심으로 형성된 한글문단의 현황은 놀라운 바 있다. 미국은 이미 단행본과 문예동인지《미주문학》등이 각 지역별로 서울 못지않게 활발하다. 연간종합문예지 경우, 중남미에선 상파울루의《열대문화》, 부에노스아이레스의《로스안데스문학》도 15호가 넘도록 꾸준하게 나오고 있다. 시드니에서는《호주한인문학》《시드니문학》등 다섯 종이고 베를린에서도 파독간호사와 광부 출신 중심의 《재독한국문학》 등이 자생적으로 두 자릿수 이상 여러 호를 꾸준히 발행되고 있는 것이다.

이와 같은 한글문단은 한반도를 중심으로 해서 시계 방향으로 한 바퀴 돌아오는 원형구조를 보인다. 중국 동북부와 러시아 연해주를 거쳐 북미대륙의 캐나다와 미국은 물론 남미대륙을 종단한 다음 대양주를 이으며 유럽을 찍고 한반도에 돌아오는 사이클 구도를 이루고 있다. 그러므로 한국의 문학사는 모름지기 한반도를 축으로 하여 동서양을 아우른 세계적 시야로 재구성해야 마땅하다. 그리고 아프리카를 제외된 채 세계 각 지역에 형성된 재외동포들의 한글 작품도 골라서 교과서에 소개해야 한다.

해외의 이질사회에 이민을 나가서 생활하는 교민들에게 모국어인 한글을 통한 문단활동은 자기 정체성을 찾고 지키려는 주요 과제이다. 그러기에 러시아 유학 때 탈북하여 알마티나 모스크바에 살던 시인 맹동욱은 된다. "모국어는 나의 동반자/그러니 외롭지 않다/ 슬프지 않다." 통계 자료상 추산되는 한반도 전체 인구의 1할 가량이 나라 밖에 나가 살며 지구촌 곳곳의 한인 타운 본거지에 차차로 한글 중심의 문단을 이룬 것이다.

이들 한인들의 한글문단은 해방 이전에 타의에 의해서 동원되거나 이주 경우와 스스로 광복 이후 이민이 구분됨은 물론이다. 구한말에 한반도 밖 연해주를 경유하여 강제 이주된 중앙아시아 고려인문단이나 압록강을 건넌 디아스포라 유민들의 중국 조선족문단은 상이하다. 예의 고려인문단과 중국조선족 문단이 서울문단은 물론, 광복 이후 자유이민으로 트랜스 민족주의적인 북미주나 남미주 및 호주 등지에 진출하여 주요 도시에 2천 년대 전후부터 활성화된 한글문단의 구성과 내용과도 판이하다. 그러기에 이들 재외 한인문단의 작품들은 더 가치 있는 민족문학의 자산으로 다가든다.

물론 이들 한글문단이 표현 기법에서는 소박한 대로 흔히 시공간을 과거의 한국에서와 현재를 대비하는 회상 구조라서 효율적이다. 이들의 아마추어적 인 요소와 르포성격이 짙은 이국적 체험의 절실함이 오히려 더 흡인력을 지닌다. 언어장벽과 사무친 고국에 향한 그리움, 이방인으로서 경계인의 정체성 찾기, 뼈저린 가난에서 벗어나기 노동이나, 또 다른 삶의 터전 찾기 행각 등이 절실감을 함께한다. 낯선 정취와 향수 깃든 이주 현장의 체험들이 신선하고 진정성 있어 감동을 준다.

따라서 앞으로는 바야흐로 전 세계 규모로 여러 지역에 확산된 한인들이 이중문화 속의 경계인으로서 적응하며 작품 활동을 펴는 한글문단 및 한인문학의 방향을 모름지기 국제시대의 정보화와 세계화에 걸맞게 전향적으로 모색해 나가는 일이 바람직하다. 무엇보다 국내외에 산재한 한인들의 각 세대를 통한 한글문단과 현지어문단을 종횡으로 원활하게 아울러야 할 것 같다. 시공간적으로 긴밀해진 이웃나라와 이민족 상호간의 문화교류와 영향관계를 올바르게 파악하고 제대로 대응해야 마땅하다. 문화의 세기에 한민족문화의 생명인 한글에 의한 문학이야말로 한민족문화의 핵심인자인 것이다.

최근 행정자치부의 통계에 따르면, 약 5천1백7십만 명인 한국의 인구에다 북한 인구까지 합한 한반도 인구 총계는 7천7백5십 만 명을 넘는다. 이에 비해 외국에 나가서 사는 대한민국 재외동포는(2015, 외교부 통계) 181개 나라에 7백72십 만 명으로서 전 인구의 1할에 해당한다. 무국적자와 북한인을 감안할 경우, 실제의 재외한인 총수는 1천만 명을 헤아린다. 그 가운데 한국계 한인들이 지구촌 곳곳에 코리아타운을 형성하고 한글중심의 문단을 이룬 것이다. 근래 유엔에서 집계한 세계인구의 국가별 분포가 남북한 한인 총인구수 면에서 전 세계 중 20위 이내에 든다는 사실도 참고가 된다.

우리는 이런 문제를 해외 이주로 인한 한민족의 이민문학이나 망명문학 내지 유이민(流移民)적인 디아스포라문학의 성격과 바람직한 근래의 이민문학 현주소를 확인해 볼 수 있다. 이민문학 문제는 21세기에 접어들어 일반화된 국제화, 다문화, 다민족적 사회여건에 따른 이른바 트랜스 민족주의 추세 면에서도 긴요한 테마이다. 그야말로 지구촌 인구들이 실시간대의 인터넷 정보체계와 1일 통행 공간화된 교통수단의 발달에 따라 문화교류가 원활한 세계화 추세 속에 생활하는 경계해체 현상은 많은 가치관의 변모를 가져온 것이다.

이민문학이란 이미 본국을 떠나 외국 여러 지역에 나가 사는 우리 동포들이 현지에서 한글이나 현지어로 문단활동을 하는 경우를 지칭하는 것이다. 따라서 한인문학의 영역은 실로 전 세계 해당 거주 지역에 걸쳐서 생활하는 1세대, 1.5세대 및 2, 3세대 한인들이 모국어인 한글을 비롯하여 다양한 현지어로 작품 활동을 하는 문인들과 그들의 작품을 모두 포괄하여 접근 대상으로 삼는다. 그러나 이글에서는 재외 교포들이 이민 현지에서 한글로 작품 활동을 하는 경우만 대상으로 한다.

근래 2000년대 전후부터 전 세계 5대주의 주요 도시에 자리를 잡은 코리아타운을 거점으로 이루어진 재외 한인들 스스로 모국어 문예지를 통한 문단활동은 두드러진 현상이다. 이제 우리는 한반도에서 남북한이 함께 온전한 민족문학을 가꾸고, 나라밖 한인 동포들과의 교류도 활성화하며 한글 문단이나 현지어 작품도 교재로 활용하여 한겨레 문학의 향상을 기해야 한다. 여기에는 전향적으로 20여만 명인 해외한인 입양아 문제도 포함된다. 그리고 앞으로는 1세대나 1.5세대의 한글문단과 상대되는 아나톨리 김, 이창래, 유미리, 케시 송 같은 2,3세대 한인들처럼 다양한 현지어로 작품 활동을 하는 문인들과의 연결도 모색해야 할 것이다.

6. 전통문화와 한국소설의 세계화

가장 민족적이고 세계적인 것

이른바 신문학 100년은 물론이고 이미 광복 70주년마저 훌쩍 넘긴 시점에서 우리 소설의 글로벌화와 전통문제에 대한 재논의는 의미를 더한다. 바야흐로 교통수단의 발달과 고도로 발전된 통신체제의 활성화로 지구촌적인 왕래나 문화 교류가 빈번한 요즈음의 우리 문단인들에게 당면과제이기도 하다. 이런 기본적인 담론은 근래의 관심사로 떠오른 노벨문학상 접근방향이나 우리 작가들의 작가의식 점검의 계기도 된다. 그리고 나아가서는 한국소설이 세계문학의 광장으로 나아가는 바람직한 향방을 가늠하는 과제와도 직결되는 것이다.

따라서 여기에서는 먼저 전통문화론을 비롯한 민족문학론과 세계문학의 원론적인 담론 고찰에 이어서 바람직한 외래문학 수용양상을 들어본다. 개화기 이래 한국문학은 바람직하게 서구문학을 제대로 받아들였던가? 그리고 그 공과는 과연 어떠했던 것일까? 이런 문제는 긴요한 이론과 실제로 눈앞에 당면한 문제들이다. 따라서 논자는 먼저 그 원론적인 면들을 살피고 나서 앞으로 한국소설이 세계화의 길로 나아가는 향방과 그에 따른 과제를 차례대로 모색해 보기로 한다.

전통문화와 이식문학론

흔히 말하는 전통문화란 그 대상은 물론이요. 실체적 의미나 범주 규정이 쉽지 않은 개념이다. 전통(tradition)이라면 한 공동체 내에서 오래도록 반복적으로 형성되어 신화, 전설을 비롯해서 일상에 이르도록 길들여진 역사적 관습이나 사고와 행동 양식 내지 사상체계를 지칭한다. 따라서 전통문화란 이런 인류보편적인 속성에다가 종족이나 지리, 풍토적으로 굳어져서 특유한 역사적 생명체처럼 전형화된 문화로 파악된다.

서양의 경우, 현대적인 평론으로 널리 알려진 T. S. 엘리엇의 「전통과 개인의 재능」 가운데 참고할 대목이 있다. 이전의 개인의 감성적 낭만주의에 반발하여 몰개성적인 주지주의 성향의 모더니즘을 표방한 면모가 뚜렷한 글이다.

"전통은 첫째 역사의식을 내포하는데 이 의식은 25세 이후에도 시인이 되고자 하는 이에게는 필수불가결한 것이다. 이 역사의식에는 과거의 과거성에 대한 인식도 포함되며 이 역사의식으로 말미암아 작가가 작품을 쓸 때 골수에 박혀있는 자신의 세대를 파악하게 되며 호머 이래의 유럽문학 전체와 그 일부를 이루는 문학 전체가 동시적 존재를 가졌고 또한 동시적 질서를 구성한다는 느낌을 반드시 갖게 된다."

위의 글에는 젊은이들의 넘쳐나는 개성적 감정에 치우친 19세기적 예술가의 개성 표현과 자아중심적인 글쓰기를 강조한 M. 아널드의 주장과 대조된다. 한때는 반전통적인 다다이즘이나 모더니즘적인 초현실주의 등도 모색, 추구함이 매력이 있지만 결국은 그 근원인 고전주의적 전통을 일부 개선해야 한다는 것이 엘리엇의 지론이다. 그러기에 19세기 말엽에 반짝 빛났던 위의 문예운동은 곧 식어버리거나 전통의 큰 맥에 포용되고 만 셈이다.

앞에서 살펴본 엘리엇의 역사의식 있는 글쓰기에서의 전통지향의식은 동양의 문화권인 우리의 전통 중시의식과 상통하는 바 많다. 이미 논어 위정편에 나오는 학문의 방법에 대한 문답 가운데 옛것을 찾고 익혀서 새로움을 안다(溫故而知新)는 것의 문예적인 적용인 것이다. 우리도 글쓰기 등에서 옛 문학의 모범을 통해서 글을 익히고 나서 그것을 새롭게 활용한다는 뜻을 같이한다. 그만큼 한국문화는 서양의 그것 못지않게, 또는 그보다 더 먼저 앞선 동양 전래적인, 우리만의 뚜렷하고 훌륭한 문학을 위시한 전통문화를 지니고 있는 것이다.

그럼에도 역시 근대에 와서 우리보다 일찍 발전시킨 서양의 과학문명과 정치나 문화적인 세력에 의해 오히려 우리가 서구에 뒤따라가는 역현상을 빚어낸 양상을 띤다. 물론 현재까지 기록으로 알려진 문학예술론이야 기원전 4세기에 희랍의 아리스토텔레스가 세운 『Poetike시학』은 기원후 6세기에 해당하는 중국 남북조시대의 유협(劉勰)이 쓴 『문심조룡(文心雕龍)』보다 먼저임은 분명한 사실이지만. 한국의 문학론들로 꼽히는 고려시대의 비평사서(이인로의 『파한집』, 이규보의 『백운소설』, 최자의 『보한집』, 이제현의 『역옹패설』)들마저 일부 연구자에 그칠 뿐 우리 문단의 이론은 거의가 서구의 이론에 기대어 있음은 반성해 마땅한 일이다.

더구나 많이 알려진 대로 한국 신문학사 경우의 개화기에서 초창기문학 이론이나 방법은 거의가 이질적인 서구의 이론을 가까운 일본을 거쳐서 받아들인 이른바 이식문화란 오류를 야기한다. 임화가 1930년대에 최초로 신문 등에 한국의 근대문학사 틀을 세우느라고 '개설(概說) 신문학사(新文學史)'를 연재하던 중의 일부 표현이 주목된다. 그 원문을 현대식으로 옮겨 찬찬히 읽어보자.

"동양의 근대문학사는 사실 서구문학의 수입과 이식의 역사다. 그러면 어째서 수입되고 이식(移植)된 외래문학을 근대문학사의 주체로 삼는가? 이 해답이 우리의 근대문학사를 신문학사라고 문제 삼는 사례의 이유이다."

《조선일보》 1939. 11. 28. 일부 에서.

여기에서 주목할 바는, 흔히 이런 발표문을 꼼꼼히 읽지 않은 사람들이 비판하듯 임화가 결코 한국의 신문학은 문학 전통을 외면하고 앞서 나간 서양문학만을 모방, 답습하자는 의미의 주장을 하지 않았다는 사실이다. 적어도 앞뒤의 전체 문맥을 정독해 보면 임화는 분명하게 영·정조 시대처럼 우리 전통문학이 흥성한 바대로 발전해야 마땅하다는 것이었다. 그럼에도 우리나라는 조선 후기에 그렇지 못한 채 서구적인 선진문학을 수용하게 된 사실만을 시인하고 안타까워한 것일 뿐이다. 따라서 이런 임화와 백철의 태도를 오판하는 식자층이 적지 않으므로 이에 대한 반성이 필요하다.

이와 같은 신문학사 접근방법을 활용해서 집대성한 성과를 이룬 백철의 기본자세 역시 이식문학론(移植文學論)이 아니라 사실상의 엄연한 흐름을 주로 해서 한국문학의 주체적인 문학을 모색했던 것이다. 특히 백철은 1950년대에 들어서 직접 가람 이병기와 공저로 『국문학전사(國文學全史)』를 펴냄과 동시에 우리 문학의 역사적 단절을 극복하여 고전-현대를 이으려는 전통문화론 논문도 서너 편 써낸 바 있다. 대체로 서양에서는 극문학의 삼일치법처럼 대상을 인위적으로 접근하는 양상과 대조적으로 한국을 비롯한 동양에서는 문학예술 또한 자연과 인간이 동일한 상생의 대상으로 여긴 나머지 자연친화적으로 접근하는 전통 등을 들고 있는 것이다.

민족문학과 세계문학

전통문화의 세계화를 열기 위해서는 민족문학과 세계문학의 이론을 이끌어 내는 일이 전제된다. 원래 민족문학(National Literatur= national literature)이란 개념은 독일의 문학가였던 헤르더(1744~1803)가 독일과 러시아 접경지역(리가)의 민요 채집을 하던 중 게르만족과 슬라브족의 것이 상이한 점을 발견한 데서 비롯되었다. 그리고 동시대의 이렇게 상이한 여러 민족의 문학을 합하면 세계적인 문학이 된다는 점에 착안한 괴에테(1749~1832)는 1827년에 그의 일기장에다 최초로 세계문학(WeltLiteratur = world literature)이란 명칭을 써서 일반화되었다. 그리고 그 후에는 나아가서 1930년대에 들어서 각 민족문학 사이의 상이점이나 교류와 영향관계를 대비하는 프랑스의 방띠겜이 세운 비교문학(comparative literature)관을 비판한 미국의 신비평가그룹으로 꼽히는 르네 웰렉 등은 '문학의 이론'에서 동서고금의 인류 모두에게 보편성을 띤 일반문학(general literature) 개념까지 정립하기에 이르렀다.

그리고 언어와 문자를 매개재로 하는 문학의 속성상 각 민족이 사용하는 사투리부터 시작된 기본적인 말과 글에 상관된 근원과 변천상도 알아두어야 할 것이다. 즉 문학작품에 활용하는 민족어는 르네상스기에 단테(1265~1321)의 시집 『신곡(神曲)』에 한사코 지방어로 써서 성공한 사실을 든다. 당시 단테가 의식적으로 문어체인 라틴어 대신에 몸에 배인 프로방스지방의 구어체인 토스카니 사투리를 중심으로 성공한 다음에는 지방어문학(vernacular language literature) 우선이라는 개념의 속어론(俗語論)까지 편 것이다. 따라서 작품을 쓸 때는 무엇보다 그 지방 풍정과 정서를 고스란히 담고 있는 구수한 모어(母語)를 통해서 빚은 지방 사투리가 제일 효과적인데 이것이 각 민족문학의 기본 요소이다. 문학작품의 세계화나 번역문제에 상관해서 유의해야 할 주요 사항이 아닐 수 없다.

하지만 본디 민요 채집자였던 헤르더의 전승적인 민속(volk)이나 문화정체성 중심의 공동체 의식을 주로 한 괴테의 고전적인 민족문학 인식은 점차 현대의 사회의식 성향으로 변모된 요소가 짙다. 민족주의 연구가였던 칼튼 헤이스가 구분한 견해처럼 본래의 순수한 문화적 민족문학론보다는 점차 정치적 민족주의문학 운동으로 변질된 유파가 강세를 보인다. 가까운 보기들로서는 1920년대의 한국문학사에서 큰 흐름을 이루었던 민족주의파의 순수예술문학에 대립된 프로문학파의 참여문학인데 그 중간에서 절충파도 생겼었다. 이 가운데 현실사회의 변혁에 치중한 그룹들은 참여적인 면을 중시한 측에서는 일제 식민지시대를 거쳐서 분단된 한국에 차별화된 접근을 시도해왔다. 일련의 시민문학론, 리얼리즘론, 민중문학론, 실천문학론, 노동해방문학론 등.

위와 같은 민족문학론이나 그 운동양상과 더불어 세계문학을 논하는 데에는 다음의 행사도 직접간접으로 상관 지어 볼 수 있겠다. 우리의 모국어인 한글과 우리 문학의 세계화에 상관된 일로서는 2015년 가을에 3박 4일 동안 국제 펜 한국본부 주최로 경주에서 열린 '제1회 세계한글작가대회'가 그것이다. 이미 나라 밖으로 나가서 이민족들과 함께 사는 재외동포 작가를 비롯해서 국내 문인들까지 15개국에서 5백여 명이 참가한 대회였기 때문이다. 그야말로 글로벌 시대의 사도처럼 한반도 밖의 각 지역에 이민 나가서 살거나 또는 선조 대부터 강제 이주 당한 채 디아스포라의 삶을 영위해오면서도 한인 타운 중심으로 손수 모국어인 한글로 현장감 넘치는 글을 쓰며 여러 권째의 종합문예동인지를 계속해서 펴내는 노력은 가상한 일이다. 거기에다 저명한 한글학자나 한글교육가 및 저명한 일부 외국인 문인들의 강연도 곁들여 전통문화와 한국문학의 세계화 추세를 가늠해 볼 기회란 느낌도 들었다. 아직은 문단이 형성되지 않은 아프리카를 제외한 전 세계 5대주의 거점에 형성된 한글문단의 활동은 앞으로 국제화시대의 세계 문단에 미치는 바도 적지 않을 것이기 때문이다. 위와 같은 담론들과 접근노력을 참고하여 바람직한 한국소설의 세계문학을 향한 접근 방향을 찾을 수 있다. 먼저 한국문학사는 앞으로 마땅히 서구중심적인 것보다는 우리 위주의 정체성 있는 한겨레통일문학사로 재정립해야 한다는 견해이다.

그러기 위해서는 한국 근대문학의 기점(起點) 설정부터 발신자인 서양문학의 세례를 받은 그것을 다시 전신자(轉信者)인 일본 영향을 많이 받은 신체시(新體詩) 혐의가 짙은 예의 육당에 의한 「해에게서 소년에게」(1908)부터 수정해야 마땅하다. 한국의 고전과 연결된 영정조시대로 소급하거나 차라리 자생적인 민중운동인 1860년대의 동학가사로 옮겨 민족문학의 뿌리로 연결함직하다.

이런 점은 일찍이 역사를 '我와 非我의 투쟁'이라고 정의하여 근대적 민족사학을 주창한 단재 신채호의 사관과도 크게 다르지 않다. 분만 아니라 이런 견해는 근래 서양의 강단과 평단에서 활동하는 일부 동양계 담론을 거스르는 것이 아니다. 동양을 으레 타자적(他者的)인 대상으로 삐뚤어지게 보는 서구 우월주의 중심의 문학 폐단을 혁파하고 자기 정체성 자각을 강조한 에드워드 사이드(1935~2003)의 오리엔탈리즘이나 스피박(1942~)의 탈식민주의 이론과도 합치되는 견해이다. 더 나아가서는 이제 한국문학사는 한반도에서 이루어진 문학만이 아니라 세계 각 지역에 이민을 나가서 거점을 이루고 사는 한인들의 한글작품도 그 대상으로 포함시켜야 한다는 점이다.

위에 상관된 의견을 또 하나 더 제시한다면 널리 알려진 바, "가장 민족적인 것이 세계적인 것"이라는 괴에테의 견해에 못지않게 세계성과 지역성이 가미된 '글로컬'시대라는 오늘의 사회 속에서는 역시 "가장 지역적이고 민족적인 것이 세계적" 이라는 앙드레 지드(1869~1951)의 말이 지니는 듯을 상기해서 실행해 나가야 할 것이다.

한국소설의 세계화 접근 양상

이제 표제에 걸맞은 코드에 해당하는 구체적인 작품의 보기를 들 차례이다. 하지만 수많은 작가들의 여러 작품들에 반영된 전통문화 성향의 작가 작품을 세계성에 맞추어서 조리 있게 정리하기란 어려운 일이다. 그래서 논자 나름대로 생각나는 작품들을 무작위로 들어보기로 한다. 여기에서는 타산지석 삼아서 노벨문학상을 수상한 외국 경우 가운데 일부의 시 작품을 포함해서 소설작품을 살펴본다.

노벨문학상에 어울릴만한 우리 작품들을 들어본다면, 다음과 같이 열거할 수 있겠다. 이광수의 『꿈』은 삼국유사에 나오는 승려 조신의 이야기를 소설화한 장편으로서 스님이 달례와 태백산 기슭에서 아들딸 낳고 살다가 살인을 저지르고 투옥되어 처형 전에 꿈에서 깨어난 이야기이다. 구운몽의 성진 같은 구성을 연상케 하는 주제에다가 의식의 흐름 기법도 좋아 『원효대사』『이차돈의 사(死)』보다 현대적 요소가 돋보인다. 또한, 김동리의 「무녀도」나 이를 장편으로 개작한 『을화』는 재래의 토착적인 샤머니즘과 이질적인 외래의 기독교 사이에 갈등으로 빚어진 비극을 다룬다. 「황토기」에선 장수의 민담설화를, 「역마」에서는 당사주 등에 의한 숙명론을 통해 인간의 삶을 조명한다.

그런가 하면, 최인훈은 「구운몽」「열하일기」「춘향뎐」「금오신화」「온달」「옹고집뎐」「장끼뎐」 등에서 한국 고전의 현대화에 활용한 전통문화의 모색이 눈에 띈다. 또 황석영 경우는 『바리데기』 등에서 전통적인 설화를 소설에 적용하여 탈북자의 디아스포라적인 미학적 리얼리티를 살린다. 한편 최명희의 『혼불』은 1930년대 전후의 전북 남원지방의 방언, 민속, 먹거리, 전통혼례와 샤머니즘적인 풍수지리며 명혼굿 등으로 토속적인 전통문화를 활용한다.

전통적인 요소를 살려서 노벨문학상을 받은 외국의 보기도 참고할 수 있다. 타고르(1861~1941)가 자신의 태생지인 벵골어로 쓴 다음에 영어로 손수 번역한 송가시집 『기탄자리』로서 1913년에 아시아인으로서는 영예의 상을 처음 수상했다. 또한 묘엔(莫言, 1955~)도 산동지방에 살아온 토비의 가족사에다 중국의 설화와 근대사를 종횡으로 연결한 소설 『붉은수수밭(紅高粱家族)』으로 2012년에 중국 국적인 최초의 수상자가 되었다.

앞으로의 과제와 향방

이상에서 우리는 '전통문화와 한국소설의 세계화'에 관한 문제를 논의해 보았다. 흔히 이야기하듯 21세기 문화의 시대에 지구촌이 이웃처럼 빈번하게 교류하는 마당에 우리의 소설문학이 나아갈 방향과 과제를 살펴본 것이다. 영상예술인 티브이나 영화에 밀리던 지난 세기 중엽 이후 미국의 작가인 레슬리 피들러는 그 자신의 비평서 이름처럼 『소설의 종말』을 고한 바 있다. 이어서 1990년대에 들어 교수 겸 작가인 엘빈 커넌도 『문학의 죽음』을 외친 여건에서 새롭게 대응할 창작 전략을 모색한 셈이다. 요컨대 문학의 위기에 우리 소설이 나갈 길 찾기는 올바른 전통문화에 대한 역사의식으로 열린 세계문단에 적극 대응해 가는 데 있는 것 같다.

우리 작가들은 동서양의 요소들로 뒤죽박죽된 현대일수록 오히려 가장 전통적인 한국 문화적 요소를 지닌 토착성과 향토적 특성 등을 활용한 작품으로 승부할 자세가 요구된다고 생각한다. 사실 한국문학이란 하나의 지역성을 띤 고유한 민족문학인 동시에 동시대 일반적인 세계문학의 구성원이기 때문이다. 동양적인 우리 자신의 한국다운 정체성을 지키면서 서양의 좋은 기법은 올바르게 받아들여 우리문학을 발전시켜나감이 긴요한 자세이다. 일찍이 우리의 선각자들이 내세운 동도서기론(東道西器論)의 의미도 이와 다르지 않다.

이미 세계 10위권에 진입한 경제, 산업, 스포츠 등에 견주면 우리 문학은 어느 단계에 서 있는 것일까? 이웃인 중국, 일본에 비해서 우리는 노벨상 부문에서도 제대로 평가받지 못하는 원인은 무엇인가? 그 주요 원인으로서는 벌써부터 결코 선진국 작가들에 뒤떨어져 있지 않은 우리 작품을 제대로 번역해서 외국인들에게 읽히지 못한 탓이 적지 않다고 본다. 그렇다고 여느 나라들처럼 우리 한글작품을 그대로 읽어주기를 바라지도 못할 처지인 것이다.

광복 70주년도 지난 시점에서 모처럼 과거를 되돌아보고 내일을 내다보는 유익한 자리이다. 이제는 세계문학의 광장에서도 여러 면에서 선진국과 같은 수준의 조건 속에 임해 있다. 문제는 실제 동서양 작가 선수들이 맞선 글의 올림픽에서는 경쟁이나 균형을 생각하면서 우리 작가들 자신과 사회 내지 관계 당국의 측면 지원도 중요한 문제이다. 한국소설의 발전을 위해서는 무엇보다 거듭나는 우리 자신의 반성 있는 분발은 물론 피나는 노력과 진정한 독자 여러분의 협력이 요구된다.

7. 한국문학의 전향적인 과제와 전망

작품의 시공간 넓히기와 새 기법

문제 제기

조국 광복과 분단 70주년을 맞은 시점에서 우리 문우들이 함께한 이 한국문학 세미나는 통과의례로서도 당연하여 뜻깊다고 생각한다. 따라서 논자는 여러분과 더불어 주어진 바대로 한국 현대소설이 걸어온 발자취와 문단 현황을 살펴보고 현 지점에서 앞으로 나아갈 바람직한 향방을 제시해 보려 한다. 흔히 이야기하듯 문학이 쇠퇴한 요즈음의 우리 사회에서 정작 우리 문학인은 어떻게 대처해야 할 것인가?

먼저 근래 우리가 처한 문단 상황은 되도록 동서양이나 시대적인 흐름의 대비도 겸해서 거시적으로 접근해 보려 한다. 그러고 나서 우리가 당면한 문학의 위기 국면을 진단한 다음에 소설문학의 타개방향을 찾아보려는 것이다. 그 구체적인 방향 제시는 의도적이라서 다소 대담하고 실험적인 요소가 없지 않아 허황되게 느껴질지도 모른다. 하지만 어차피 이런 거창한 과제나 전망에는 그런 선입견을 벗어나서 과감하게 실천 가능한 일이라고 여긴 견해임을 밝혀둔다.

문학 전반의 위기에

일찍이 독일의 레씽이 분류한 예술의 계보를 참고로 해서 살펴볼 만하다. 사실 시간예술이면서 언어예술인 문학은 같은 시간예술로서 뮤즈적인 음악보다도, 공간예술인 건축, 조각, 미술은 물론이요, 운동예술인 무용이나 연극 등을 선도해 왔다. 하지만 근래 이런 전통적인 예술에서의 종가였던 문학은 이전의 위상은커녕 명맥마저 위협받고 있어 문제가 된다. 시집이나 소설책이 잘 안 팔릴뿐더러 신문 잡지에 문학작품 싣기나 연재도 끊어지고 있는 실정이다. 이제 우리 문학은 문화의 혜택을 누리는 대다수 사회인들로부터 입시를 위한 국어 과목이 아니라면 문학적인 명작 읽기마저 외면될 처지에 놓여 있는 셈이다.

일반적으로 서양의 근대 이후 문단에서 비교적 활발하게 이루어지던 장르의 발흥과 성쇠 양상은 대개 다음처럼 정리된다. 중세까지는 희곡이, 17~18세기는 시가, 19세기 무렵에는 소설이, 20세기에는 비평이 상대적으로 전성기를 이루었다고 볼 수 있다. 일찍이 아리스토텔레스의 시학(詩學) 이래 주종을 이루던 희곡은 근세 이후 낭만파 시의 흥행에 압도되고 말았다. 그리고 과학의 발전과 근대사회의 출현에 따라 자연주의 및 사실주의적인 소설이 성행했던 것이다. 그러다가 20세기에 들어와선 이전의 전래적인 여러 창작문학보다는 토의적인 담론을 주로 한 지성적인 비평이 강세를 보였다. 문학비평가인 오카너는 『비평의 시대』(1952년)란 평론집을 통해서 20세기를 비평의 시대라고 갈파할 정도였다.

하지만 전대의 희곡이 무대 상연의 제약에, 현대시가 난해성에 독자들로부터 외면당함을 어쩔 수 없었다. 마찬가지로 긴 줄거리의 소설이 일상에 지친 현대인들에게 읽기로부터 경원 당하는 경우처럼 아무래도 현학성을 띤 비평

역시 부담을 느낀 일반 대중과는 자꾸 멀어져가는 추세에 있다. 그래서 이제는 근대 이래로 서양에서 대접받던 경우와 달리 한국의 문학 동네에서 오래 소외되어 왔던 수필이 독자 대중과 친숙한 생활문학으로서 뜨고 있는 현상이다.

돌이켜 보면, 새 밀레니엄으로 지칭해 온 21세기는 한동안 문화의 시대로서 기대를 모았다. 이전의 과학이나 전쟁, 또는 경제 등이 주를 이루던 세기적 병폐와는 상이하게 바람직한 오늘의 문화성격을 이르는 말이었던 것이다. 물론 오늘의 이런 문화에는 예의 정보, 산업, 사이버, 예술 등의 다양한 분야에 걸쳐 있어서이다. 이와 같은 여러 문화 가운데서 가장 중요한 것은 역시 예술문화 분야의 종갓집은 언어와 문자를 매재로 하는 문학이 중추가 되어 왔다. 문학은 실로 동서고금을 통해서 인류에게 공통적으로 활용해온 필수적인 문화의 제일요건이었다. 어느 나라에서건 문학은 우리 인성교육에도 인문적인 필수 교과목이면서 세계 공통적인 문화의 지존이 되어왔던 것이다.

그런 중에 문화의 세기라는 2000년대 벽두부터 전통적으로 문화의 종갓집인 문학은 위축되고 급격한 쇠퇴현상을 드러내고 있다. 선망받던 시인이나 작가들은 이제 쇠락한 문학 동네를 지키는 촌로의 신세가 아닐까 싶다. 문인들은 오히려 방계적인 가요, 영화, 스포츠 아이돌의 화려한 활동에 위축되어 있는 처지다. 첨단 IT산업 기술의 급속한 발전과 디지털적인 영상문화에 아날로그식의 활자문화로는 매사에 뒤지게 마련인 현주소이다. 미리 예측된 이런 현상 때문에 흔히들 현대는 바야흐로 문학의 위기라고 걱정하고 있는 것이다.

그러기에 20세기 전반에 들어서면서 T.S.엘리엇도 문학의 위축성을 경고하면서 그 대비책을 강구한 바 있다. 본디 정태성(靜態性)을 지닌 문자예술의 취약성은 20세기의 급속한 기술과학의 발전에 적응하지 못하고 도태될 위험성을 인식한 것이었다. 그리고 그에 이어서 1960년대 초반, 미국의 비평가 겸 작가인 레슬리 피들러는 『소설의 종말』을 고하였다. 소설의 인기가 영상예술인 티브이나 영화에 밀려 출판계와 함께 쇠퇴상을 보인다는 것이다. 이어서 1990년대에 들어 미국 작가로서 프린스턴대학 교수인 엘빈 커넌은 『문학의 죽음』이라는 책 으로 널리 알려졌다. 뿐만 아니라 2000년대에 와서 일본의 평론가인 가라타니 고진(柄谷行人) 역시 『근대문학의 종언』을 펴낸 바 있다. 근대문학은 이미 1980년대에 끝난 나머지 미국과 일본에선 문학부가 사라진 대신에 창작과가 많이 생기고 작가들이 교수가 되어 연구 역시 문학과 영화를 겸해야 하는 추세라는 것이다.

문학 서적이 안 팔리는데다가 근래에 들어서 일부 대학에서는 문창과마저 통합, 폐과하려는 한국 사회도 마찬가지이다. 따라서 이런 문학의 위기에는 문인들 스스로 새로운 세기에 걸맞은 문화소통 방법과 창작 전략으로 대응해야 할 것 같다. "변화에 적응하는 자만이 살아서 남게 된다."는 찰스 다윈의 진화론적인 명제가 절실하게 여겨진다.

문학의 위기 타개책

새삼스럽지만, 문학을 사과나무나 배나무 같은 과실나무로 비유한다면 다음처럼 여길 수 있다. 모름지기 한 뿌리를 지닌 문학나무 가운데서 꽃은 시(시조, 민조시 포함)요, 탐스런 열매는 소설이나 희곡이며 줄기는 비평에, 곁붙인 가지는 외국번역문학에 비겨 볼 수 있겠다. 물론 우리 한국문인협회처럼 청소년문학이나 아동문학 분과야 그 분류 기준이 다르므로 여기에서는 별도지만. 이 문학나무를 이룬 여러 장르가 서로 원활한 관계로 성장하고 풍성한 결실을 맺어서 우리 사회와 천지화육에 이바지해야 할 존재이다. 문제는 수천년 묵은 이 문학나무가 근래에 들어서 여러 여건들에 의해 자꾸 시들어가는 데에 관한 진단과 대응책이다.

그 중에서 알찬 열매 부분에 드는 소설문학의 부활과 전향적인 발전을 위한 활성화 방안을 새롭고 자유롭게 모색해 볼 차례이다. 그거야 물론 우리 문단인 스스로 나서서 자구책을 찾아 해결해 나갈 과제이다. 여기에서는 문학예술도 무엇보다 앞서 가는 시대의 발전상에 발맞추거나 예견을 내세워 그 발상이나 방향부터 기존의 낡은 고정관념을 벗어나야 마땅하다. 첨단적인 기기와 국제화 내지 우주적인 사회 변화와 다변적인 문화여건을 감안해서이다. 논자는 앞으로 우리 소설문단에서 지향, 모색할 그것을 다음처럼 시공간의 넓히기와 새 기법 모색이라고 생각한다.

시간적 영역 넓히기

지금까지는, 우리 문단에서 거의가 시대 배경을 현대에 두거나 일부 역사소설들에서처럼 과거에 두던 한국소설은 이제 이전의 타성에서 벗어나서 가끔은 미래에도 눈을 돌리자는 견해이다. 이미 서양에서는 오래전부터 이미 많은 미래소설이 발표되어 일반화한바 있다. 문명비판적인 H.G. 웰스의 『타임 머신』, 올더스 헉슬리의 『멋진 신세계』, 조지 오웰의 『1984년』 등. 근래 영화화되어 널리 알려진 바와 같이 자유롭게 우주적 시간여행을 다룬 『아바타』, 『그레비티』, 『인터스텔라』 작품들도 과학적인 인류문명이나 한계를 생각하게 하는 작품들이다.

한국에서는 오래전에 핵전쟁의 인류비극을 가상해서 그려 보인 김윤주의 『재앙부조(災殃浮彫)』, 김동립의 「대중관리(大衆管理)」뿐 아니라 일부 작가들이 시도하다가 그친 바 있다. 김탁환 작가와 정재승 뇌 과학자가 합작해서 실험 장편으로 발표한『눈먼 시계공』은 2049년의 서울을 설정하여 여러 사회문제와 인간관계를 흥미롭게 제시한 바 있다. 또 문학작품에서의 시공간 영역확대 경우에는 논자(이명재)가 2029년의 달 기지를 우주적 무대로 설정한 중편소설『파이오니아 일기』(《한국소설》 2016년 4월호)도 참고 된다.

이런 미래소설적인 작품들은 으레 장르문학적인 스릴러, 미스터리, 판타지 성향으로 흐를 요소가 짙으므로 주의를 전제로 한다. 자칫 단순한 흥미 위주로 빠지게 마련이므로 절제의 자세가 따라야 하고 그만큼 분명한 모럴과 전문가인 과학자에 버금가는 과학 지식을 필요로 하는 것이다. 특히 호기심 많은 청소년층 독자를 배려하는 미래 과학소설에서는 주의해야 하므로 올바른 교양에 역점을 두어야 할 분야이다. 미래과학성을 띠는 이 분야 소설은 더욱이 앞으로 성행할 로봇인간이나 복제인간의 등장으로 윤리의식을 띤 만큼 여느 SF소설과는 상이하게 신중히 접근해야 마땅하다.

공간적 무대 넓히기

소설의 무대를 우주시대에 걸맞게 외계에까지 넓혀서 활용하는 글을 쓰자는 문제와 직결된다. 그러자니 해당 작품들이 여러 면에서 미래소설과 복합적으로 겹치는 셈이다. 위에서 보기로 든『타임머신』,『멋진 신세계』을 비롯해서 외계의 우주 공간을 주된 무대로 삼은『아바타』,『그레비티』,『인터스텔라』 작품들도 마찬가지이다. 특히 화성 탐사에 참가했다가 대원들과 떨어진 채 혼자 화성 기지에 남아서 687 화성일 동안 감자 등을 제배해서 먹고 살다가 귀환 한다는 모험적 화성인을 주인공으로 삼은 엔디 위어의 장편소설로서 영화화된『마션』은 좋은 보기가 된다.

이런 소설공간의 우주적 확대 노력은 작품의 발상 면에서, 우주 공간의 어느 조그만 혹성에서 내려온 소년과의 대화를 상정한 항공소설가 쌩텍쥬베리의 『어린 왕자』 경우도 참고가 된다. 그뿐만 아니라 근년에 티브이 연속극으로 인기를 끌었던 『별에서 온 그대』 역시 왕조실록에 한두 줄 기록된 걸 근거로 삼아 작중인물이 우주의 어느 별에서 내려온 신비스러운 인물이라는 모티프 면에서 환상적인 공간적 요소를 띠고 있다. 이런 우주적 외계공간은 그 시야의 넓음과 원활한 문학적 상상력을 함께한 신선한 호기심을 자아내기에 효과적인 소설의 배경 설정이 되고 남는다.

또한 앞으로는 우리소설이 보다 더 해양소설에 나서서 지구 전체 표면 면적의 3분의 2 공간분포를 차지하고 있는 바다를 소설의 무대로 잘 활용하자는 주장이다. 사실 지구는 겉면적에서 보면 땅이기보다 우주공간의 수만 개 행성 중에서 유일한 해구(海球Ocanus)인 것이다. 우리가 즐겨 읽었던 프랑스 작가 쥴베른의 『바다 밑 2마일』은 잠수함이 생기기 전에 선구적인 상상력으로 해저 탐사까지도 보여준 업적이 우러러 보인다. 더구나 삼면이 바다로 둘러싸인 한반도는 수자원과 해저광물들로 인한 천연자원의 현장인지라 소설문학에서도 더 적극적으로 활용할 무대인 것이다. 물론 1970년대 이후 천금성 등이 세계의 원양을 무대로 삼은 작품이 없지 않지만 구미의 그것에 비하면 출발부터 2세기 정도가 늦고 규모 또한 작기 때문이다.

여기에는 한국 전쟁 이후에 중립국으로 향하는 이명준이 타골호를 타고 남지나해에 투신한 내용을 지닌 최인훈의 『광장』도 포함시킬 수 있다. 바다에 숙명적인 인간상을 그린 이청준의 『이어도』 또한 빼놓을 수 없다. 그러나 역시 원양어선 선장 출신 작가로서는 천금성의 「영해발부근」이나 『가장 긴 항해』에서 태평양과 카리브해 기지 등에서 만선을 한 원양어선을 들고 있다. 1990년대에 들어서는 9세기 전반기에 동남아 해양을 재패했던 해상왕을 재현시킨

송지영의 장편 『장보고(張保皐)』도 추가할 수 있다. 해양소설계에서는 원양체험이 긴요함을 감안하면 신진인 김종찬 작가 등에 의한 앞으로의 활동도 기대된다. 다행히 근래 여러 해양문학제들을 통한 신인배출을 꾀하고 있어서 긍정적이다. 연례행사로 계속되고 있는 부산, 여수, 전북의 해양문학상 현상모집 등의 성과가 바람직하다.

하지만 우리 경우는 이전의 농촌(또는 농민)소설에 못지않게 섬이나 연안의 어촌과 갯가 어민들의 한 서린 삶 모습을 주로 쓰는 소설 성과도 적지 않다. 이태준이 일제강점하에서 발표한 「오몽녀」, 「바다」를 비롯해서 오영수의 『갯마을』. 전광용의 「흑산도」만이 아니다. 백시종의 『주홍빛 점박이 갈매기』, 손영목의 「잠수부의 잠」, 한창훈의 「나는 여기가 좋다」, 「아버지와 아들」, 이상섭의 중편 『그곳에는 눈물들이 모인다』 등은 어촌에서 사는 사람들의 애환을 말한다. 그런가 하면, 환경훼손을 고발한 백시종의 『비진도(泌珍島)』, 이균영의 「살아있는 바다」, 한승원의 『포구의 달』, 조헌용의 『바다에 길을 묻다』, 백시종의 『오주팔이 간다』 등도 해당 된다.

이밖에 한국소설의 공간적 영역 넓히기에는 해외에 이주 당하거나 이민을 가서 디아스포라적인 삶을 영위하는 한인작가들의 생생한 체험 작품들도 추가해야 한다. 아프리카를 제외한 전 세계 5대주의 한인 타운 중심으로 형성된 한글문단의 소설들 또한 한국문학의 소중한 자산이기 때문이다. 이를테면, 중앙아시아 고려인 작가인 김기철의 『이주 초해』, 양원식의 『칠월의 소나기』(소설집), 중국 조선족인 김학철의 『해란강아 말하라』 등이 꼽힌다. 이어서 호주 시드니에서는 이효정의 『여보게 날세』(소설집), 남미 아르헨티나 현지 한인들의 재이민 양상 등을 모은 맹하린의 『세탁부』(소설집), 캐나다 교민인 성우제의 「내 이름은 양봉자」 등을 들 수 있다. 끝으로 미국 경우, 초기 하와이 이민자들의 파란만장한 삶을 답파하여 서사화한 박경숙의 『바람의 노래』, 북한에서 내려온 피난민으로서 미국에 간 처지를 쓴 전영세의 「황노인 이야기」, 독일에서는 한국인의 정체의식을 드러낸 전성준의 「로렐라이의 진돗개 복구」 등을 들 수 있다. 하지만 이밖에도 각 지역의 해당 작품이 수없이 많음은 물론이다.

여기에다 한 가지 더 첨가할 사항으로는 소설의 제재별 영역 넓히기에 해당하는 스포츠소설을 신설해서 활성화하자는 견해이다. 스포츠는 현대인들에게 거의 필수적인 레저 분야로서 종이 매체를 기피하는 젊은 층을 비롯한 일반 대중과 가장 가까운 소통의 길인 것이다. 무엇보다 스포츠를 통한 소설로써 시민 대중과 호흡을 함께하여 문학인구 유입과 실용적인 가치 확충에 성공할 가능성이 높은 요건을 지니고 있기 때문이다.

새로 활용할 디지털 기법들

문학도 이제는 손쉽고 대중적인 영상문화나 스포츠 열기에 빠져든 대중사회에 적극적으로 접근해 들어가야 한다. 그래야 이미 재래의 아날로그식의 따분한 작품읽기 강요로 인해서 영상 매체와 스포츠에 빼앗겼던 그들 수용자들을 이제 디지털식으로 거듭난 스포츠소설을 통해서 다시 문학 동네의 독자로 끌어들이게 된다. 스포츠소설을 발표할 경우에는 그 지면부터 이전처럼 밋밋한 활자로만 채워서는 싫증이 나게 마련이므로 새롭게 변화시켜야한다. 효율적인 대중 소통성을 위해 눈에 띌 대진표며 중간 스코어와 관계 사진도 책 페이지 사이에 함께 게재하여 시각적인 효율화를 기하면 더욱 좋다. 앞으로는 점차 작품에 시각적 사진 삽입 전략과 더불어 가상화면이나 음악 등도 서비스로 활용되리라 본다.

문장 표현에 있어서도 우리 작가들이 흔히 즐겨 구사하는 서술적 묘사를 전향적으로 수정해 봐야 할 것 같다. 가능한 대로 영상, 음악 등의 첨단성까지 가미한 동영상의 공감각적 묘사를 실행함이 바람직하리라 생각해서이다. 작품을 활자로 읽고 독자 나름의 상상을 통해서 힘겹게 읽는 걸 신세대들은 외면하게 마련이다. 이제 우리 작가들은 소설쓰기의 문장부터 재래의 읽히는 소설보다는 독자들과 함께 보고 함께 느끼며 감동하는 소설을 지향해야 할 것이다.

이런 점은 최근 한분순 시인이 제시한 견해와도 상통하여 뒷받침된다. 이 작품에는 시조임에도 여느 작품들과는 다르게 리얼하며 심리적이다. 날카로운 금속성 칼의 촉각과 붉은 핏물의 시각이며 둔탁에 버금가는 청각이 한 데 버물어진 채 독자들에게 자극적으로 전해 와서 인상 깊게 새겨진다.

내 등 뒤 꽂힌 칼에서
날개 돋듯 꽃이 핀다

세찬 가을 햇살에
흉터가 녹고 나면

나한테 칼 던진 그들은
꽃잎에도 긁힐 것. ―한분순의 시조 시「한 잎의 저주」전문.

책 읽기 중심인 아날로그세대가 포스트 디지털세대 독자들과 호흡을 맞추고 대화해야하는 데에는 동영상적인 공감각적 요소를 겸해야 한다는 것이다. 일상적인 핸드폰과 컴퓨터로 보기에 익숙해진 시각지향의 비주얼세대에는 그에 걸맞게 직접적 표현을 써야 먹힌다는 주장이다.

역시 정보화 사회인 현대에는 바야흐로 모든 정보가 디지털로 통한다고 말한다. 따라서 나날이 발전해 가는 주변의 이런 흐름에 작가들도 함께 새로운 디지털환경을 따라가야 제대로 살아남는다는 것이다. 우리 문단에도 여러 해 전부터 사이버문학, 전자문학, 인터넷소설, 모바일소설, 웹 소설 등으로 알려져 가고 있다. 이미 박범신의 장편 『촐라체』나 황석영의 『개밥바라기별』 등은 '네이버'에 연재한 뒤에 단행본으로 출간된 바 있다. 공지영의 장편 『도가니』는 2008년 포털사이트 '다음'에 연재하고 나서 책으로 펴낸 후 영화화되어 인기를 끌었고 조정래의 『정글만리』 또한 수년 동안 '네이버'에 연재된 뒤에 책으로 출간되어 흥행을 거두었다. 이들 전자소설들은 그만큼 신속하게 국내외의 독자들에게 상호작용하면서 널리 읽히고 곧바로 수많은 각 지역의 팔로어들 댓글로부터 작품에 대한 의견을 쌍방향적인 대화를 통해서 단행본에 반영하는 효과도 거둔 것이다.

하지만 이런 일부의 사이버소설이나 웹소설 중에는 물론 '야한 여자'라는 등속의 경박하고 저급한 작품들 폐단은 막아야 할 것이다. 제대로 검증 안된 사이비 작가군에 의한 예의 흥미 위주의 다수 SF, 무협, 로맨스, 미스터리, 판타지 물들을 불특정 다수에게 함부로 퍼뜨리게 해서는 안 되기 때문이다. 이들 작품에 곁들인 갖가지 현혹적인 삽화나 이미지 및 음악을 포함한 편집 양상은 독자 스스로는 물론 운영자 측에서 아니면 정부기관에서 법적으로 규제하는 장치가 다수 청소년 보호를 위해서도 긴요하게 여겨진다.

이 밖에도 우리는 재래의 보수적인 종이책 본위의 고정관념을 벗어나서 새롭고 간편한 전자책(e북)과 디지털 도서관 활용도 생활화함이 바람직하다. 시간과 공간은 물론이요 가격, 부피나 정보량 등에서 종이책은 너무나 많은 제약점을 안고 있는 것이다. 그에 비해서 전자책은 가볍고 간편할뿐더러 신속하게 언제되고, 어디서나 많은 정보를 이용할 수 있다.

일종의 글을 통한 효율적인 상호소통에 관한 이 견해는 마침 2015년 연말의 보도에 의하면 세계적인 NYT본사의 시책이 눈길을 끈다. 현안인 종이 신문의 한계를 극복하기 위해 정기구독자에게 시각적으로 와 닿는 비주얼 리얼리티 헤드셋을 제공했다는 사실이다. 주말잡지인 《타임스 메거진》에 영상콘텐츠를 무료로 내려 받도록 함으로써 구독자들을 더 생생한 현장 속으로 안내한 것이다. 이처럼 우리 작가들 역시 이전의 글쓰기 방식에서 탈피하는 문제가 시급하다고 생각한다.

향상된 문단을 위하여

위에서 우리는 한국문학의 세계사적 흐름을 통한 위기 현황을 살핀 다음에 앞으로 이를 타계하며 지향해갈 몇 가지 과제를 제시해 보았다. 우리 문단인들은 이미 글로벌화된 문학적 정보들을 공유하며 거의 세계가 평준화된 여건 속에서 점차적으로 활발하게 교류하고 있다. 이미 숱한 논란을 함께한 고은이나 신경숙을 비롯하여 한강뿐만 아니라 여러 한글작품들이 세계적으로 번역되어 읽히고 더러는 선진 수준으로 여겨온 외국문단 수준을 뛰어넘을 단계에 이르렀다. 그러기에 앞으로는 우리 문단도 바야흐로 첨단적으로 발전해간 영상매체나 스포츠며 대중적인 인기 콘서트 등에 취약한 채 위축일로인 문학이 대응해갈 방안을 찾아본 것이다. 더러는 너무 생경하다싶은 시론으로 여겨질지 모르지만 나름대로는 실현가능한 최선의 선택으로 믿고 있다.

우선 발상이나 접근부터 선진국에 뒤지지 않게 우리도 미래소설 개척으로써 시간적인 영역을 넓혀갈 일이다. 그리고 이와 함께 공간적으로도 우주적인 외계나 해양소설은 물론 재외동포들의 디아스포라적인 현장의 소설도 포괄하자는 것이다. 이에 덧붙여서 제재적인 면의 스포츠소설을 신설하여 젊은 독자층과 소통하며 문학 호응인구를 늘리자는 견해를 폈다. 따라서 일상의 시각문화에 길들여진 세대층과의 원활한 호흡을 위해 작가들은 새롭게 공감각적인 글쓰기를 모색해야 한다고 제시한 것이다.

우리 문단 여건이나 문인들의 경우, 아시아 경쟁 상대는 물론이요 구미 여러 나라 사이에서도 한국 경제와 스포츠에서 강국인 것 못지않게 우리 문학이 세계에 우뚝 설 저력을 지녔다고 믿는다. 1901년 시행 이래 세계적인 문학축제로서 우리에게도 참여 기회가 열려 있는 노벨문학상 역시 마찬가지이다. 물론 이런 문제에는 우선 국제적인 수준을 인정받은 한글작품 번역 작업과 유명 출판사를 통한 원활한 보급이 필요하다. 그래서 한국 문학도의 한 사람으로서 오래도록 문단활동을 겸해온 처지에서 보다 전향적인 견해를 제기한 것이다. 따라서 앞으로 남은 문제는 이런 과제에 대한 구체적인 실현을 위한 작가 스스로의 노력과 문단 모두의 협력이 필요한 일이다.